Linienstraße

Anne-Kathrin Koppetsch wurde 1963 in Werdohl/Sauerland geboren. 1982 begannen ihre Lehr- und Wanderjahre, die sie nach Münster, Tübingen, Heidelberg, Jerusalem und Berlin führten. Seit 2000 lebt und arbeitet die evangelische Theologin in Dortmund, seit 2012 ist sie dort Gemeindepfarrerin in der evangelischen Paul-Gerhardt-Gemeinde. Beim Emons Verlag veröffentlichte sie 2012 »Kohlenstaub«, den ersten Roman um die Dortmunder Pastorin Martha Gerlach.

ANNE-KATHRIN KOPPETSCH

Linienstraße

RUHR KRIMI CLASSIC

emons:

Bibliografische Information der Deutschen Bibliothek
Die Deutsche Bibliothek verzeichnet diese Publikation
in der Deutschen Nationalbibliografie; detaillierte bibliografische
Daten sind im Internet über http://dnb.d-nb.de abrufbar.

FSC
www.fsc.org
MIX
Papier aus verantwortungsvollen Quellen
FSC® C083411

Umschlagmotiv: photocase.de/anahita
Umschlaggestaltung: Tobias Doetsch
Gestaltung Innenteil: César Satz & Grafik GmbH, Köln
Druck und Bindung: CPI – Clausen & Bosse, Leck
Printed in Germany 2013
ISBN 978-3-95451-161-7
Ruhr Krimi Classic
Originalausgabe

Meinen wunderbaren Freundinnen

PROLOG

Sie löste sich aus dem Schutz der Hauswand und huschte über die Straße, ein Schatten in der Dämmerung. Instinktiv drückte sie das Bündel fester an sich. Mit einem Blick über die Schulter vergewisserte sie sich, dass ihr niemand gefolgt war.

Ob die Kirche offen war? Sie legte die Hand an den Griff und drückte die Tür nach innen auf. Langsam schob sie sich in das Gebäude hinein. Das dick eingepackte kleine Wesen in der Mulde zwischen ihrem Kinn und dem Schlüsselbein regte sich. »Ruhig. Nicht schreien!«, flüsterte sie in den Flaum des Köpfchens. Sie blieb für einen Moment stehen. Dann ließ sie vorsichtig ihre Sohlen über die Steinfliesen gleiten, tastete sich in dem großen unbeleuchteten Innenraum an den Bänken entlang nach vorne. Nichts knarrte in dem modernen Gebäude, das erst vor wenigen Jahren eingeweiht worden war. Es roch frisch und neu. Angst, Hoffnung und Gebete hatten noch keine Patina auf den Wänden hinterlassen.

Sie konzentrierte sich auf ihre Schritte, versuchte, nicht daran zu denken, was sie als Nächstes tun würde. Tun musste. Ihr blieb keine Wahl. Sie wollte, dass das Kind lebte. Ihr kleiner Junge, dem sie keinen Namen geben wollte und den sie doch unwillkürlich Peter nannte. Peter, ihr ungetaufter Sohn.

Von alters her suchten Flüchtige und Bedrohte, Verfolgte und Verbrecher Schutz in Gotteshäusern. Und hierher brachte sie nun ein kleines, hilfloses Kind, das sie selbst nicht beschützen konnte.

Sie hatte die Stufen, die zum Altar führten, erreicht. Linker Hand stand der Taufstein, nur schemenhaft erkennbar. Probeweise legte sie das Bündel dort ab und versuchte sich vorzustellen, es wäre eine Ladung schmutziger Wäsche. Dann ließ sie los und wandte sich ab. In diesem Moment fing der Kleine zu schreien an. »Pscht!«, fauchte sie zornig, weil ihr Bild vom Wäschebündel damit abrupt zerstört war. Das Kind beruhigte sich erst, als sie es wieder hochnahm. Durch das fahle Licht von außen erkannte sie schemenhaft die Umrisse des Kreuzes über dem Altar. »Hilf, Herr Jesus!«, flehte sie.

Hinten hörte sie die Tür klappen. Sie hielt den Atem an. Glücklicherweise hielt Peter still, als spürte er, dass es in diesem Moment darauf ankam, nicht entdeckt zu werden. Sie duckte sich hinter den Taufstein. Einen Augenblick lang fürchtete sie, das Licht würde aufflammen und sie enttarnen. Doch es blieb finster. Kurz darauf hörte sie, wie die Tür wieder ins Schloss fiel.

Ein Würgereiz stieg ihr in die Kehle, Tränen, die sie sich nicht gestattete. »Es muss sein!«, sagte sie streng. »Ich muss dich jetzt hierlassen. Ich kann dir nicht helfen.« Vielleicht war das Taufbecken doch zu unsicher. Besser, sie legte das Kind auf dem Boden ab. Dann konnte es nicht herunterfallen.

»Gleich kommen sie. Dann nehmen sie dich mit. Du wirst schon sehen, du wirst ein feines neues Zuhause finden. Du wirst es gut haben!« Sie schluckte. Nein, sie hatte dieses Kind nicht gewollt, nicht gerade dann, als sie gehofft hatte, ein neues Leben beginnen zu können. Sie hatte versucht, sich unter die Frauen in der Siedlung zu mischen, eine von ihnen zu werden. Die Schwangerschaft, ein Vermächtnis aus der Vergangenheit, hatte diese Illusion zerstört. Als sie sie entdeckte, war sie bereits im vierten Monat. Zu spät für alles. Damit war ihr Schicksal besiegelt. »Guter Hoffnung sein!« – welch ein Hohn. Ihr Leben war hoffnungslos und wurde immer hoffnungsloser. Sie hatte versucht, ihren Zustand zu verbergen, und soweit sie beurteilen konnte, war es ihr gelungen. Das Kind kam leicht, fast wie von selbst, zur Welt.

Das Kind: ein Störfaktor. Sie hatte damit gerechnet, es zu hassen. Stattdessen regte sich ihr Beschützerinstinkt. Sie träumte davon, das Kind zu nehmen und zu verschwinden, irgendwohin, wo niemand sie finden würde. Doch das war illusorisch. Hinter ihr lag eine quälende Vergangenheit und vor ihr eine ungewisse Zukunft.

Sie bückte sich vor dem Altar und legte das Kind auf dem Boden ab, sorgfältig auf die Decke gebettet. Sobald sie losließ, fing der Kleine wieder an zu schreien. »Hör auf!« Das Baby verstummte. Sie hob den Blick ein letztes Mal zu dem schlichten Kreuz an der Wand. »Herr Jesus, beschütze mein Kind!«

Dann lief sie, so schnell es in der dunklen Kirche möglich war, zur Tür, begleitet von dem verzweifelten Geheul des Babys.

Wie von Sinnen rannte sie durch die Siedlung. Jetzt war alles egal. Der Junge war weg. Sie konnte nichts mehr für ihn tun.

Sie konnte nur versuchen, ihre eigene Haut zu retten.

EINS

»Macht hoch die Tür, die Tor macht weit!«, scholl der Gesang hell und kräftig durch den Saal. Mir verschaffte das Lied fünf Minuten Atempause inmitten der Alltagshektik. Advent, das bedeutete Hochsaison, Dutzende von Predigten zu schreiben und ungezählte Andachten zu halten. Ich verdrängte den Gedanken an die Weihnachtsgottesdienste, die ich noch vorzubereiten hatte, und lehnte mich zurück. »Dem Namen dein, o Herr, sei ewig Preis und Ehr!«, beendeten die Frauen die fünfte Strophe. Schwester Tabea klopfte die letzten Akkorde so energisch in die Klaviertasten, dass ihr weiß gestärktes Häubchen wippte. Als sie zu ihrem Platz ging, knarrten die Holzdielen unter ihren schmalen Füßen.

Hildchen Kruse erhob sich und blickte über die mit Tannenzweigen dekorierten Tische. In dem runden Gesicht unter der sauren Dauerwelle, unverkennbar gestaltet von Friseur Hanke an der Ecke, umspielte ein freundliches Lächeln die Lippen. »Fräulein Pastor Gerlach wird nun zu uns sprechen«, kündigte sie an und nickte mir zu: »Martha, du darfst beginnen!«

Ich erhob mich, strich den Rock meines anthrazitfarbenen Kostüms glatt und schlug die Bibel auf. »Siehe, eine Jungfrau ist schwanger und wird einen Sohn gebären«, las ich aus dem Buch des Propheten Jesaja. Während ich zum wiederholten Mal den altbekannten Vers auslegte, schweiften die Gedanken zurück zu meiner Anfangszeit in dieser Kirchengemeinde am Rande der Dortmunder Innenstadt. Damals hatte mir mein Kollege Kruse, ein entschiedener Gegner von Frauen auf der Kanzel, das Leben schwer gemacht.

Mittlerweile schrieben wir das Jahr 1968, ich war seit mehr als drei Jahren in der Gemeinde tätig. Mit Schrecken hatte ich am Morgen, als ich mir die Haare kämmte und aufsteckte, einige silbergraue Haare unter den vielen braunen entdeckt. Der Schmelz der Jugend war dahin. Doch auch in der Gesellschaft war die Zeit nicht stehen geblieben. Frauen standen selbstverständlich überall im Beruf ihren Mann. Selbst ein Ewiggestriger wie Pastor Kruse musste das allmählich einsehen. Außerdem ging ich, seitdem seine Frau Hilde die Frauenhilfe leitete, bei dem Ehepaar ein und aus. So war der Widerstand des altgedienten Pastors spürbar erlahmt. Die ein oder andere spitze Bemerkung konnte nicht darüber hinwegtäuschen, dass er insgeheim froh über meine Unterstützung war, insbesondere seit dem tragischen Tod unseres Kollegen Hanning. »Hunde, die bellen, beißen nicht«, pflegte meine Freundin und Amtsschwester Rosi zu sagen. »Du regst dich doch über Kruses Bemerkungen nicht mehr auf, oder? Sie wirken nur noch peinlich.«

Nach der Andacht gab Hildchen das Signal zum Beginn des gemütlichen Teils. Sie schenkte mir Bohnenkaffee ein. »Büchsenmilch, Martha?«

Ich schüttelte den Kopf und leerte meine Tasse so schnell wie möglich. Während Hildchen Zimtsterne und Lebkuchen von den Weihnachtstellern naschte, ging ich reihum und begrüßte die anwesenden Damen.

Bei Schwester Käthe, der alten Diakonisse, verweilte ich etwas länger. »Schön, dass Sie gekommen sind! Wie geht es Ihnen?«

»Es muss, Kindchen, es muss!« Das einst volle Gesicht unter dem weißen Häubchen wirkte eingefallen, ihr Leib unter der grauen Tracht geschrumpft. Die dünnen Haare hatten fast die Farbe ihrer Kopfbedeckung angenommen. »Der Herrgott wird mich bald zu sich nehmen«, sagte sie und nickte. Mit Sicherheit war sie über siebzig Jahre alt, vielleicht ging sie auch schon auf die achtzig zu. Sie war die gute Seele der Gemeinde und, nebenbei, über die meisten Vorgänge in unserer Siedlung bestens informiert. »Haben Sie schon gehört?«, fragte sie jetzt. »Dem Rabenau ist die Frau weggelaufen!«

»Wie bitte? Ich dachte, sie ist krank! Gemütskrank.«

»Krank?« Schwester Käthes helle Augenbrauen rutschten missbilligend in die Höhe. »Ich sach nur: Selbstverwirklichung! Das ist die Krankheit unserer Zeit. Kleckst die Leinwände voll und meint, sie wär wunders weiß was für eine Künstlerin.«

»Nein!«, sagte ich in angemessen entsetztem Tonfall.

»Doch! Ist zu Hause ausgezogen. Und wissen Sie, wohin?«

Ich schüttelte den Kopf.

»Bei Trudi ins Haus!«

Nun war ich wirklich erschüttert. »Trinkhallen-Trudi, die Tratschzentrale? Das glaube ich nicht!«

»Böswilliges Verlassen nennt man so was!«, schimpfte Schwester Käthe weiter und holte mit der Hand so weit aus, dass ihr Krückstock, der an der Tischkante lehnte, umfiel. »Der Rabenau, das ist doch ein Guter. Gottesfürchtig ist er und sorgt für seine Familie. Eine ehrliche Haut.«

Ich bückte mich und hob die Gehhilfe auf.

»Kein Wunder, dass der arme Rabenau das Fundament für unseren Weihnachtsberg nicht fertig bekommt!«, stellte ich fest, »bei diesen familiären Problemen! Die Frauen aus dem Handarbeitskreis kleiden schon die Figuren ein, die Maria ist fast fertig! Doch ohne Grundlage nützt das nichts. Da wird der Platz unterm Weihnachtsbaum in der Kirche dieses Jahr wieder leer bleiben!«

Schwester Käthe seufzte. »Rabenau hat jetzt andere Sorgen. Die Frau ist weg. Und das Fräulein Tochter ist aufsässig geworden, seit sie studieren gegangen ist. Der arme Mann! Ich wär ja mal zu ihm hingegangen, aber die Beine wollen nicht mehr!« Sie umfasste den Griff ihres Stocks. »Damit schaff ich's gerade noch die Treppe runter bis in den Gemeindesaal! Weiter geht es nicht mehr.«

»Da werde ich dann wohl mal nach dem Unglücksraben schauen, in den nächsten Tagen«, sagte ich folgsam.

»Recht so«, bestätigte die alte Diakonisse.

Und Rabenaus abtrünniger Ehefrau würde ich ebenfalls einen Besuch abstatten. Schon allein aus Neugier.

»Mit Ernst, o Menschenkinder«, stimmten die versammelten Frauen das nächste Lied an. Bei der letzten Strophe sah die Gruppenleiterin nervös auf ihre Armbanduhr. »Wo sie bloß bleibt?«, murmelte sie. »Ich habe sie doch gebeten, pünktlich zu sein.«

»Wartest du noch auf jemand, Hilde?«, fragte ich.

»Ja, freilich. Ich habe eine Schneiderin bestellt, damit sie uns beim Nähen der Gewänder hilft.«

»Wird schon noch kommen«, redete ich ihr beruhigend zu. »Aber mich braucht ihr jetzt ja nicht mehr, ich würde mich gerne verabschieden. In einer halben Stunde treffen sich die Kindergottesdiensthelferinnen in der Kirche.«

Hildchen nickte und sah ein weiteres Mal auf das Zifferblatt an ihrem Handgelenk, das von einem silbernen Armband gehalten wurde. Dann klatschte sie in die Hände. »Wir beginnen schon einmal mit unserer Handarbeit!«

Das Letzte, was ich sah, bevor ich den Gemeindesaal verließ, waren weiße Laken, die durch flinke Hände flossen und zusammengeheftet wurden. Die Frauen fertigten die Engelskleider für das Krippenspiel der Kinder an.

Ich wunderte mich, dass das Kirchenportal nicht verschlossen war. Hatte der Küster bereits für die Helferinnen aufgesperrt?

Beim Betreten des Gotteshauses meinte ich, ein Geräusch zu hören. Ich lauschte. »Ist da wer?«, fragte ich. Hohl hallte meine Stimme von den kahlen Wänden wider.

Niemand antwortete. Für einen Augenblick überlegte ich, die Lampen einzuschalten. Dann überwog mein Bedürfnis nach einem besinnlichen Moment in der Dunkelheit.

In einer der vorderen Bänke nahm ich Platz.

»Herr, du bist unsere Zuflucht für und für«, rezitierte ich einen meiner Lieblingspsalmen. »Ehe denn die Berge wurden und die Erde und die Welt geschaffen wurden, bist du, Gott, von Ewigkeit zu Ewigkeit! Amen!«

»Bahbahbah«, erklang es wie ein Echo auf meine eigene Stimme.

Ich spitzte die Ohren, doch nun war es wieder still.

»Hallo? Hallo?«, rief ich.

Da ertönte die Stimme wieder, hell und zornig, ohne Worte. Ich machte das Geplärr eines kleinen Kindes aus, irgendwo vorne im Chorraum.

»Hallo, ich komme!« Das Baby schrie nun anhaltend und jämmerlich.

Immer noch im Dunkeln tastete ich mich vor, unterhalb des Altars fand ich das Bündel. Ich nahm es hoch, ein winziges Menschlein, eingemummelt in Decken, eine kleine Mütze auf dem Kopf. Sobald ich es an mich drückte, verstummte es.

»Ruhig, ruhig. Alles wird gut!« Das Kind, allem Anschein nach ein Neugeborenes, lag in meiner linken Armbeuge. Mit der rechten Hand stützte ich es ab.

»Was machst du hier? Wer, um Gottes willen, hat dich hierhingelegt?«, wisperte ich. Statt einer Antwort begann das Baby wieder zu weinen. Es klang herzzerreißend. »Ach, du Armes!« Ich stimmte ein Weihnachtslied an. »Es ist ein Ros entsprungen, aus einer Wurzel zart«, sang ich leise und wiegte das Baby sanft zu der alten Melodie. Langsam beruhigte es sich. »Wie uns die Alten sungen, von Jesse kam die Art. Und hat ein Blümlein bracht ...«

In diesem Moment flammte das Licht auf.

»Steht Ihnen gut, so ein Kleines, liebe Schwester!«, sagte eine mir wohlbekannte, männlich-markante Stimme. Ich hätte sie unter Hunderten erkannt.

Ich drehte mich um und fand mich Auge in Auge mit Pastor Kruse, der sich breitbeinig im Gang aufgestellt hatte. Er grinste mich an. Im Lauf der Jahre hatte sein Leib sich deutlich gerundet, was wegen seiner geringen Körpergröße besonders auffiel. »Sie sollten sich auch eines zulegen!«

Er wusste genau, dass mir das nicht erlaubt war, zumindest nicht, wenn ich weiterhin als Pastorin arbeiten wollte. Eine Eheschließung hätte die sofortige Entlassung aus dem Amt bedeutet, ein uneheliches Kind ebenfalls. So wollten es die Kirchengesetze.

Doch von Kruse ließ ich mich nicht mehr einschüchtern. »Ihnen hätte ich so ein Kleines auch gegönnt«, konterte ich, »oder gar ein putziges Enkelkind!« Das war gemein von mir, denn ich wusste, dass die Ehe der Kruses ungewollt kinderlos geblieben war.

»Der Mensch denkt, und Gott lenkt!«, entgegnete er kurz angebunden und wandte sich ab.

Unser Schlagabtausch war nicht unbemerkt geblieben, denn Schwester Tabea hatte die Kirche betreten. Ihr folgten zwei weitere junge Frauen, eine blond und stämmig, die andere dunkel und schmal.

»Was ist das denn?«, riefen sie im Chor. »Der ist ja niedlich! Soll der getauft werden? Aber wo sind denn die Eltern?«

Ich schüttelte den Kopf. »Er lag hier am Altar. Keine Ahnung, wem er gehört. Ist es überhaupt ein Junge?«

Wie zur Bekräftigung fing der Säugling wieder an zu schreien. Gleichzeitig stieg mir ein stechender Geruch in die Nase. Ich hielt das Bündel von mir weg. »Windeln wechseln!«, sagte die Blonde und nahm mir die stinkende Last ab. »Zu Hause bei mir liegen welche. Ich hab selbst zwei Kleine, die Oma passt auf sie auf. Aber bis dorthin ist es zu weit …«

Gemeinsam überlegten sie, was zu tun sei. Derweil betraten weitere junge Frauen die Kirche und schnatterten durcheinander. »Ein Findelkind? Von wem könnte das sein?«

»War nicht die Koslewski schwanger?«

»Was ist mit der Kreuter?«

»Diese Schlampe! Ist die überhaupt verheiratet?«

»Noch nichts von der Antibabypille gehört?«

»Nehme ich auch inzwischen. Ich will doch kein Drittes!«

Schließlich tauchte Idschdi auf, unser Küster. Er erfasste die Situation mit einem Blick und verschwand wieder. Kurz darauf erschien seine Frau Marie. Sie schwenkte Stoffbahnen, die vormals weiß gewesen waren, nun aber die Farbe von Schnee, über den schon viele Füße gelaufen waren, angenommen hatten.

»Gib her, das Kleine«, forderte sie die Blonde auf. Mit der Fertigkeit einer Frau, die schon unzählige Male kleine Hintern abgeputzt und wieder verpackt hatte, wechselte die Küsterin die Windeln. Dass sie dabei den Altar als Wickeltisch benutzte, verhinderten weder mein Kollege noch ich, so überrumpelt waren wir.

»Kleiner Junge, wie meine beiden!«, verkündete sie den neugierig blickenden Umstehenden mit ihrem kaum noch vorhandenen polnischen Akzent. »Feiner Junge, kleiner Liebling. Dudududu!«

Mein Kollege murmelte einige Worte, von denen ich nur das Wort »Polizei« verstand.

»Polizei!« Ich stöhnte. An den letzten großen Polizeieinsatz in unserer Kirchengemeinde erinnerte ich mich noch zu gut. Tagelang hatten die Freunde und Helfer unseren Gemeindesaal besetzt gehalten, die gesamte Arbeit lahmgelegt und alles vollgequalmt. Danach hatten wir wochenlang lüften müssen, um den Gestank wieder loszuwerden.

»Natürlich Polizei, Schwester Gerlach! Es handelt sich um Kindesaussetzung! Ein Delikt!« Kruse gab nicht nach.

Die Helferinnen hatten wir nach Hause geschickt. Jetzt stand nur noch das Küsterehepaar abwartend im Kirchraum.

»Was machen wir denn nun mit dem Baby?«, fragte ich ratlos.

»Nehmen wir erst mal mit, das Kleine«, schlug Marie vor. »Werden zwei satt, reicht für Drittes!«, kommentierte Idschdi lakonisch. »Oder sogar für ein Viertes«, fügte ich mit Blick auf Maries Bauch hinzu, der wie eine überreife Frucht kurz vor dem Platzen aussah.

ZWEI

»Tut-tut-tut-tut«, tönte es mir aus dem Hörer entgegen. »Besetzt!«, schimpfte ich vor mich hin. »Diese Männer! Wenn man sie schon mal braucht: nicht erreichbar!« Nachdem ich etliche Male vergeblich den Zeigefinger in die Wählscheibe gesteckt und diese bis zum Anschlag durchgezogen hatte, setzte ich einen Kessel Wasser auf dem kleinen Elektroherd auf. Ein Kamillentee würde jetzt guttun. Für die Küche und das Arbeitszimmer hatte ich Radiatoren angeschafft, die die Wohnung elektrisch beheizten. Mit ein wenig Glück würde die Kirchengemeinde im nächsten Jahr Nachtspeicherheizungen im Pfarrhaus einbauen lassen. Die Kohleheizung blieb schon seit Längerem kalt, denn ich hatte weder Zeit noch Lust, diese Anlage zu versorgen. Familie Jankewicz, die das untere Stockwerk bewohnt und sich um die Heizung gekümmert hatte, war im Sommer ausgezogen. Ich konnte von Glück reden, dass der Winter sich bisher von seiner milden Seite gezeigt hatte.

Als es anfing zu pfeifen, schellte gleichzeitig das Telefon. Ich schob den Kessel auf eine kalte Herdplatte und eilte ins Amtszimmer, in der Hoffnung, dass Klaus seinerseits versuchte, mich zu erreichen.

»Evangelisches Pfarramt, Gerlach!«, meldete ich mich formell, da ich nicht wusste, mit wem ich sprach.

»Kommissar Kellmann!«, bellte eine raue Stimme, die mir unangenehme Schauer über den Rücken laufen ließ. »Es handelt sich um die Kindesaussetzung. Ich habe da einige Fragen an Sie.« Ergeben seufzend ließ ich mich auf den Schreibtischstuhl sinken.

»Bitte. Dann fragen Sie.«

»Nicht am Telefon, gnädiges Fräulein. Ich erwarte Sie morgen früh auf der Wache. Pünktlich um neun.«

»Jawohl. Zu Befehl, Herr Wachtmeister«, sagte ich, weil ich wusste, dass ihn das ärgerte. »Allerdings muss ich um halb elf auf dem Friedhof sein.«

Kaum hatte ich den Hörer auf die Gabel gelegt, klingelte es erneut.

»Guten Abend, Martha«, meldete sich mein Freund Klaus mit seiner dunklen, sonoren Stimme, die mir so gut gefiel.

»Wie schön, dass du anrufst!« Aufgekratzt berichtete ich von dem Vorfall in der Kirche. »Und jetzt ermittelt die Polizei«, schloss ich.

»Jaja!« Zu meiner Enttäuschung ging Klaus nicht weiter auf die Geschichte ein. »Martha«, mahnte er stattdessen, »denkst du an unsere Verabredung am Samstagabend?«

»Du hast mich zum Konzert des Bachvereins in die Reinoldi-Kirche eingeladen«, bestätigte ich. »Zum Weihnachtsoratorium. Ich freue mich schon.«

»Nicht, dass du mich wieder versetzt.«

»Ich habe dich erst einmal warten lassen.«

»Dafür eine volle Stunde lang in der Kälte«, hielt er mir vor.

»Klaus! Das war ein Notfall, eine alte Dame, deren Mann ganz plötzlich gestorben war und die der Seelsorge bedurfte.«

»Immer dein Beruf!«, klagte er. »Man hat mir übrigens die Stelle des Rektors angeboten. Dann würde ich mehr verdienen …«

Er ließ den Satz in der Luft hängen, doch ich kannte seine Fortsetzung ohnehin: »… genug, um eine Familie zu ernähren.« Im Hintergrund hörte ich Stimmen. »Hast du Besuch?«

»Nein, nein, das ist nur …« Ein kieksendes Geräusch ertönte, unklar, ob von einem Mann oder einer Frau, dann war die Leitung tot.

Ratlos betrachtete ich den Hörer in meiner Hand und ließ ihn schließlich auf die Gabel sinken.

Wenig später wärmte ich mich am Küchentisch mit einer Tasse heißem Tee auf. Die Plastikuhr an der Wand zeigte kurz vor neun. Plötzlich ging mir alles hier auf die Nerven: die scheußlich geblümten Tapeten an der Wand, die ich schon seit meinem Einzug durch etwas Modernes ersetzen wollte. Die Eckbank, blau bezogen und erst vor Kurzem gekauft, kam mir spießig vor. Über den schäbigen Flur mit dem undefinierbaren Bodenbelag ärgerte ich mich ebenfalls bereits seit dem ersten Tag. Mein Konterfei, das der halb blinde Spiegel an der Garderobe zurückwarf, zeigte eine nicht mehr ganz junge Frau mit ordentlich aufgesteckten dunklen Haaren, hagerem Gesicht und neuerdings einem strengen Zug um den Mund. Wo war der Schwung der zwanziger Jahre geblieben? Mein dreißigster Geburtstag lag noch nicht lange zurück.

»Martha, Martha, du hast es weit gebracht«, verspottete ich mich selbst. »Das Fräulein Pastor, eine alte Jungfer!« Versuchsweise streckte ich meinem Spiegelbild die Zunge heraus, doch auch das munterte mich nicht auf. Wie gerne hätte ich in diesem Moment das kalte, einsame Pfarrhaus gegen eine moderne Wohnung mit Einbauküche und Durchlauferhitzer eingetauscht! Statt die Finger über die Heizrippen zu legen und Trübsal zu blasen, würde ich mit meinem Mann im Fernsehmagazin nach einem Farbfilm unter den üblichen Schwarz-Weiß-Sendungen suchen. »Breit aus die Flügel beide« würde ich am Kinderbett anstimmen anstatt in der Kirchengemeinde. Der einzige Haken an diesem Traum waren meine begrenzten Kochkünste, es reichte gerade einmal für Spiegelei mit Speck und Salat. Doch das Kochen ließ sich lernen. Notfalls in einem Kursus an der Volkshochschule.

»Du musst dich entscheiden!«, bestätigte meine Freundin und Amtsschwester Rosi später am Telefon. »Kaminski lässt sich nicht mehr lange hinhalten. Und er ist ein anständiger Kerl.«

»Ich weiß. Warum kann ich nicht beides tun: heiraten und als Pastorin arbeiten? Für Männer geht das doch auch!«

»Aber Martha«, tadelte Rosi. »Seit wann bist du unter die Emanzen gegangen?«

»Bin ich doch gar nicht!« Ich nahm noch einen Schluck lauwarmen Tee. Er schmeckte so fade, wie mir mein derzeitiges Leben vorkam. »Sag, Rosi, hast du nie bereut, dass du dich für den Beruf entschieden und auf Familie verzichtet hast?«

Schweigen am anderen Ende.

»Rosi? Bist du noch dran?«

»Jaja!« Hatte ich es mir nur eingebildet, oder schwang da tatsächlich ein Seufzer mit? Über Herzensangelegenheiten hatte meine mütterliche Freundin, die die vierzig längst überschritten hatte, nie mit mir geredet.

»Liebst du ihn denn?«, fragte sie unvermittelt.

Nun war es an mir, leise zu seufzen. Das war tatsächlich die Frage aller Fragen: Liebte ich Klaus Kaminski? Und vor allem: Liebte ich ihn genug, um dafür meinen Beruf aufzugeben?

Ich konnte sie nicht beantworten.

DREI

Die geplante Mondumrundung der Apollo 8 stand auf Seite eins der RuhrRundschau, die Eröffnung der Dortmunder Universität vor wenigen Tagen war bereits aus den Schlagzeilen auf die hinteren Seiten gerutscht. Ich blätterte durch den Lokalteil, doch es gab noch keinen Artikel über das Findelkind in der Kirche. Das überraschte mich nicht, schließlich hatte ich Luschinski nicht am Tatort gesehen. Meine letzte Begegnung mit dem Lokalreporter lag schon einige Zeit zurück.

Ich zog meinen Mantel an, ging die Treppenstufen hinunter und trat aus der Haustür. Eine Viertelstunde Fußweg musste ich einkalkulieren von meiner Wohnung in der Möllerstraße bis zu dem Gebäudekomplex, wo Kirche, Gemeindehaus und das alte Pfarrhaus nebeneinanderlagen. Zunächst schritt ich an der Turnhalle der Hauptschule vorbei, an der Klaus unterrichtete. Obwohl es bereits kurz nach acht war, zog erst jetzt die Morgendämmerung herauf. Im Schein des frühen Lichts glänzte das goldene U über dem Gebäude der Union-Brauerei.

Ich bog ab in den Westpark. Dort war es noch finster. Früher hätte ich mich auf den schlecht beleuchteten Wegen unter den Bäumen gefürchtet und den Park zu dieser frühen Stunde gemieden. Doch das häufige Hin und Her zwischen meiner Wohnung und meiner Wirkungsstätte hatte mich unempfindlicher werden lassen. So summte ich leise vor mich hin und grüßte einen frühen Spaziergänger. An der nächsten Ecke nickte ich dem alten Stegemann zu, der seinen krummbeinigen Dackel ausführte. Hinter dem Park überquerte ich den Marktplatz, auf dem samstags Händler ihre Ware feilboten. Dann lief ich ein Stück an der Mauer entlang, hinter der die S-Bahn fuhr.

Wenige Minuten später erreichte ich die Sternstraße. Ich steuerte das alte Pfarrhaus neben dem Gemeindehaus an: Dort wohnte das Küsterehepaar.

Ich drückte die Klingel.

Marie öffnete die Tür.

»Morgen, Fräulein Martha«, grüßte sie, ein Kind auf dem Arm, das zweite hinten am Rockzipfel, das dritte im vorgewölbten Bauch. Im Lauf der Jahre war ihre Figur fraulicher geworden; es stand ihr gut.

»Guten Morgen, Marie.«

Das Kind am Rock erkannte meine Stimme und lugte vorsichtig hinter Mamas Schürze hervor.

»Kuckuck«, rief ich. »Kuckuck, Tommi!«

Nun wagte der Dreijährige sich ganz aus der Deckung. »Tante Matta, Tante Matta«, strahlte er. Ich wuschelte ihm durch den blonden Schopf.

»Na, kleiner Mann? Alles klar?«

Tommi war mein Patenkind, der Junge, den Marie während meiner Anfangszeit in der Gemeinde zur Welt gebracht hatte.

»Mittebach, mittebach?«, bettelte er. Ich drehte meine Hände um und zeigte ihm die leeren Flächen. »Ich habe nichts mitgebracht, Tommi. Bald ist Weihnachten. Geschenke gibt es erst zu Weihnachten!«

»Schenke. Weihnacht«, echote der Junge.

»Marie, wie geht's dem Kleinen aus der Kirche?«, fragte ich. »Ist er das?« Ich zeigte auf das Baby in ihrem Arm.

»Ja, Fräulein Martha«, antwortete die Küstersfrau. »Geht gut dem Kleinen! Kommst du mit rein, Fräulein Martha?«, forderte sie mich auf.

Sie duzte mich zwar, aber die formelle Anrede konnte ich ihr nicht abgewöhnen. Als Pastorin war ich für sie eine Respektsperson. Sie brachte es nicht fertig, mich ausschließlich mit Vornamen anzureden.

Ich begleitete sie in die Wohnküche. Es duftete nach Gebackenem. Plätzchen in Form von Mond und Sternen kühlten auf dem Backblech aus. Im Unterschied zu mir besaß Marie bereits einen Elektroherd.

Im Laufstall saß Maries jüngerer Sohn. »Guten Morgen, Michi«, begrüßte ich das pausbackige Baby im Strampelanzug. »Killekille!« Ich kitzelte den Wonneproppen am Bauch. Michi krähte vergnügt.

Marie ließ derweil vorsichtig das Menschenbündel aus ihrem

Arm auf eine bunte Kunststoffunterlage gleiten, die den Küchentisch bedeckte.

»Muss noch fertig machen kleines Baby und dann bringen zum Krankenhaus.« Interessiert sah ich zu, wie sie dem Säugling ein Hemd anzog und die dünnen Bändchen im Nacken zuknotete. Geschickt steckte sie anschließend die Arme durch die Löcher eines Jäckchens, das nun wieder vorne geschlossen wurde. Als der Säugling unruhig wurde, kitzelte sie ihn am Bauch. »Dudududu!«

»Udududu«, echote Tommi, der sich zwischen den Beinen des Küchentischs niedergelassen hatte. Dabei trat er gegen einen himmelblauen Pinkelpott. Zum Glück war er leer, sonst hätte es eine übel riechende Überschwemmung gegeben.

Marie nahm den Säugling hoch. »Ist noch ganz winzig, erst paar Tage alt. Wollen untersuchen im Krankenhaus!«

»Hat die Polizei das angeordnet?«

»Ja, Kommissar war hier und hat mit meinem Mann gesprochen. Wollen finden Mutter. Wer tut so was, Kind wegbringen?«

»Vielleicht eine Frau in Not?«

»Wir haben auch nicht viel Geld, aber für Kinder muss reichen!«

Vor dem Gemeindehaus erblickte ich eine schlaksige Gestalt, die mir den Rücken zudrehte. »Luschinski!«, rief ich erfreut.

Er drehte sich um. »Martha! Einen wunderschönen …«

»… guten Morgen!«, ergänzte ich.

Der Reporter kam mit langen Schritten auf mich zu. Sein jungenhafter Charme täuschte über sein wahres Alter hinweg, das ich auf weit über vierzig schätzte. Die Furchen zwischen Mund und Nase hatten sich seit unserer letzten Begegnung vertieft.

Wie üblich baumelte eine Kamera vor seiner Brust.

»Lange nicht gesehen, Martha! Ist mal wieder einiges los in deiner Gemeinde«, stellte er fest.

»Ja, und deshalb muss ich jetzt auch zum Polizeirevier und habe keine Zeit für dich. Kommissar Kellmann erwartet mich.«

»Aha. Hat er dich zur Wache zitiert.«

Ich verzog das Gesicht. »Pünktlich um neun.«

»Darf ich dich begleiten?« Er deutete eine Verbeugung an.

»Bist du auf der Suche nach einer heißen Geschichte?«

Er zwinkerte mir zu. »Höchstens mit dir, Martha! Höchstens mit dir!«

»Du weißt, dass so etwas für mich nicht in Frage kommt. Ich bin schließlich Pastorin.«

Wir hatten die Beurhausstraße erreicht und überquerten die S-Bahn-Brücke.

Er legte mir den Arm um die Schultern. »Immer noch das Fräulein Rühr-mich-nicht-an, Martha? Da habe ich allerdings anderes gehört. Man sieht dich neuerdings öfter mit einem ›Herrn Bekannten‹.«

»Nur ein Begleiter bei Konzerten und in das Theater.«

»Sage ich doch. Im Übrigen, wen interessiert schon, ob du ein Verhältnis hast? Anderswo leben sie in Kommunen und posieren nackig vor der Kamera.«

»Ja, anderswo!«

»Die Oben-ohne-Mädchen … Sieht man doch jetzt überall auf den Litfaßsäulen!« Er schnalzte mit der Zunge.

»Luschinski, du Lüstling!«

»Martha, Martha, du verpasst eine Menge Spaß im Leben!«

Er schritt kräftig aus. Ich hatte Mühe, mitzuhalten.

»Das lass mal meine Sorge sein.«

»Im Übrigen bin ich schwer gekränkt, dass deine Wahl nicht auf mich gefallen ist, Martha!«

»Da hätte ich doch erst eine ganze Kompanie von Damen in die Flucht schlagen müssen, du Casanova!« Ich lachte und stieß ihn in die Rippen.

»Na also, geht doch«, schmunzelte er und ließ offen, was er damit meinte. »Jetzt erzähl. Du hast ein Baby in der Kirche gefunden? Wahrscheinlich ein Kind der Liebe …«

»Wahrscheinlich, Luschinski! Warst du bei der Zeugung dabei?«

»He! Jetzt werd mal nicht frech, Martha!«

VIER

»Das macht fünfundsechzich Pfennich, Kalle!« Trudi reichte einem nach Rauch und abgestandenem Schweiß riechenden Mann eine Flasche Bier durch die Luke.

Dann entdeckte sie uns.

»Ach, das Fräulein Pastor! Ganz in Schwarz, haben wohl wieder jemand unter die Erde gebracht, was?« Ich nickte. Sie wischte die Hände an einem Geschirrtuch ab. »Und der Herr Reporter gleich mit dabei!« Während ich auf dem Polizeirevier Rede und Antwort gestanden und anschließend in der Friedhofskapelle die Traueransprache gehalten hatte, war Luschinski für eine Stippvisite in die Zeitungsredaktion gegangen. An der Ecke vor der Trinkhalle hatten wir uns wiedergetroffen.

»Was gibt's Neues, Trudi?«, erkundigte er sich.

Die Trinkhallenchefin stemmte die Hände in die breiten Hüften. »Neuigkeiten sind ja wohl dein Geschäft als Reporter, oder nich?«

Luschinski machte ein betont unschuldiges Gesicht. »Was soll ich sagen? Es riecht nach Schnee!« Demonstrativ hielt er die Nase in die Luft.

»Klar. Und morgen kommt der Weihnachtsmann.«

»Oder der Klapperstorch …«

»… und lässt 'n Kind inne Kirche zurück.«

»Also weißt du's doch schon!«

Trudi legte den Kopf mit den weiß-lila steif frisierten Locken schief. »Das ist längst rum inne Siedlung!«

»Und wer hat das Kind in die Krippe gelegt?«

»Weiß ich's? Vielleicht die Blonde? Die war erst dick und getz isse wieder schlank.«

»Wen meinst du? Fräulein Kreuter?«

»Ich merk mir doch die Namen nich!«

»Die bei mir früher unten im Pfarrhaus gewohnt hat!«, schob ich ein.

»Sagen Se das doch gleich, Frollein Pastor! Aber nee, die war's nich! Die wohnt ja jetzt auch woanders, nich? Ich mein sone Kräftige von gleich hier umme Ecke.«

»Welches Haus genau?«

»Keine Ahnung. Wo ist der Dötz denn getz gelandet?«

»Das hast du nicht mitbekommen?!«

»Ich weiß nur, dass er bei den Küstersleuten nich mehr is. Die Frau hat ihn vorbeigeschoben, im Kinderwagen, das eigene Blag anner Hand, und wie sie 'ne Stunde später wieder vorbei is, war der Wagen leer.«

»Richtig. Sind wohl in den Dudenstift, zur Untersuchung.«

»Dudenstift?«

Luschinski klärte mich auf: »So nennt man das Krankenhaus mit den Kreißsälen.«

»Ach so. Die Geburtsklinik. Kellmann hat gesagt, sie wollen feststellen, ob das Kind dort geboren worden ist«, gab ich wieder, was mir der Kommissar erzählt hatte. »Sie überprüfen die Unterlagen der letzten Wochen.«

»Na, wo soll's denn sonz das Licht der Welt erblickt ham? Kommen doch alle im Dudenstift nieder. Und wenn se die Mutter finden, was dann? Die will es ja wohl nich haben. Sonz hätteses nich weggebracht.«

»Das sehe ich auch so. Doch sie wollte wohl, dass man es findet. Sonst hätte sie es nicht in der Kirche abgelegt.«

Die Ladenglocke bimmelte. Zwei Kinder mit Tornistern auf dem Rücken betraten den Verkaufsraum. Hinter ihnen schob sich eine kleine Frau mit verhutzeltem Gesicht herein. Weißes Haar quoll unter einer schwarzen Mütze hervor, mit Vogelfedern dekoriert.

»Was macht ihr denn hier?«, schimpfte Trudi die Kinder aus. »Müsster nich inne Schule sitzen und lernen?«

»Is früher aus heute«, sagte der Kleinere der beiden.

»Na, wer's glaubt!« Und während sie den beiden Wundertüten für je einen Groschen in die Hand drückte und für zwanzig Pfennige Lakritzschnecken abzählte, berichtete sie, dass neuerdings Frau Rabenau im dritten Stock wohnte. »Alleine? Oder bei einem Freund?«

»Nä, nix Freund oder Liebhaber gar! Wilde Ehe, oder wie das

getz heißt! Bratkartoffelverhältnis sach ich immer. So was gibt's nich bei mir im Haus! Da tät ich mich ja der Kuppelei schuldig machen …«

Dann fiel Trudis Blick auf die alte Dame. »Die Frau Henrich! Nicht schon wieder! Sie sollen hier doch nicht mehr reinkommen!«

Die Frau ließ sich nicht beirren. »Ham Se mal 'n Kaffee für mich?«, fragte sie.

»Hier gibt's keinen Kaffee!«

»Dann 'n Bierchen.«

»Nix da. Das dürfen Se doch gar nich trinken, Frau Henrich! Husch, husch, raus hier!«

Die Frau hob die Mütze, um sich am Kopf zu kratzen. »Das ist aber nicht nett von Ihnen, Trudi!«, murrte sie.

»Egal. Raus hier!«

Der Blick der Alten streifte mich. »Ach, sind Sie nicht das Fräulein Pastor?«

»Ja, Frau Henrich!«

»Sonntag komm ich wieder zu Ihnen in die Kirche!«

»Ich weiß. Sie sind eine ganz treue Kirchgängerin!«

»Ja, dann gehen Se mal in die Kirche. Hier ist kein Platz für Sie.«

Langsam schlurfte die alte Dame zur Tür.

Ich blickte ihr hinterher. »Die arme Frau! Hat sie keine Angehörigen?«

»Nur einen Sohn, der sich nicht kümmert.«

»Tragisch. Wenigstens kann sie zu uns in den Gottesdienst kommen.«

»Dann passen Se aber mal auf die Kollekte auf. Die klaut nämlich!«

»Wirklich?«

»Wie ein Rabe. Und gucken Se, dass sie Ihnen nich am Ende noch die Läuse reinträgt!«

Frau Rabenau putzte das Treppenhaus. Den Reporter, der mir folgen wollte, hatte ich abgewimmelt mit dem Hinweis: »Das ist Frauensache!«

»Guten Morgen, Fräulein Pastor!«, grüßte sie mich und wrang den Lappen aus. »Wollten Sie zu mir?«

»Wenn Sie eine halbe Stunde Zeit hätten …«

»Ich mach hier noch fertig«, erklärte sie, »gehen Sie schon mal hoch. Lena kann Ihnen aufmachen!« Also war ihre Tochter über Weihnachten nach Hause gekommen.

Vom Treppenabsatz aus blickte ich Frau Rabenau hinterher. Sie trug die blonden Haare offen, eine Schürze um die schmale Gestalt gewickelt. Hatte Trudi sie gemeint, als sie von der Blonden sprach? Doch die Beschreibung passte nicht zu ihr. Außerdem kannte die Trinkhalleninhaberin ihre Mieterin.

Durch die geschlossene Tür drang Gitarrenmusik. Auf mein Klopfen öffnete eine junge Frau mit Stoppelfrisur und schwarz eingefasster Brille.

»Guten Tag. Bin ich hier richtig? Ich wollte zu Frau Rabenau!«

»Martha! Das ist ja 'ne Überraschung!«

»Lena? Bist du das?«, fragte ich unsicher. In meiner Erinnerung trug Rabenaus Tochter lange rote Locken und verspielte Kleider. Nun waren die Haare auf Streichholzlänge gekürzt und dunkel gefärbt; ein buntes Hemd bedeckte Oberkörper und die mit Bluejeans bekleideten Oberschenkel.

»Natürlich bin ich das! Hast du mich nicht erkannt?«

Ich registrierte, dass sie mich, anders als früher, duzte. Mir als Älterer hätte zugestanden, ihr das Du anzubieten. Ich hatte den Mund schon für eine entsprechende Bemerkung geöffnet, da erschien vor meinem geistigen Auge mein Spiegelbild mit dem mürrischen Mund vom vergangenen Abend. War ich tatsächlich auf dem besten Weg zur alten Jungfer?

Sie bat mich in die Wohnung und führte mich in einen der Räume. Ein junger Mann saß auf dem Teppich und zupfte die Saiten einer Gitarre, offensichtlich der Urheber der Musik. Im Unterschied zu Lena trug er seine Haare lang, mit einem Gummiring zusammengebunden. Sie sahen aus, als wären sie in diesem Jahr noch nicht gewaschen worden. Der zottelige Bart wirkte wie eine komfortable Unterkunft für Läuse. Ein Gammler, wie ich ihn bisher nur aus Magazinen kannte.

»Das ist Felix«, stellte Lena vor. Ich nickte ihm zu. Er hob und senkte den Kopf, ohne dabei sein Spiel zu unterbrechen.

»Setz dich, Martha, ich koch uns ’n Tee.« Lena machte sich auf den Weg in die Küche.

Zögernd zog ich meinen engen Rock hoch und nahm Platz auf dem Sofa, das ein grell orangerot gemusterter Überwurf zierte. Nun legte der junge Mann sein Instrument beiseite. Doch anstatt sich mir zuzuwenden, drehte er eine dicke Zigarette, die er mit einem Streichholz anzündete. Ich wandte mein Gesicht ab, als der Rauch zu mir aufstieg.

»Willste auch eine?«, sprach er mich nun endlich an.

Ich schüttelte den Kopf.

Er inhalierte einen tiefen Zug. »He, Martha, mach dich mal locker. Setz dich auf den Boden, da ist es gemütlicher!«, forderte er mich auf und klopfte auf ein Kissen, dessen Bezug aus demselben Stoff gefertigt war wie der Überwurf. Es biss sich mit dem beigegrau gepunkteten Teppichboden. Vorsichtig ließ ich mich vom Sofa gleiten.

»Was trägst du überhaupt für unbequeme Sachen? Und dann noch ganz in Schwarz!«

»Ich komme von einer Beerdigung.«

»Herzliches Beileid!« Umständlich legte er die Zigarette im Blumentopf ab und reichte mir die Hand. Er hatte also doch Manieren. »Wer ist denn gestorben? Jemand aus der Familie?«

»Kein Angehöriger. Ich bin Pastorin und habe die Traueransprache gehalten!«

»Pastorin bist du?« Er schaute unschlüssig, als wisse er nicht recht, was er davon halten sollte. Seine Stirn legte sich in Falten. »Jesus hat gesagt: Liebet eure Feinde!«

»… und tut wohl denen, die euch fluchen«, ergänzte ich.

Er strahlte. »Dann bist du also auch gegen den Krieg!«

Feuer. Enge. Hunger. Flucht. Und die allgegenwärtige Angst, die ich beklemmend spürte, ohne sie benennen zu können. Der Vater, der irgendwann weg war und nicht zurückkam. Die Mutter, deren stille Verzweiflung wie ein Wundbrand schwelte. Viel später realisierte ich, was passiert war. Der Verstand weigerte sich, es zu begreifen. Bis heute. Gerüche. Verbranntes

Fleisch. Stinkende Furcht, gespenstisch und nicht greifbar. Fäulnis. Verdorbene Süße. Verstümmelte. Leichen. Ich wollte wegschauen, und doch glotzten sie mich mit leeren Augen an. Und wofür das alles? Wofür?

Ich atmete durch. »Junger Mann, wie alt bist du? Im Krieg warst du sicher noch nicht geboren!«

Er pustete wieder Rauch in die Luft. Süßlichen, unangenehm riechenden Rauch. »Du hast den Krieg erlebt?«

Übelkeit stieg mir in die Kehle, unklar, ob durch den Qualm oder durch meine Erinnerungen.

»Entschuldigung.«

So schnell wie im Kostüm möglich sprang ich auf und verließ fluchtartig das Zimmer. Im Flur traf ich auf Lena mit der Teekanne in der Hand. »Wo ist die Toilette?«

Später, wieder im Wohnraum, reichte Lena mir eine Tasse Tee. »Hier, Martha, das wird dir guttun.« Ich setzte mich auf das Sofa. Der junge Mann wollte sich eine weitere Zigarette drehen, doch Lena gab ihm ein Zeichen. »Lass mal, Felix!«

Er fuchtelte mit den Händen in der Luft herum. »Hast recht, besser nicht. Die Pastorin hat bestimmt was gegen Bewusstseinserweiterung.« Er kicherte vor sich hin und wiegte seinen Oberkörper im Rhythmus einer Melodie, die anscheinend in seinem Kopf spielte.

Ich nahm einen Schluck aus der Tasse. »Bitter.«

»Stimmt. Hab ich zu lange ziehen lassen. Nimm Zucker oder Milch. Aber, Martha, jetzt sag mal, was unternehmt ihr denn hier? Ich meine, Napalmbomben. Auf die Zivilisten! Agent Orange: Weißt du, was das bedeutet? Tausende Unschuldige werden getötet! Ganze Dörfer ausgerottet!« Sie hatte sich in Rage geredet. Wovon sprach sie überhaupt? Ich vermisste das liebreizende Mädchen von einst. Nicht nur äußerlich wirkte sie wie ausgewechselt. »Und warum? Weil die Amis gegen die Kommunisten sind! Diese Imperialisten! Angeblich, weil die Kommunisten die Welt erobern wollen! Als ob die Vietcong jemals nach Washington kämen!«

Endlich fiel der Groschen. »Du meinst den Krieg in Vietnam?

Der ist weit weg!« Gott sei Dank. Ein Krieg auf der anderen Seite der Erdkugel. Wir waren in Sicherheit.

Lena knallte ihre Tasse auf den Boden, dorthin, wo der Teppich ein Stück Diele freiließ. »Ach ja! Kapiert ihr denn gar nichts in eurer heilen Welt! Unter den Talaren der Muff von tausend Jahren! Wir sind mittendrin im Krieg! Die Guten sind einmarschiert oder die, die ihr dafür haltet. Die Amis wollen den Kapitalismus auf dem ganzen Globus einführen. Imperialisten! Aber sie haben euch ja nach dem Krieg die Futterpakete geschickt, sie haben euch bestochen. Deshalb können sie sich jetzt alles erlauben.«

Der junge Mann hatte wieder die Gitarre auf seinen Schoß gezogen und klimperte. »Hey, Lena. Peace!«, mahnte er.

»Ach, Mann! Diese Spießersiedlung! Und mein Vater ist der Oberspießer. Kein Wunder, dass die Mutter abgehauen ist.«

»Wann bist du in Dortmund angekommen?«, versuchte ich, das Thema zu wechseln.

»Gestern vielleicht?!«

»Aus Marburg?«

»Marburg, nee, da bin ich weg. Das ist doch Provinz. In Berlin spielt die Musik!«

»Ja dann ...!« Wo blieb nur Frau Rabenau? So lange konnte es doch nicht dauern, den Flur zu putzen.

Ich erhob mich und wollte gehen.

Von draußen hörten wir in diesem Moment lautes Hupen.

Lena stürzte zum Fenster und riss es auf. »Was für eine Granate!«, stellte sie bewundernd fest.

Ich stellte mich hinter sie und erblickte unten einen auffälligen Sportwagen. Seine Farbe erinnerte an die des Mittelmeers auf Ansichtskarten von der Adria.

»Wer fährt denn ein solches Auto? Hier?«

»Lena«, versuchte ich ihren Enthusiasmus zu dämpfen. »Ich glaube, dieser Wagen kommt aus dem Land der Imperialisten. Das ist ein Amischlitten!«

Neugierig ging ich die Treppe hinab.

Unten starrten die Trinker auf das ungewöhnliche Gefährt. »Zum Wohl!«, sagte einer und hob die Bierflasche in Richtung Auto.

»Prost!«, riefen die anderen.

Ein paar Jungen umstanden den Wagen. »Boah! Klasse Geschoss!«

»Ein Ford Mustang«, fachsimpelte einer.

»Hat bestimmt über hundert PS!«

»Mehr. Könnte auch an die zweihundert haben. Was der wohl gekostet hat?«

»Mindestens zehntausend Märker!«

Der andere lachte: »Da krisse so wat nich für!«

Die Beifahrertür öffnete sich. Dem Auto entstieg eine große, füllige Blondine, bekleidet mit einem Mantel, dessen knallige Farben im dämmerigen Wintertag mit der Lackierung des Sportwagens um die Wette leuchteten. Das Haar kunstvoll zu einer Banane aufgesteckt, ein Hütchen keck daraufgesetzt, stand sie mit theatralisch erhobenen Händen auf dem Bürgersteig.

Mehr noch als ihre auffällige Erscheinung faszinierte mich die Gestalt, die auf der Fahrerseite ausstieg. Der Mann stellte sich in den Rinnstein und wirkte dadurch noch kleiner als sonst. Und besonders kugelig.

»Kruse!«, rief ich erstaunt.

»Schwester Gerlach, guten Tag!«, grüßte mein sonst so mürrischer Kollege erfreut. »Das ist mal ein Auto, was?«

»Haben Sie im Lotto gewonnen?«

»Nun ja. Im Laufe der Zeit sammelt sich ein wenig Erspartes an ... Direktimport aus Amerika, Sonderangebot für viertausendachthundert Dollar!«

Ich überschlug die Summe im Kopf. »Das sind fast zwanzigtausend Mark! Und der Unterhalt? Der Wagen schluckt doch sicher seine sechzehn, siebzehn Liter Sprit.«

»Können auch schon einmal zwanzig werden. Aber Benzin soll jetzt billiger werden! Weniger als sechzig Pfennige der Liter.«

Kruse umrundete seine Neuerwerbung, nicht ohne im Vorbeigehen mit Besitzerstolz das Heck zu streicheln, und ging auf die Beifahrerin zu. Er reichte ihr die Hand und führe sie galant an seine Lippen. »Ich danke Ihnen, gnädige Frau!«

Die so Betitelte nahm den angedeuteten Handkuss huldvoll entgegen. »Sehr gerne, Herr Pastor Kruse!«

Kruse verbeugte sich vor der Dame, der er gerade bis zum Kinn reichte. »Ich darf mich dann verabschieden!«

»Aber gewiss doch, à bientôt!«

Kopfschüttelnd sah ich meinem Kollegen nach. Mit aufheulendem Motor preschte der Wagen davon.

»Gestatten. Ich bin Frau Sarastro«, wandte sich die Dame nun mir zu. Aus der Nähe bemerkte ich Tränensäcke unter den Augen. Ich schätzte ihr Alter trotz der glatten Haut auf etwa fünfzig Jahre.

Ich ergriff ihre Hand. »Angenehm. Gerlach, Evangelisches Pfarramt. Sind Sie nicht von hier? Sarastro klingt ausländisch.«

»Mein Mann war Italiener«, antwortete sie, »ich bin Witwe.«

»Mein Beileid.«

»Es braucht Ihnen nicht leidzutun. Wir lebten getrennt.« Die klangvolle Altstimme passte gut zu ihrer Statur. »Ich bin Künstlerin. Ich mache in Stoffen, Kleidung, Farben, alles fürs Auge.«

»Sie tragen einen schönen Mantel.«

»Ich habe ihn selbst entworfen.«

»Dann haben Sie sicher auch den Überwurf und das Kissen in der Wohnung von Frau Rabenau geschneidert?«

»Das ist meine Wohnung.« Sanft lächelte sie. »Frau Rabenau leistet mir freundlicherweise Gesellschaft. Seit Kurzem bin ich außerdem in Ihrer Kirchengemeinde tätig. Ich entwerfe Kostüme für das Weihnachtsspiel. Gestern war ich in dieser Angelegenheit in der Frauenhilfe. Leider haben wir uns verpasst.«

»Dafür treffen wir uns jetzt.«

Sie langte in ihre Tasche, ein Modell aus rotem Kunstleder, und holte Handschuhe mit Lochmuster heraus. »Sie haben gestern das Kleine gefunden, nicht wahr? Den armen Wurm. Wie geht es ihm denn?«

»Gut, hoffe ich. Er wird in eine Pflegefamilie kommen, falls die Mutter nicht doch noch ermittelt wird.«

»Ich war gestern ebenfalls in der Kirche. Ich muss kurz vor Ihnen dort gewesen sein.«

Ich schnappte nach Luft und bemerkte wieder einmal, dass der Staubgehalt nicht mehr ganz so hoch war wie noch vor einigen Jahren. Doch noch immer machte der Kohlenpott seinem Namen alle Ehre. Vom blauen Himmel, den Willy Brandt über dem Ruhrgebiet versprochen hatte, war nicht viel zu sehen.

Ich hustete.

»Geht es Ihnen nicht gut, Fräulein Pastor?«

»Doch, doch. Sie waren gestern in der Kirche?«, vergewisserte ich mich. »Können Sie sich erinnern, wann?«

»Leider trage ich keine Uhr.«

»War es noch hell, oder dämmerte es bereits? Brannten die Straßenlaternen?«

Sie rieb die Flächen der Handschuhe aneinander. »In der Kirche war es jedenfalls dunkel.«

»Haben Sie etwas gehört?«

Sie verzog die orangerot geschminkten Lippen. »Ich habe etwas gespürt. Die Angst, die Verzweiflung.«

»Also war außer Ihnen jemand in der Kirche?«, insistierte ich.

»Ich denke schon.«

»Alle in der Siedlung rätseln, wer das Kind ausgesetzt haben könnte.«

»Ich hielt mich nur wenige Minuten in Ihrer schönen Kirche auf.«

»Danach gingen Sie zum Gemeindehaus?«

»Nicht direkt.« Sie hob die Hände. »Es war nicht mehr lange hin bis zum Ladenschluss. Der Konsum schließt um sechs Uhr.«

»Waren Sie alleine unterwegs?«

»Ja. Doch ich hatte das Gefühl, dass mir jemand folgt. Eine Frau … Oder ein Mann. Ich bin nicht sicher … warten Sie: Ich glaube, eine Frau!«

»Wie sah sie aus?«

»Wie eine verlorene Seele. Sie wirkte gehetzt.«

Ich zählte in Gedanken bis drei. »Groß, klein, brünett, zierlich, dick, kräftig, blond?«, versuchte ich ihr handfeste Informationen zu entlocken.

»Ich habe mich nicht umgedreht. Schließlich wurde ich in der Gemeinde erwartet.«

In diesem Moment trat Frau Rabenau vor die Haustür. »Anna?« Sie richtete den Blick auf Frau Sarastro.

»Ja, Liebelein. Bist du fertig?« Elegant streifte Frau Sarastro ihre

Lederhandschuhe ab und verstaute sie in der Handtasche. Dann blickte sie an ihren wohlgeformten Beinen hinunter. Strumpfhose und Pumps saßen tadellos.

»Kommt Vanni heute zum Essen?«, fragte Frau Rabenau.

»Ich weiß nicht, Schätzchen. Leg ein paar Kartoffeln mehr in den Topf. Junge Männer essen mit großem Appetit. Und dann haben wir ja noch Besuch.«

»Lena und ihren Freund.«

»Ist Vanni Ihr Sohn?«, wollte ich von Frau Sarastro wissen.

»Freilich«, sagte die große Blonde.

Vanni. Der Kräftige, Dunkle. Schemenhafte Erinnerungen an einen Frühlingstag, an dem ich an meine Grenzen gekommen war, stiegen in mir auf. Wieder einmal hatte ich erfahren, wie zerbrechlich das Leben ist. Wie verletzlich Menschen sind, wie leicht zu zerstören. Wie dünn das Eis, auf dem wir uns alle bewegen. Immer auf der Hut, um nicht einzubrechen.

Ich atmete tief durch, um die Übelkeit zu vertreiben, die mir schon wieder die Kehle hochstieg. Zum Glück achteten die Frauen nicht auf mich.

»Sie entschuldigen mich, Fräulein Pastor?« Frau Sarastro reichte mir huldvoll die Hand. »Auf Wiedersehen. Hoffentlich bald in Ihrer Gemeinde!«

Sie wandte sich ab.

Frau Rabenau kehrte mir ebenfalls den Rücken zu und folgte ihrer Freundin zum Mietshaus. Neben der vor Leben sprühenden Frau wirkte sie noch verhärmter als sonst.

Erst jetzt fiel mir auf, dass ich meine ursprüngliche Absicht aus den Augen verloren hatte.

»Halt«, rief ich ihr hinterher. »Frau Rabenau! Haben Sie noch einen Moment Zeit?«

Die Angesprochene reagierte nicht; vielleicht hatte sie mich nicht mehr gehört. Sie schlüpfte hinter ihrer Freundin in den Hausflur. Kurz darauf klappte die Tür.

FÜNF

»Jauchzet, frohlocket!«, sang der Bachverein aus voller Kehle. Mit weit ausholenden Bewegungen trieb der Dirigent die Musiker zu Höchstleistungen an. Die Violinisten geigten um ihr Leben, Pauken und Trompeten ließen die massive Skulptur des Stadtheiligen Reinoldus vor dem Chorraum beinahe erzittern. Als der Eingangschor verklungen war und die Altistin ihre Arie anstimmte, vernahm ich gedämpfte Schlagermusik vom Weihnachtsmarkt draußen vor der Reinoldikirche. Die Musik lullte mich ein. Klaus neben mir hatte den Kopf in den Nacken gelegt und die Augen geschlossen. Sein Hut lag auf der Rückenlehne der vorderen Bank, dort, wo im Sonntagsgottesdienst die Gesangbücher ihren Platz fanden.

Ich betrachtete ihn von der Seite. Das sandblonde Haar lichtete sich, obwohl er noch keine dreißig Jahre alt war. Ein schmales Gesicht endete in einem kleinen Kinn. Der Adamsapfel sprang leicht vor. Mein Blick blieb an den Lippen hängen, die so oft meine Hand berührt hatten. Als wir uns besser kannten, erkundeten sie mein Gesicht und später meinen Mund. Am meisten mochte ich seine Hände, knochige Klavierfinger, mit denen er Choräle im Schulgottesdienst ebenso meisterhaft begleitete, wie er die Präludien von Bach und die »Kleine Nachtmusik« von Mozart spielte. Sogar an Schlagern versuchte er sich, »Mama« von Heintje beispielsweise. Wenn er englische Lieder sang, klang es allerdings wie Kaugummikauen. Seine Version von »I Wanna Hold Your Hand« löste bei mir Anfälle von Heiterkeit aus.

Während die Sängerin »Schlafe, mein Liebster, genieße der Ruh« zum Besten gab, tastete sich Klaus' rechte Hand zu meiner Linken vor und hielt sie fest. Verstohlen suchte ich die Reihen nach bekannten Gesichtern ab. Was sollten die Leute über eine Pastorin denken, die im Kirchenkonzert Händchen hielt?

Unvermittelt zuckte mein linkes Bein. Ich streckte es aus. Bald darauf befiel ein Zitteranfall mein linkes Knie, später auch das rechte. Von unten herauf breitete sich Unruhe in meinem

Körper aus, kroch die Beine entlang nach oben und setzte sich in den Eingeweiden fest. Es fühlte sich an wie das Pochen in einem entzündeten Zahn. Doch es gab keinen lokalisierbaren Schmerz, sondern etwas Undefinierbares, Unangenehmes, einen Alb, der seine giftigen Strahlen durch meinen Leib schickte. Mühsam unterdrückte ich den Drang, aufzustehen und umherzulaufen.

»Martha?«

Klaus streichelte meine Hand. »Alles in Ordnung mit dir?«

Ich nickte mit zusammengebissenen Zähnen. »Es geht schon. Danke.«

»Martha leidet unter düsteren Vorahnungen«, hatte meine Freundin Rosi einmal gutmütig gespottet. »Das Schlimme ist«, fügte sie damals mit ernstem Gesichtsausdruck hinzu, »dass sie damit meist richtigliegt.«

Das Angstgefühl waberte weiter durch meinen Körper. Steif, ohne die Musik noch wahrzunehmen, saß ich in der Bank. War das hilflose Findelkind in der Kirche nur der Anfang gewesen, der Vorbote von Schlimmerem, das uns noch bevorstand? Drohten Angst und Schrecken die Siedlung ein weiteres Mal heimzusuchen?

»Weißt du noch?«, fragte Klaus, als wir wieder vor meinem Pfarrhaus standen. »Letzten Sommer. Als das Gewitter uns überraschte und wir auf dem Weg durch den Park völlig durchnässt wurden. Und das Eis, das wir in der Hand hielten, floss davon!« Ich nickte mechanisch. Der Alb hatte sich in meinem Inneren eingenistet wie ein Kuckuckskind in einem Schwalbennest. Gerne hätte ich mit Klaus darüber gesprochen, doch die Befürchtung, dass er mich nicht ernst nehmen würde, hielt mich davon ab. Hatte er doch schon einmal in einer ähnlichen Situation mit Unverständnis reagiert. Wahrscheinlich fühlte er sich hilflos.

»Ich gehe dann mal hinein«, sagte ich leise. »Es tut mir leid, dass ich dir heute keine bessere Gesellschaft war.«

»Schon gut«, erwiderte er kühl. Förmlich reichte er mir die Hand. »Gute Nacht, Martha.« Er wandte sich ab und ging die Möllerstraße hinunter.

»Lass mich nicht allein, die Angst nimmt mir den Atem!«, hätte ich ihm am liebsten hinterhergeschrien, doch meine Zunge fühlte sich an wie festgewachsen. Ganz erstarrt stand ich da, unfähig, mich zu bewegen. Was hätte ich auch tun können? Die Schicklichkeit verbot es, meinen Freund um diese nachtschlafende Zeit zu mir hereinzubitten. Ich würde wieder wach liegen und beten und hoffen, dass mich irgendwann der gnädige Schlaf überkam.

Schließlich löste ich mich aus meiner Starre und näherte mich der Haustür. Langsam, wie eine alte Frau, betrat ich den Flur, knipste Licht an und stieg Stufe für Stufe die knarrende Treppe hinauf. In meinem Amtszimmer öffnete ich das Fenster zum Westpark und rezitierte wie jeden Samstagabend den vierundachtzigsten Psalm: »Wie lieblich sind mir deine Wohnungen, Herr Zebaoth! Meine Seele verlangt und sehnt sich nach den Vorhöfen des Herrn …«

Das Telefon klingelte. Hohl und bedrohlich hallte das Läuten in dem kalten, leeren Haus wider. Ein Blick auf die Uhr zeigte, dass es schon nach zweiundzwanzig Uhr war. Wer mochte mich um diese Zeit anrufen? Meine Mutter? Gab es einen Notfall?

Das Telefon verstummte.

Wie hypnotisiert starrte ich den Apparat an. Gib Ruhe!, flehte ich in Gedanken.

Es schellte wieder.

Ich fasste mir ein Herz und hob den Hörer ab. »Evangelisches Pfarramt, Gerlach!«

»Komm ins Schlesierviertel«, sagte eine männliche Stimme, die leicht verwaschen klang. Im Hintergrund hörte ich Geräusche. »Komm, so schnell es geht!«

»Hallo? Wer spricht da?«

»Wir treffen uns an der Trinkhalle!«

»Luschinski?«

Doch da hatte der Anrufer bereits aufgelegt.

SECHS

Kreisendes blaues Licht huschte über die Häuserwände. Atemlos erreichte ich den Ort des Geschehens und bahnte mir einen Weg durch die Menschentraube.

»Was ist passiert?«

Trudi schenkte Schnaps aus. »Auch einen auf den Schrecken, Fräulein Pastor? Geht aufs Haus.«

Ich schüttelte den Kopf. Luschinski schien von dem Angebot allerdings reichlich Gebrauch gemacht zu haben, ich roch die Fahne des Reporters, noch bevor ich ihn sah.

»Luschinski, warst du das eben? Von da vorne aus der Telefonzelle vielleicht?« Ich wies auf das gelbe Häuschen an der Ecke.

»Martha!« Er fasste mich an den Schultern. »Gott sei Dank bisse nu da. Gerade haben sie sie weggefahren. Mit 'nem Tuch überm Kopf. Tot. Mausetot.«

»Ach, das Fräulein Gerlach. Auch mal wieder am Tatort?« Ich drehte mich um in die Richtung, aus der mir eine stinkende Rauchwolke entgegenschlug. »Guten Abend, Herr Kommissar Kellmann.«

»Jaja, immer zur Stelle, wenn's brennt, das Fräulein Pastor!«

»Wo brennt es?«, fragte ich erschrocken.

»Nur so eine Redensart.«

»Sie haben eine Leiche gefunden? Wo denn, in dem Haus dort?« Ich wies mit der Hand auf das Haus an der Ecke, vor dem ein Streifenwagen stand.

»Wie gut Sie wieder Bescheid wissen!«

Resigniert wandte ich mich ab. Der Kommissar würde meine Fragen nicht beantworten. Er nahm berufstätige Frauen generell nicht besonders ernst. Doch zu meiner Überraschung fügte er hinzu: »Fräulein Gerlach? Vielleicht könnten Sie sich um die Damen kümmern, bis Ihr Kollege eintrifft.«

Er wies auf eine Gruppe von Frauen, die etwas abseits standen. In der Dunkelheit machte ich drei Köpfe auf unterschiedlich großen Gestalten aus.

Eine der Frauen war recht stattlich, ich erkannte die Stimme sofort. »Frau Sarastro?« Ich schüttelte ihr die Hand. Neben ihr stand eine Kleinere, Schmale. »Frau Rabenau?«, tippte ich. »Guten Abend«, wisperte sie.

»Ach, Fräulein Pastor. Gut, dass Sie kommen«, ertönte eine weitere Stimme.

»Was ist passiert?«, fragte ich, während ich rätselte, wer die letzte Sprecherin war. Dem Klang der Stimme nach wohl eine ältere Dame.

»Ich wollte doch nur nach dem Rechten sehen! Und dann dieser Anblick. Schrecklich war's! Das habe ich nicht verdient!«

»Was meinen Sie damit? Haben etwa Sie die Tote gefunden?«

Endlich erkannte ich, wen ich vor mir hatte. »Frau Balmke? Aus der Frauenhilfe?«

»Ja, wer denn sonst!«

»Ich bin gerade erst gekommen! Können Sie mir erzählen, was passiert ist?«

»Ja, eigentlich ging's um Frido. Den konnte ich ja nicht mitnehmen ins Krankenhaus. Und deshalb …«

»Weg da!« Einige Männer bahnten sich einen Weg durch die Menge, schleppten Gerätschaften in das Haus hinein und wieder hinaus.

Ich wandte mich wieder der Sprechenden zu: »Moment! Bitte noch einmal von vorne, Frau Balmke!«

Statt ihrer erklärte Frau Sarastro: »Es lag an dem Hund. Frau Balmke wollte ihren Hund abholen, nachdem sie aus dem Krankenhaus zurückgekehrt ist. Sie hat an der Tür der Nachbarin geklingelt, aber niemand hat geöffnet!«

»An wessen Wohnungstür?«

Kellmann hatte sich unbemerkt genähert und schaltete sich in das Gespräch ein. »Bei Niemitz. Die Tote hieß Fräulein Ulla Niemitz«, gab er Auskunft. Kannten Sie sie?«

»Nie gehört, den Namen.«

»Also gehörte sie nicht zu Ihrer Gemeinde?«

»Ich kenne nicht alle Gemeindeglieder persönlich, leider … vielleicht vom Sehen …«, antwortete ich vage. »Lebte sie allein?«

Frau Sarastro fuchtelte mit ihren Händen: »Der Hund war doch bei ihr!«

Endlich verstand ich. »Dann hatte Frau Balmke ihren Hund

bei Fräulein Niemitz in Pflege gegeben? Und sie wollte ihn dort wieder abholen?«

»Fräulein Pastor!« Es klang wie ein Hilferuf. »Was wird denn jetzt mit dem Frido?«

»Frau Balmke! Das tut mir ja alles so leid!«, sagte ich tröstend.

»Der Frido ist doch mein Ein und Alles«, seufzte die alte Frau. »Ich weiß gar nicht, was ich ohne ihn machen soll! Ich bin schon ganz krank vor Kummer!«

»Sie meint den Hund«, übernahm Frau Sarastro wieder.

»Ja, ich weiß. Wo ist der Frido denn jetzt?«

»Konfisziert«, antwortete Kellmann. »Sichergestellt!«

»Aber warum das?«

»Liebes Fräulein Gerlach. Wir finden eine Tote, offensichtlich erstickt, und einen Hund in derselben Wohnung. Einen Schäferhundmischling, wohlgemerkt. Keinen kleinen Dackel.«

»Hat denn der Hund etwas mit dem Tod von Fräulein Niemitz zu tun?«

»Das wissen wir noch nicht. Deshalb: sichergestellt!«

»Fräulein Pastor, helfen Sie mir! Bitte«, flehte Frau Balmke mich an. »Der Frido hängt doch so an mir. Ganz traurig ist er, wenn ich nicht da bin. Kaum fressen mag er dann.«

Ich wandte mich wieder an den Kommissar: »Wann bekommt Frau Balmke ihren Hund zurück, Herr Kellmann?«

»Weiß nicht«, erwiderte der Kommissar und murmelte etwas, das wie »einschläfern« klang.

»Wie bitte? Das können Sie Frau Balmke nicht antun!«

Kellmann zündete sich eine neue Zigarette an und wurde grob: »Ich mach hier nur meine Arbeit. Machen Sie gefälligst die Ihre – sind Sie nicht die Seelsorgerin? Also kümmern Sie sich um die Leute und mischen sich nicht in Dinge ein, die Sie nichts angehen!«

Irgendwann löste sich die Menge auf. Frau Rabenau, zwischenzeitlich bestens versorgt mit Trudis Schnäpsen, wankte am Arm ihrer Freundin davon. »Nicht vergessen: morgen früh auf der Wache!«, rief Kellmann den beiden nach.

»Morgen früh um halb zehn ist Gottesdienst, da geht niemand zur Wache!«, hielt ich energisch dagegen.

»Meinetwegen dann um elf«, gab Kellmann nach. Mittlerweile war ich todmüde. Meine dunklen Vorahnungen, die ungeklärte Situation mit Kaminski, der Leichenfund in einem Wohnhaus, die Seelsorge an den Mitbewohnern: All das hatte mich erschöpft. Es ging auf Mitternacht zu, und ich war froh, dass am nächsten Morgen Kollege Kruse den Gottesdienst halten würde und ich nicht auch noch die Predigt vorbereiten musste. Kruse war kurz aufgetaucht, hatte sich jedoch schnell wieder verabschiedet.

»Na, Martha, alles klar?«

»Luschinski, schäm dich! Hier ist jemand gestorben, und du betrinkst dich!«

»Ach was, gestorben! Totgemacht!«

Kopfschüttelnd sah ich zu Trudi hinüber, die sich anschickte, ihre Bude zu schließen. »Trudi, was machen wir jetzt mit ihm?«

»Nach Hause schicken, was sonst, Fräulein Pastor!«

Zweifelnd betrachtete ich den Reporter, der schlapp an der Hauswand lehnte. »Schafft der das noch?«

Trudi lachte auf. »Der hat schon in ganz anderem Zustand nach Hause gefunden, machen Sie sich da mal keinen Kopp drum!«

»Na gut, wie Sie meinen!«

Ich machte mich auf den Weg Richtung Pfarrhaus.

Auf der Adlerstraße bemerkte ich, dass mir jemand folgte. Ich legte einen Schritt zu. Der Verfolger ebenfalls. Als ich mich umdrehte, erblickte ich einen älteren Mann, dick vermummt. Er roch nach Alkohol, altem Schweiß, lange getragenen Kleidern. Ein Tippelbruder, wohl auf der Suche nach einem Schlafplatz. Ich beschleunigte wieder.

»Verehrteste!«, hörte ich da eine Stimme, die mir vertraut war.

Abrupt blieb ich stehen. »Bruno! Jetzt haben Sie mich aber erschreckt! Was machen Sie denn hier?«

Der Angesprochene wiegte den Kopf hin und her. »Verehrteste! Das Unglück hat sich Ihnen wieder zugewandt«, stellte er lakonisch fest.

»Das kann man wohl sagen!«

»Darf ich Ihnen das Geleit anbieten, gnädiges Fräulein? Es wäre mir eine Ehre!« Und weil ich Kaminski schon vor Stunden verabschiedet hatte und Luschinski besoffen war, ließ ich zu, dass Bruno, Tippelbruder aus gutem Haus, mich zum Pfarrhaus begleitete. An der Haustür angelangt, verbeugte er sich galant. »Verehrteste. Eine kleine Bitte hätte ich noch. Würden Sie die Güte haben, mir aus einer – nun sagen wir – vorübergehenden pekuniären Klemme zu helfen?«

Ich fand nur Pfennige in der Börse und ein Fünfmarkstück. Also reichte ich ihm das mit den Worten: »Weil heute der Tag des Herrn ist!« Tatsächlich war es inzwischen weit nach Mitternacht. Erfreut nahm er das üppige Almosen entgegen und deutete einen Handkuss an. »Gott segne Sie!« In der Nähe meiner Haustür huschte ein Schatten durch das Gebüsch. Ein Tier, vielleicht eine Ratte?

»Miau … Miau … Miau«, klagte es kurz darauf im Westpark, und ich dachte an Koks, den schwarzen Kater meiner früheren Untermieter. Ob er zurückgekehrt war? Oder jaulte dort ein anderes Katzenvieh?

Brachten schwarze Katzen nicht Unglück? »Schäm dich!«, rief ich mich selbst zur Räson. Eine Pastorin sollte nicht abergläubisch sein. Und dennoch …

SIEBEN

Im morgendlichen Dunkel wirkten die Leuchten an den Fassaden wie Farbtupfer, der Atem erschien in der feuchtkühlen Luft als weiße Fahne vor dem Mund. Mein Blick streifte über die Gebäudezeile, rotes Licht und heruntergelassene Rollläden beherrschten das Bild. Durch einen breiten Spalt fiel Licht auf den Gehsteig.

Unschlüssig blieb ich mitten auf der Straße stehen.

»Komme sofort!«, rief Kellmann und schloss den Streifenwagen ab, den er auf der anderen Seite geparkt hatte. Kurz darauf erschien er neben mir. Gemeinsam erreichten wir das Haus. Er klopfte an die Jalousie. Eine schmale Hand vergrößerte die Öffnung von innen, und die Gestalt einer Frau mit lackschwarz toupiertem Haar wurde sichtbar. Sie trug nichts außer einem Höschen und einem Büstenhalter.

»Na, Süßer, wie wär's mit uns beiden?«, lockte sie.

»Gibt's Rabatt für Staatsdiener?«, erkundigte sich der Kommissar.

»Für dich doch immer«, flötete die Schwarze, »Für 'n läppischen Grünen zieh ich mich aus. Extra für dich.« Sie schwang die Hüfte.

»Jaja. Und anfassen kostet extra. Das kennen wir.«

»Von nichts kommt nichts, das weißt du doch!« Sie lächelte kokett. »Und? Wird's nun was mit uns beiden?«

»Später vielleicht«, sagte der Kommissar.

Sie winkte ihm zu. Mich ignorierte sie.

Kellmann machte Anstalten, an der Tür zu klingeln.

»Halt! Erst sagen Sie mir, wo wir sind!«

»Aber Fräulein Gerlach! Wie lange leben Sie schon in dieser Stadt? Noch nie von der Linienstraße gehört?«

»Ich verstehe. Dortmunds sündige Meile. Die Häuser mit den …«

»Dirnen, ganz richtig.«

»Und *warum* sind wir hier?«

»Das sehen Sie dann schon.«

»Sie haben mich um sieben aus dem Schlaf gerissen und behauptet, Sie bräuchten einen Seelsorger. Also, was machen wir hier?«

»Wir besuchen die Mutter von Fräulein Niemitz.«

Ich verstand. »Sie … arbeitet hier?«

»Die gibt die Puffmutter.«

Energisch betätigte er einen der Klingelknöpfe.

Kurz darauf erschien eine hochgewachsene Brünette mit aufgestecktem Haar, unauffällig gekleidet mit Pullover und Hose.

»Sie wünschen, bitte?«

»Polizei!« Der Kommissar zeigte seine Marke. »Ist Frau Niemitz da?«

»Einmal die Treppe runter«, wies die Dame an.

Sie ging voraus. Weder stellte der Kommissar mich vor, noch fragte sie, wer ich sei. Genauso gut hätte ich unsichtbar sein können.

Die Treppe war steil und frisch gewachst. Beinahe wäre ich ausgerutscht.

»Vorsicht!«

Unten verbreiterte sich das Treppenhaus. Wir fanden uns in einer Wohnküche wieder, die nicht anders ausgesehen hätte als Tausende anderer, wäre da nicht an einer der Wände ein Spiegel befestigt gewesen. Davor stand ein leicht bekleidetes Mädchen, das sich die Lippen nachzog und den Sitz ihres Büstenhalters kontrollierte. Es nahm keinerlei Notiz von uns.

Mich fror schon beim Zusehen.

Am Tisch, neben einem künstlichen Weihnachtsbaum mit bunten Kugeln, saß eine dicke Frau und strickte.

»Molly, Besuch für dich.«

Die Hochgewachsene zog sich zurück und ließ uns allein.

»Guten Morgen, die Dame.« Selten hatte ich Kellmann so höflich erlebt.

»Morgen. Wat gibt's?« Sie schaute kurz auf. Auf einer geblümten Bluse lagen Perlenketten in allen Regenbogenfarben.

Der Kommissar räusperte sich. »Kennen Sie« – er blickte auf ein Formular, das er in der Hand hielt – »ein Fräulein Ursula Niemitz, wohnhaft in der Dorotheenstraße?«

»Jau.« Sie senkte das Doppelkinn unter der Dauerwelle zur Blümchenbluse hin und nahm seelenruhig ein paar Maschen auf. »Is was mit ihr?«

»Sind Sie die Mutter?«

»Jawoll.«

Kellmann berührte mich auffordernd am Arm.

Was für ein Feigling. Ich schwieg.

Erneutes Räuspern. »Leider, leider …«

»Leider haben wir keine gute Nachricht für Sie«, übernahm ich nun doch die Ankündigung der Hiobsbotschaft. »Ihre Tochter wurde gestern Abend in ihrer Wohnung gefunden.«

»Tot«, ergänzte der Kommissar. »Der Notarzt konnte Fräulein Niemitz nicht retten. Alle Wiederbelebungsversuche blieben erfolglos. Leider.« Er zündete sich eine Zigarette an.

Das Gesicht der Frau zeigte keine Regung.

»Frau Niemitz?«

Ich trat einen Schritt vor.

Sie starrte auf den Strickstrumpf in ihren Händen. An der Wand hinter ihr hingen vier Adventskalender mit geöffneten Türchen.

»Was wollen Sie? Wer sind Sie überhaupt?«, fragte sie feindselig.

»Ich bin die Pastorin. Fräulein Niemitz wohnte in meiner Gemeinde.«

»Ach ja? Pfaffe also, auch das noch. Sie haben mir gerade noch gefehlt.«

»Wenn ich Ihnen irgendwie helfen kann …«

»Wie denn? Können Sie die Ulla wieder lebendig machen? Und überhaupt: Ich glaub an keinen Gott. Sonst würde nicht so viel Sch… – so viel Mist passieren auf der Welt!«

Das Mädchen hatte sich fertig geschminkt und verließ den Raum.

Draußen wurde es allmählich heller, doch in das Untergeschoss drang nur wenig Licht.

Ich wagte mich einen weiteren Schritt vor. Nun sah ich, dass ihre Lider unter den gezupften Augenbrauen zitterten.

»Mein Beileid. Mein aufrichtiges Beileid.« Für einen Moment

meinte ich, eine Träne im Augenwinkel glitzern zu sehen. Doch sie hatte sich schnell wieder im Griff.

»Haben Sie se überhaupt gekannt? Nich persönlich, oder? Mit so einer will so ein Pfaffenfräulein wohl nichts zu tun haben«, schimpfte sie.

»Ich wusste ja gar nicht …«

Der Kommissar schaltete sich ein. »Frau Niemitz, leider habe ich eine weitere schlechte Nachricht für Sie.«

»Was denn getz noch? Wat gibt's denn noch Schlimmeres als ne tote Tochter?«

»Fräulein Niemitz ist mutmaßlich Opfer einer Gewalttat geworden. Die Kriminalpolizei ermittelt in dieser Angelegenheit.«

»Ich hab's ihr ja gleich gesagt! Ich hab sie gewarnt.« Ihre Stimme klang hart. »Was du da vorhast, das ist nix für unsereinen, hab ich ihr gesagt. Schuster, bleib bei deinem Leisten. Was gibt's gegen 'ne anständige Hure einzuwenden? Die Gäste mochten sie, und sie hat immer 'ne gute Mark gemacht. Wär sie mal besser hiergeblieben, hier ging's ihr doch gut. Stattdessen musste das gnädige Fräulein ja ausziehn. Wollte wohl was Besseres sein.«

»Vielleicht wollte sie nicht mehr hier arbeiten.«

»Ach, was wissen Sie denn schon! Alle naselang kommt hier wer von der Kirche. Mal 'ne Nonne im schwarzen Kleid, sieht aus wie 'n Pinguin, und am nächsten Tach eine mit 'nem weißem Häubchen. Und alle, alle wollen sie uns retten!« Sie hatte sich in Rage geredet. »Fragt sich, vor wem. Vor der Hölle? Oder vor den Freiern? Danke, kein Bedarf. Die tun uns nichts, die zahlen gut. Besser als so 'n Scheinheiliger. Vielleicht wollen wir ja nich gerettet werden.« Ihr Doppelkinn bebte. Endlich hatte sie auch das Strickzeug aus der Hand gelegt.

»Reg dich nicht auf, Molly!« Unbemerkt war die Schlanke im Pullover wieder eingetreten. »Das ändert doch nichts.« Sie zog eine Zigarette aus der Schachtel, steckte sie an, nahm einen Zug und reichte sie weiter. »Hier, rauch mal eine. Das beruhigt!«

»Is doch wahr!«, maulte die Dicke, nachdem sie an dem Glimmstängel gezogen hatte. »Von nix 'ne Ahnung, aber unsereinen bekehren wollen. Von wegen nicht mehr anschaffen und so. Bloß, wo die Kröten herkommen sollen, das verraten sie nicht. Verkäuferin im Warenhaus, dass ich nicht lache! Die verdienen doch alle nix.« Sie inhalierte den Rauch tief ein und pustete ihn dann in die Luft.

»Wann haben Sie denn Ihre Tochter das letzte Mal gesehen?«, fragte der Kommissar dazwischen.

»Weiß ich's? Seit sie hier nich mehr wohnt, sehen wir uns nicht oft. Vielleicht einmal die Woche. Höchstens.«

»Diese Woche auch schon?«

Die korpulente Frau wirkte plötzlich erschöpft. Deutlich zeigten sich Ringe unter ihren Augen, und mir fiel auf, dass ihr Haaransatz grau war, dort, wo das Blond herausgewachsen war. »Vorgestern war sie hier. Hat mir gesagt, dass sie nun doch nicht heiratet.«

»Hat sie erklärt, warum?«

»Ich hab's ihr vorher gesteckt. Das geht nicht gut, was du da vorhast, hab ich gesagt. Welcher anständige Mann heiratet schon eine wie dich.«

»War sie schwanger?«

»Nee. Doch, Moment, jetzt, wo Sie's sagen. 'ne Zeit lang kam sie mir ziemlich dick vor. Zum Schluss war sie wieder dünner.«

»Aber erzählt hat sie nichts?«

Frau Niemitz schwieg.

Plötzlich war noch jemand im Raum. Ein kleiner Mann mit Goldkettchen und strahlend weißem Gebiss umrundete den Tisch und stellte sich hinter den Stuhl der Dicken. Beruhigend tätschelte er ihre Schulter. »Tut mir leid, das mit deiner Tochter, Molly. Ehrlich.«

»Hättste mal besser auf sie aufgepasst.«

»Ich hab's versucht, Molly, ehrlich. Aber ich kann meine Augen nich überall haben. Das verstehste doch, oder? So direkt war ich ja auch nicht mehr zuständig.«

Er hielt ihr ein Taschentuch hin. »Hier. Ist alles ganz schön traurig, nicht?«

Sie schnäuzte sich.

Ich besah mir den Mann genauer. Mein Blick blieb an seiner Jacke hängen, einer Kreation aus Wildleder mit Pelzbesatz. Genauso stellte ich mir einen Zuhälter vor. Auch wenn der Mann Mitgefühl zeigte: Wahrscheinlich tat es ihm hauptsächlich leid um den Verlust der Einnahmen. »Hat der Mann hier ein paar Mädchen am Laufen?«, flüsterte ich Kellmann zu.

Der Kommissar verschluckte sich fast am Rauch seiner Zigarette. Dann fing er herzlich an zu lachen. »Hömma, Pit, das Fräulein Pastor denkt, du wärst 'n Lodde!«, trompetete er ohne Rücksicht auf die trauernde Mutter. »Ist das ein Witz?!«

»Aber was …?«

»Das ist einer von uns. Der Kollege vonne Sitte!«

»Woher soll ich denn das wissen?«, fragte ich beleidigt.

»Nichts für ungut«, murmelte ich, als der verkannte Polizist vor mir her die steile Treppe hinaufging.

»Macht nichts«, sagte er trocken. »Ich bin schon öfter verwechselt worden.«

Die Schlanke führte unseren Trupp an. »Wollen Sie mal das Zimmer von einem der Mädchen sehen?«, fragte sie, nach hinten gewandt.

»Kein Bedarf«, erwiderte Kellmann.

Ich holte tief Luft. Dann siegte die Neugier. »Ich würde doch gerne eines der Zimmer besichtigen.«

»Dann kommen Sie mit!« Der Mann von der Sitte blieb an meiner Seite. Er war kaum größer als mein Pfarrkollege Kruse, doch im Gegensatz zu ihm wirkte er drahtig und durchtrainiert. Seinen Namen wusste ich immer noch nicht.

Die Schlanke klopfte an eine der Türen. »Dürfen wir mal reinschauen, Sissy?« Eine kurvig gebaute junge Frau öffnete; über den Bikini hatte sie einen Morgenmantel geworfen.

»Besuch! Der Pit und 'ne Bekannte von ihm!«, kündigte die Schlanke an.

»Bitte«, sagte die junge Frau gleichmütig und ließ sich auf den einzigen Stuhl im Raum fallen. Auf ihrem Kopf türmte sich ein blonder Helm. Die Lippen wirkten wie frisch gepflückte Kirschen.

Ein Bett mit rotem Samtbezug dominierte den Raum. Wandleuchten sorgten für eine heimelige Atmosphäre. Hätten da nicht

Handschellen und ein Korsett an Haken gehangen, fast hätte ich mich wie in einem behaglich eingerichteten Boudoir gefühlt.

»Wie isses mit der Kundschaft, Sissy?«

»Mau. Die Gäste haben kein Geld vor Weihnachten. Alles ausgegeben für Geschenke.«

»Wart's ab. Spätestens am zweiten Feiertag kommen sie wieder. Wenn's daheim bei Muttern langweilig wird.«

Draußen hupte ein Wagen. »Kellmann. Er hat es wohl eilig«, seufzte ich. »Er muss mich zurückbringen in die Siedlung.«

»Kellmann hat es immer eilig. Er ist ungeduldig.«

»Ich weiß.«

»Aber ein guter Kommissar.«

Die Schlanke musterte uns beide. »Sie sind mir lieber«, schmeichelte sie und lächelte den Kollegen von der Sitte an, »Sie sind eine Rarität: ein Bulle mit Herz!«

»Machen Sie die Bestattung, Fräulein Pastor?«, fragte er, nachdem wir uns verabschiedet hatten und auf die Straße traten.

»Ja, ich denke.«

»Geht das überhaupt? Eine christliche Bestattung? Trotz der Vergangenheit von Fräulein Niemitz?«

»Das muss gehen«, sagte ich energisch. »Ich werde mich dafür einsetzen.«

Kellmann hatte den grün-weißen Streifenwagen inzwischen gewendet, weil es sich bei der Linienstraße um eine Sackgasse handelte. Ein Verschlag versperrte die Durchfahrt zur Steinstraße.

»Wohin?«, fragte er ungeduldig.

Die Uhr zeigte kurz nach neun an. Um halb zehn würde der Kollege mit dem Gottesdienst beginnen.

»Nach Hause«, entschied ich, »ins Pfarrhaus. Schlaf nachholen.«

»Sie haben's gut. Ich habe heut Nacht kaum ein Auge zugetan. Und gleich kommen all die Leute zur Wache. Zum Verhör.« Kellmanns Stimme klang müde. Im fahlen Morgenlicht wirkte seine Haut grau.

»Ist das Baby nun das Kind der Toten?«

»Das untersuchen wir noch.«

Kellmann lenkte den Wagen unter der Eisenbahnbrücke hindurch in Richtung Möllerstraße. »Wir sehen uns heute Nachmittag.«

»Ach ja. Die Adventsfeier in unserer Gemeinde.«

Der Kommissar stieg auf die Bremse, abrupt kam der Wagen zum Stehen. »Aussteigen. Wir sind da!«

ACHT

»Man versteht sein eigenes Wort nicht mehr!« Ich bahnte mir einen Weg durch die Menge auf dem Gang. Frauen aus der Gemeinde boten Weihnachtsplätzchen, Baumschmuck und Handarbeiten feil.

»Etwas Praktisches für das Badezimmer, Fräulein Gerlach?«, pries Frau Balmke einen gehäkelten Klopapierhut an, der einer rosa-weißen Hochzeitstorte glich.

»Lieber einen Stern«, versuchte ich, das Schlimmste zu verhüten, »einen aus Glanzpapier, für die Fensterscheibe!«

»Vergoldete Tannenzapfen gibt's auch! Serviettenringe aus Bast! Oder einen Stutenkerl mit Tonpfeife! Damit Sie endlich einen Mann im Haus haben!« Sie zwinkerte mir zu.

»Danke, ich habe noch den vom letzten Jahr!«

Ich ließ mir den Stern einwickeln.

»Das macht dann fünfzig Pfennige für den guten Zweck!«

»Dann geben Sie mir doch gleich noch einen dazu!«

»So viele wie heute sind noch nie zur Adventsfeier gekommen«, jammerte Schwester Tabea. »Ich komme kaum nach mit dem Kaffeekochen!« Idschdi stellte gemeinsam mit Presbyter Rabenau weitere Tische auf. Hildchen Kruse flatterte in einem blaugrün schimmernden Kleid durch den Gemeindesaal, redete vor sich hin und verteilte Teller mit Christstollen.

»Wie ein Papagei!«, sagte eine bekannte Stimme dicht hinter mir.

Ich fuhr herum. »Der Herr Luschinski. Auch mal wieder da? Bist du auf Verbrecherjagd?«

»Ich berichte über euren Adventsbasar«, stellte er richtig. »Und knipse Fotos für die Zeitung. Bitte lächeln!«, sprach er die Umstehenden an. Er drückte auf den Auslöser seiner stets bereiten Kamera.

Ein scheuer Blick von Klaus Kaminski streifte mich. Der junge Lehrer hatte auf dem Klavierhocker Platz genommen und sortierte die Notenhefte.

Ich wurde abgelenkt, weil Kollege Kruse heftig gestikulierend auf mich zukam: »Schwester Gerlach! Das hat uns gerade noch gefehlt! Ein Kriminalfall in der Siedlung. Und das ausgerechnet an Weihnachten«, schimpfte er. »Ein Findelkind in der Kirche! Eine tote junge Frau! Und dann kommt auch noch dieser Schnüffelkopp! Auf unsere Adventsfeier!« Er warf Luschinski einen verächtlichen Blick zu.

»Stets zu Diensten«, konterte der Angesprochene mit einer ironischen Verbeugung.

»Das ist alles nicht schön«, gab ich Kruse recht.

»Einige behaupten, die Tote sei die Mutter des ausgesetzten Säuglings!«, fuhr er fort.

»Das ist noch gar nicht sicher!« Mein Kollege konnte nicht wissen, dass ich während eines morgendlichen Ausflugs mit Kommissar Kellmann über das Thema gesprochen hatte. »Alles Gerüchte!«

»Wie immer! Die einen wissen es, sobald es passiert ist, und die anderen sogar noch davor.«

»Und was sollen wir jetzt tun? Was schlagen Sie vor?« Kruse mochte es, wenn man ihn um Rat fragte.

»Unter allen Umständen Ruhe bewahren. Sich nichts anmerken lassen. Ich eröffne in fünf Minuten die Weihnachtsfeier. Sie helfen derweil beim Tischdecken und sorgen dafür, dass Stille einkehrt!«

Ich zuckte mit den Achseln. »Wie Sie meinen.« Über die vorsintflutliche Rollenverteilung meines Kollegen regte ich mich schon lange nicht mehr auf. Ich hatte zur Genüge unter Beweis gestellt, dass ich nicht nur für die Küche taugte, sondern auch für die Kanzel.

Rauchschwaden zeigten an, dass sich der Kommissar in der Nähe befand.

»Meine Kollegin, Fräulein Gerlach«, stellte Kruse mich vor, während ich gerade eine Kaffeelache aufwischte.

»Wir kennen uns«, erwiderte Kellmann knapp. Gerade wollte der Kommissar mich zu sich heranwinken, da beobachtete ich aus den Augenwinkeln, wie jemand von hinten nach einer Handtasche griff, die über einer Stuhllehne hing. Ich räusperte mich. »Moment mal eben!«

Unter ihrer schwarzen verfilzten Mütze erschien die unschuldige Miene von Frau Henrich. »Guten Tag, Fräulein Pastor! Eine schöne Feier ist das hier.«

»Was haben Sie mit der Tasche vor? Die gehört Ihnen doch gar nicht!«

»Ich will einen Kaffee trinken. Haben Sie auch etwas zu essen da?«, lenkte sie ab. Sie langte in eine der Schalen mit Gebäck und bediente sich. Dann fuhr sie mit der Hand durch die Haarsträhnen, die die Filzkappe frei ließ, kratzte sich am Kopf und schob die Hand wieder zurück in die Schale.

Ich musste einen Juckreiz unterdrücken. Ob sie tatsächlich Läuse hatte? »Frau Henrich! Da wollen die anderen auch noch von nehmen!«

»Fräulein Pastor, Kennen Sie den? Sagt eine Frau zu ihrem Mann …«

»Ich habe jetzt keine Zeit für Witze!«

Hildchen Kruse erbarmte sich. »Kommen Sie bitte mal mit, Frau Henrich!« Sie zog die Widerstrebende aus dem Saal.

Ich griff nach dem Lappen und machte mich an die Beseitigung der Krümel auf dem Tisch.

Vorsichtig spähte ich zur Fensterseite. Kaminski saß immer noch vor dem Klavier und blätterte in den Noten. Verlegen schaute er weg, als er meinen Blick bemerkte.

Während ich weiter Gebäck verteilte, Gedecke platzierte und Kaffeepfützen aufwischte, lauschte ich auf das Getuschel um mich herum.

»Kannten Sie das Fräulein Niemitz?«, hörte ich eine alte Dame raunen. Sie unterstrich ihre Worte mit einer lebhaften Handbewegung, die zahlreiche Ringe aufblitzen ließ.

»War sie nicht mit dem Sohn von Frau Balmke verlobt?«

»Soweit ich weiß, nicht mehr.«

»Ich glaube, sie war schwanger!«

»Hat der Bräutigam deshalb die Verbindung gelöst?«

»Ts, ts. Was Sie nicht alles wissen, Fräulein Köhler!«

Gerade überlegte ich, ob ich mich in die Unterhaltung einschalten sollte, da baute sich Kruse hinter dem Redepult auf und signalisierte damit den Beginn des offiziellen Programms.

Vergeblich versuchte er, sich Gehör zu verschaffen. Gegen das Summen im Raum, das Scharren zahlreicher Füße und das Klirren von Kaffeelöffeln kam er nicht an.

Kaminski griff mit aller Kraft in die Klaviertasten und donnerte Händels »Tochter Zion« in den Raum.

Erst bei der zweiten Wiederholung kehrte Ruhe ein.

»Geschafft!« Schwester Tabea warf den Spüllappen so vehement in das Becken, dass ihr weißes Häubchen erzitterte. Sie ließ das Besteck in die Schublade knallen, während ich die leeren Verpackungen in den Mülleimer warf. »Jetzt haben wir keinen Bohnenkaffee mehr! Büchsenmilch ist auch aus.«

»Ich gehe morgen in den Konsum und besorge alles Nötige.« Hildchen griff nach den benutzten Geschirrtüchern. »Die nehme ich mit nach Hause und wasche sie.«

Ihr Mann schaute zur Tür herein. »Schwester Gerlach, kann ich Sie kurz sprechen?«

Ich stellte die Tasse, die ich gerade abgetrocknet hatte, in den Schrank. »Ich komme sofort.«

Im Gemeindebüro schaltete Kruse die Deckenbeleuchtung ein und nahm hinter dem Schreibtisch Platz.

»Wir werden über die unselige Sache Stillschweigen bewahren«, ordnete er erneut an. »Denken Sie daran: kein Wort im Weihnachtsgottesdienst! Wir wollen schließlich nicht die Pferde scheu machen.«

»Dafür ist es zu spät«, hielt ich dagegen. »In der Gemeinde herrscht Unruhe, verständlicherweise. Schließlich ist ein Gemeindeglied ums Leben gekommen. Wahrscheinlich auf gewaltsame Weise.«

»Das steht noch nicht fest.«

»Gleichgültig! Wir können nicht so tun, als wäre nichts geschehen. Die meisten wissen sowieso Bescheid. Morgen wird es in der Zeitung stehen.«

»Weil Ihr Freund, der werte Herr Luschinski, seine Nase überall reinstecken muss.«

»Das ist sein Beruf.«

»Die Besucher erwarten eine festliche Stimmung an Heiligabend. Manche kommen nur einmal im Jahr! Es reicht, wenn wir das Ableben von Fräulein Niemitz nach den Feiertagen abkündigen.«

»Ich würde sie gerne in die Fürbitten aufnehmen. Wenn Worte versagen, kann ein Gebet helfen.«

Kruse runzelte die Stirn. »Bitte sehr. Solange Sie sie nicht namentlich nennen.«

»Es wissen ohnehin alle, um wen es sich handelt.«

»Wie Sie meinen.« Mein Kollege erhob sich. »Ach übrigens, Fräulein Gerlach …«

»Ja bitte?«

Er holte tief Luft und plusterte sich auf. »Es wäre gut, wenn Sie in absehbarer Zeit Ihre Verhältnisse ordnen würden.«

Ich traute meinen Ohren nicht. »Was meinen Sie damit, Herr Kruse?«

»Sie wurden öfter mit einem … Bekannten gesehen. Das ziemt sich nicht für eine Frau in Amt und Würden.«

»Wie bitte?«

»Herrgott, ist das denn so schwer zu verstehen?! Sie dürfen als Pastorin kein Verhältnis haben«, polterte mein Kollege. »Heiraten Sie, oder geben Sie diese Freundschaft auf! Alles andere ist unmoralisch.«

Nun erhob ich mich ebenfalls und nutzte die Tatsache, dass ich den Kollegen um einen halben Kopf überragte.

»Das könnte Ihnen so passen, lieber Bruder Kruse! Hat der Superintendent Sie beauftragt, mit mir zu reden?«, bezog ich mich auf unseren gemeinsamen Vorgesetzten, van Diecken. Dieser schätzte meine Arbeit sehr und würde mich nötigenfalls in Schutz nehmen. »Sie wollen mich wohl loswerden!«

»Ich habe mich inzwischen an Sie gewöhnt. Auch wenn ich es weiterhin mit dem Apostel Paulus halte: ›Das Weib schweige in der Gemeinde!‹«

»Besten Dank.«

»Zurück zum Thema. Ich werde ständig auf Ihr Verhältnis angesprochen. Sie wurden im Konzert in der Reinoldikirche gesehen, wie Sie …«

»Und wenn schon, Herr Kollege: In welchem Jahrhundert

leben Sie eigentlich? Woanders haust man in Kommunen und lebt in wilder Ehe. Das ist inzwischen normal.«

»Aber nicht bei uns! Und nicht bei einer Pastorin. Sie haben ein Vorbild zu sein!«

Es klopfte.

»Herein!«

Im Türrahmen erschien Klaus Kaminski.

»Der kommt ja wie gerufen«, murmelte mein Kollege.

Kaminski ignorierte Kruses Anwesenheit. Er wandte sich direkt an mich. »Martha, wir müssen reden!«

Kruse schnaubte.

»Nicht hier«, beschied ich. »Nicht jetzt. Nicht heute Abend! Ich habe morgen eine Bestattung. Die Predigt für den Heiligabend ist auch noch nicht fertig.«

Klaus sah mich an wie ein geprügelter Hund.

Ich seufzte. »Der Beruf …«

»… ist dir wichtiger als alles andere. Ich weiß.«

Er drehte sich auf dem Absatz um und verschwand.

NEUN

»Lieber Gott! Das war die fünfte Beerdigung hintereinander«, sprach ich. »So viel Tod in dieser Welt. In dieser Stadt. In meinem Leben.«

Mein Blick richtete sich auf den kleinen hellen Grabstein. »Renate Paulsen. 3.2.1954–21.12.1962 – Der Herr hat's gegeben, der Herr hat's genommen.«

Ich schluckte. Im Alter von nur acht Jahren war Renate gestorben. Woran wohl? War sie unheilbar krank gewesen, oder hatte ein Auto sie überfahren? Wie mochte den Eltern zumute gewesen sein?

»Es tut mir leid. Wir konnten nichts mehr für ihn tun.« Die junge Frau im weißen Kittel hob die Hände. Noch einen Blick in das bleiche Kindergesicht, unschuldig und so still. Mein Gott, er war noch so klein! Schon einen Tag später die Beerdigung. Mehrere wurden zu Grabe getragen. Es starb sich viel in jenen Tagen: Bombenexplosionen. Hunger. Auf der Flucht … Ein Einzelschicksal, kaum beweint, weil das Leben weitergehen musste. Unterwegs. Dorthin, wo wir glaubten, in Sicherheit zu sein.

Der Herr hat's gegeben, der Herr hat's genommen …

Sprach dieser Vers für einen gelassenen Umgang mit dem Tod? Oder drückte sich darin vielmehr der Wunsch aus, einen Sinn in dem schmerzlichen Verlust zu entdecken?

»Herr, du weißt, wie schwer es mir fällt, Menschen zu Grabe zu tragen. Es ist mein Beruf, doch viel zu schnell komme ich an meine Grenzen. Es gibt Tage, da ertrage ich es kaum.«

Soeben hatte ich eine alte Frau bestattet. Siebenundachtzig Jahre hatte sie gezählt. Nur eine kleine Trauergemeinde war dem Sarg gefolgt. Viele Bekannte waren wohl vor ihr verstorben.

Es war kälter geworden in Dortmund, doch noch immer hatte der Winter nicht Einzug gehalten. Schneeregen rieselte in das Grab und auf die Kränze, während ich das Vaterunser sprach und den Segen erteilte. Dem Sohn, der Schwiegertochter und den beiden Enkeln reichte ich die Hand und drückte mein Beileid aus. Danach zog ich mich zurück, erschöpft und niedergeschlagen.

Wie ich zu diesem Kindergrab gelangt war, wusste ich nicht mehr. Mittlerweile hatte sich der Himmel verdunkelt, es regnete heftig. Das Nass des Himmels band den immer noch vorhandenen Staub in der Luft. Dunkelgrau fügte sich der Grabstein ein in die Tristesse des trüben Wintertages. Ein steinerner Engel – vor sich ein rotes Grablicht, ringsumher robustes Gestrüpp – hielt Wacht. Die Kerze brannte nicht. Gedämpft vernahm ich den Verkehrslärm der nahen Bundesstraße.

Meinen Talar hatte ich anbehalten. Nasse Wolle schlotterte schwer um meine Beine. Die dünnen Strumpfhosen schützten mich nicht vor der feuchtkalten Witterung. Kühl und klamm wie die Außentemperaturen fühlte sich mein Inneres an.

»Die kleine Renate. Ein Kind noch zum Zeitpunkt ihres Todes. Wie mein Bruder. Martin war erst vier. Warum hast du ihn nicht weiterleben lassen? Warum lässt du es zu, dass Kinder sterben, Kinder, die keinem etwas getan haben, die ihr ganzes Leben noch vor sich gehabt hätten? Bist du nicht ein Gott der Barmherzigkeit?«

Ich blickte hinauf in die Äste der kahlen Bäume, wie blank geputzt vom vielen Regen. Kein Blatt war hängen geblieben. Kein Vogel sang.

Kürzlich hatte ich ein Kleinkind bestatten müssen. Es war vom Balkon gefallen, während seine Eltern in der Wohnung stritten.

Innerlich erstarrt hatte ich die Zeremonie hinter mich gebracht, hatte Erde in das Loch geschaufelt, meinen Spruch aufgesagt und vermieden, Vater oder Mutter anzuschauen, die mit gesenkten Köpfen am Grab standen. Konnte es in einer solchen Situation Worte des Trostes geben? »Es hat Gott gefallen …«, so sagte man doch? Mir blieb dieser Satz im Hals stecken. »Nein, es hat Gott nicht gefallen«, wollte ich schreien. Findest du Gefallen daran, Herr, wenn junge Menschen sterben? Dass eine junge Frau getötet wird, die versucht, ihr Leben selbst in die Hand zu nehmen? Die sich aus ihren Abhängigkeiten befreien und gerade neu anfangen wollte?«

Ulla Niemitz war kein Kind mehr gewesen. Sie war alles andere als ein unbeschriebenes Blatt. Wie vielen Männern hatte sie sich hingegeben, im Austausch gegen Geld? Von Unschuld konnte keine Rede sein. Doch konnte man deshalb von Schuld sprechen? War ihr Schicksal nicht vielmehr tragisch zu nennen?

Kommissar Kellmann hatte vor eineinhalb Stunden bestätigt, dass Fräulein Ulla Niemitz gewaltsam getötet worden war.

Würgemale an der Kehle ließen darauf schließen. Das Weitere sollte die Obduktion klären, auch, ob das Findelkind in der Kirche von ihr abstammte.

Und ich? Ich sollte nun die Trauerrede vorbereiten. Auf die Mithilfe der Mutter konnte ich nicht rechnen, sie hatte mir eine deutliche Abfuhr erteilt. »Gott? Das haben sich die Menschen ausgedacht. Die Pfaffen. Solche wie Sie.«

Wie viele Trauergäste würden überhaupt zum Friedhof kommen? Hatte Ulla Niemitz Freunde gehabt, die sie vermissten? Nachbarn, denen sie nicht egal war? Würden Menschen aus der Siedlung, aus unserer Gemeinde der jungen Frau die letzte Ehre erweisen? Würde das Mitgefühl überwiegen oder die Sensationsgier?

»Herr, warum stellst du mich vor diese Aufgabe? Warum immer ich? Kannst du mich nicht einmal verschonen? Hast du mich nicht genug geprüft?«

Ich löste die Spange, die meine feuchten Haare zusammenhielt. Mein Gesicht war nass. Ob vom Regen oder von den Tränen, die mir unablässig über die Wangen rollten, war mir nicht klar.

Die Kälte im Körper war einer dumpfen Taubheit gewichen.

In der Baracke brannte Licht. Hinter der Fensterscheibe nahm ich schemenhaft zwei Gestalten wahr. Ich durchquerte den Hof, stolperte beinahe über einen Tannenbaum, der im Weg lag, und klopfte an die Tür.

»Herein!«, ertönte eine kräftige Stimme. Rabenau blickte kaum auf, als ich den Raum betrat.

»Guten Abend. Noch zu tun, so kurz vor Weihnachten?«,

fragte ich den Presbyter. »Ich dachte, die Leute lassen ihre Dächer im Sommer decken.«

»Gibt immer was zu schaffen«, brummte der untersetzte Handwerker und betätigte sich weiter an der Werkbank.

Ich wandte mich dem zweiten Mann im Raum zu. »'n Abend, Vanni!«, grüßte ich den Jüngeren, der mit einem Messer ein Holzstück bearbeitete. »Gu-gu-guten Abend«, stotterte der Angesprochene.

»Was machst du denn da? Zeig mal her.«

Verlegen hielt mir der kräftige junge Mann eine halb fertige Figur von der Größe einer Weinflasche entgegen. Ich erkannte den Zacken einer Krone auf dem Kopf. In die kleinen Handflächen arbeitete Vanni eine Schale hinein.

»Einer der drei Könige aus dem Morgenland!«, staunte ich. »Mit Gold, Weihrauch und Myrrhe? Wird das eine Figur für unseren Weihnachtsberg?«

Vanni nickte.

»Sehr schön«, lobte ich und meinte es ehrlich. Die Schnitzerei wirkte kunstvoll und filigran. Ich schielte zu Rabenau hinüber. Würde er nun endlich das Fundament für den Weihnachtsberg und das Häuschen für den Stall zimmern? Für dieses Jahr war es zu spät, doch das nächste Weihnachtsfest kam so sicher wie das Amen in der Kirche.

»Christ zu deiner Geburt. Christ zu deiner Geburt!«, summte ich vor mich hin. »Sie kommen morgen zum Gottesdienst?«

»Ja, freilich! An Heiligabend!«

Ich lenkte das Gespräch auf Rabenaus familiäre Situation: »Wie geht es Ihrer Frau?«

Sein Gesicht blieb ausdruckslos. »Sie ist zu Hause ausgezogen.«

»Ich hörte davon.«

Der Presbyter hobelte, dass die Späne flogen. Dann schaltete er die Kreissäge an und zerlegte mit ohrenbetäubendem Lärm eine lange Latte. Ich zuckte zusammen und hielt mir die Ohren zu. Gerade wollte ich den Raum verlassen, da stürmten zwei Gestalten von draußen herein.

»Mann, ist das laut! Mach mal aus, Papa!«

Lena wirbelte herum. Dann sah sie mich. »Martha, du auch

hier!«, brüllte sie und drückte mich kurz an sich. »Brrr. Ist das kalt!« Die Kreissäge verstummte.

»In der Wohnung ist es auch kalt«, schaltete Rabenau sich ein.

»Männerwirtschaft! Mach mal das Öfchen an, Papa! Felix, du kannst helfen!«, befahl sie ihrem Freund und zeigte auf den Heizkörper in der Ecke. »Los! Holz ist ja genug da! Ist Rotwein oben in der Wohnung, für Glühwein?«, wandte sie sich an ihren Vater.

»Ich hab nur Bier im Haus.«

Sie schaute auf die Uhr. »Viertel vor sechs! Dann gehen wir noch einkaufen. Martha, komm mit! Papa, gib mir mal Geld!« Rabenau förderte eine Brieftasche aus den Tiefen seines Blaumanns zutage und händigte seiner Tochter einen Zehnmarkschein aus.

Um kurz vor sechs erreichten wir den Konsum. Lena hielt den Drahtkorb fest umklammert und lief damit durch die engen Zwischenräume zwischen den Regalreihen. »Rotwein, Rotwein, Rotwein …«, murmelte sie vor sich hin und legte mehrere Flaschen in den Korb. »Sag mal, Martha, stimmt es, dass die Tote eine Nutte war?«, fragte sie dann unvermittelt.

»Wie kommst du jetzt darauf?«

»Habe ich gehört. Du wirst sie doch beerdigen, oder? Hast du mit ihrem Zuhälter gesprochen?«

In ihren Augen unter dem stoppelkurzen Haar blitzte blanke Neugier.

»Lena, das stimmt so alles nicht.«

»Nicht? Hat sie etwa nicht angeschafft? Wie sieht eine Nutte eigentlich aus?«

»Ich weiß es nicht! Ich kannte sie gar nicht. Außerdem wollte sie aussteigen und lebte ganz normal hier in der Siedlung.«

»Dann war's der Zuhälter, bestimmt! Wer lässt schon gern sein Pferdchen laufen.«

»Ich dachte, du studierst Lehramt, Lena! Willst du jetzt Kommissar werden?«

Lena packte Zimt und Nelken zu dem Wein. »Wo sind die Knabbereien? Ich suche Salzstangen …«

An der Kasse fehlten einige Pfennige. Ich kramte einen Groschen heraus und reichte sie der Kassiererin.

»Ihre Rabattmarken!« Sie händigte mir eine Reihe bunter Klebemarken aus. »Haben Sie schon ein Heftchen?«

Die zweite Verkäuferin machte Anstalten, den Laden zu schließen. Sie drehte gerade den Schlüssel um, als Luschinski angehetzt kam. Er musste leider draußen bleiben, so wie der Hund, der auf einer Plakette als unerwünscht gekennzeichnet war.

»Tut mir leid. Wir haben schon zu.«

Achselzuckend wandte sich der Reporter ab. Als wir das Geschäft verließen, hörten wir, wie er vor sich hin murmelte: »Dann gibt es wieder Frikadellen vom Imbiss anne Ecke. Obwohl ...«

Begehrlich schaute er auf unsere gefüllten Einkaufnetze. »Vielleicht habt ihr ja Mitleid und spendiert einem Junggesellen eine Mahlzeit?«

»Höchstens eine flüssige«, erwiderte ich und ließ die Weinflaschen aneinanderklirren.

»Umso besser!«

»Allerdings nur im Austausch gegen die neuesten Neuigkeiten!«

»Ich gehe rauf. Muss schlafen.« Rabenau räusperte sich, rülpste laut und erhob sich schwerfällig. »Gute Nacht!« Ein Schwall kühler Luft wehte herein, als er die Werkstatt verließ. Die leeren Bierflaschen ließ er stehen.

»Martha!« Luschinski lehnte sich vertraulich zu mir herüber. Mittlerweile herrschte in der Werkstatt Bullenhitze, und der süffige Glühwein hatte sein Übriges getan, um die Gemüter zu erwärmen. Süßlich riechender Rauch vernebelte die Luft. Zweige von der Fichte im Hof säumten vier schlichte weiße Haushaltskerzen. Ihre flackernden Flammen warfen lange Schatten an die Wand. Lena war endlich still, nachdem sie sich zuvor stundenlang über die reaktionäre Presse im Allgemeinen und die Propaganda der Springer-Presse insbesondere ereifert hatte. Sie saß eng umschlungen mit ihrem Freund auf einer bunten Decke, in der Hand noch die Dicke, Selbstgedrehte, von der ich vermutete, dass sie illegale Substanzen erhielt. Vanni hockte auf einem Schemel und schnitzte weiter an seiner Figur, während ich auf einer Holzbank Platz genommen hatte.

Schweigend genossen wir die Idylle.

Schließlich rekelte ich mich. »Morgen ist Heiligabend. Ich sollte jetzt auch gehen.«

»Bleib noch ein wenig, Martha!« Luschinski setzte sich neben mich und legte mir den Arm um die Schultern. Das Studentenpärchen tauschte verliebte Küsse. Vanni blinzelte verstohlen zu ihnen herüber.

»Ich wollte dir etwas sagen, Martha. Bevor du es von jemand anders erfährst.«

»Bitte. Fang an!« Ich nahm noch einen Schluck Glühwein.

Luschinski räusperte sich. »Gibt es ein Beichtgeheimnis?«

»Nur bei den Katholischen. Bei uns Evangelischen heißt es Schweigepflicht.«

Ich fühlte mich leicht und beschwingt, um nicht zu sagen, beschwipst.

»Nun gut. Dann appelliere ich an deine Schweigepflicht.«

»Genehmigt!«

»Ich kannte Fräulein Niemitz.«

»Ja? Wie war sie denn so?«

Luschinski stieß mir den Ellbogen in die Rippen. »Martha! Es ist wichtig.«

»Schon verstanden. Du kanntest Fräulein Niemitz. Da warst du nicht der Einzige!«

»Ich kannte sie … näher. Du verstehst?«

Endlich fiel bei mir der Groschen. »Du meinst, im biblischen Sinn?«

»Irgendwie schon.«

»Bist dann vielleicht doch du der Vater des Kindes?«

Luschinski zuckte mit den Schultern. »Kann eigentlich nicht sein. Unsere Kontakte liegen einige Zeit zurück. Mehr als ein Jahr, würde ich sagen.«

Ich setzte mich auf. »Heißt das, du hast mit ihr … als sie noch … du weißt schon? In der Linienstraße …?«

»Martha, ich bin kein Heiliger! Das habe ich nie behauptet!«

»Ich hätte nicht gedacht, dass du dafür zahlst!« Ich kicherte.

»Hast du das nötig? Ich dachte, die Damen lägen dir reihenweise zu Füßen. Für lau.«

Er kitzelte mich am Oberarm. »Ist manchmal einfacher zu bezahlen. Dann weiß man vorher, was es kostet. Und es geht schneller.«

Ich schüttelte den Kopf. »Kommt es darauf an?«

»Martha, ich bin ein Mann mit ganz normalen Bedürfnissen.« Dann raunte er dicht an meinem Ohr: »Du bist süß, wenn du einen sitzen hast! So locker!«

»Luschinski! Ich bin Pastorin!« Leider musste ich schon wieder kichern.

»Jaja, und jetzt lass uns gehen, bevor das holde Paar« – er wies auf Lena und ihren Freund, die sich mittlerweile auf dem Boden wälzten – »mit dem Petting beginnt! Vanni, du kommst mit!«

ZEHN

Ich drehte den Hahn auf und ließ die braune Brühe durch den Schlauch laufen, bis das Wasser klar in das Becken schoss. Dann stellte ich ein Glas darunter. Gierig trank ich.

»Das war gar nichts, Martha«, schalt ich mich selbst. »So viel Glühwein zu trinken, und das am Tag vor Heiligabend!«

Ich nahm einen weiteren tiefen Schluck.

In der Zeitung stand, dass es Borman, Lovell und Anders wieder besser gehe. Ich runzelte die Stirn und überlegte, warum es ihnen wohl schlecht gegangen sein mochte. Andererseits würde es mir auch nicht gefallen, das Weihnachtsfest in einer Rakete namens Apollo 8 zu verbringen. Das Raumschiff sollte in der Heiligen Nacht den Mond erreichen. Ich persönlich hielt mich lieber auf der Erde auf, selbst im Kohlenpott.

Ich blätterte weiter. Im Lokalteil fand ich einen kurzen Artikel über die junge Frau, die tot in ihrer Wohnung aufgefunden wurde. Ihr Name wurde nicht genannt. »Möglicherweise besteht ein Zusammenhang mit dem vor einigen Tagen in der Kirche am Westpark ausgesetzten Kind. Es liegt der dringende Verdacht auf eine Straftat vor. Die Kriminalpolizei ist vor Ort und sichert Spuren.«

Das waren keine Neuigkeiten für mich. Anscheinend war die Polizei bisher noch nicht weitergekommen.

Ein Blick auf die Geburtstagsliste zeigte, dass Frau Balmke eines von den drei »Christkindern« war, die am Heiligen Abend Geburtstag hatten. Ich machte mich auf den Weg zu ihrer Wohnung, um mich zu erkundigen, wie sie den Leichenfund am Samstag verkraftet hatte.

Vor der Haustür traf ich auf Frau Henrich. »Fräulein Pastor! Kommen Sie auch zum Gratulieren?«, strahlte sie mich an.

»Ja, allerdings!«

»Ich auch. Da gehen wir doch zusammen! Die wird sich freuen, was?«

»Gewiss«, sprach ich, obwohl ich argwöhnte, dass ein Besuch von Frau Henrich nicht auf Frau Balmkes Wunschliste stand.

Gemeinsam stiegen wir die Treppe hinauf in den zweiten Stock. Das Stoffstück, das den handbreiten Glaseinsatz mitten in der Wohnungstür bedeckte, wurde zur Seite geschoben.

Gleichzeitig ertönte ein Kläffen.

»Ja bitte, wer ist da?«

»Pastorin Gerlach!«

Die Tür öffnete sich, und noch bevor ich Frau Balmke die Hand reichen konnte, umsprang mich ein graubrauner mittelgroßer Hund und bellte.

»Der tut nichts!«, behauptete Frau Balmke.

»Ach, nein? Haben Sie Ihren K... Ihren lieben Hund zurück? Das ist aber schön.«

»Ja, Frido ist wieder da! Heute Morgen hab ich ihn auf der Wache abgeholt. Hat nichts zu tun mit der Sache von Fräulein Niemitz. Das ist mein schönstes Geschenk, für Weihnachten und Geburtstag zusammen!«

Erst jetzt nahm sie meine Begleiterin wahr. »Guten Morgen, Frau Henrich. Wollten Sie nicht zur Friseuse?«

»Erst mal wollte ich gratulieren. Sie haben doch heute Geburtstag!«

Ergeben nickte Frau Balmke und bat uns hinein. Wenig später versank ich in einem grünen Veloursessel. Mein Blick fiel auf einen mahagonifarbenen Vitrinenschrank, dessen Farbe sich mit den roten Kugeln an dem Weihnachtsbaum biss. Überall saßen und lagen Puppen herum, die meisten mit Porzellanköpfen und in Rüschenkleidern.

»Sammeln Sie?«

»Früher mal. Die Kleidchen habe ich selbst genäht. Ich war ja Damenschneiderin. Mein Mann ist im Krieg geblieben, da musste ich mich und das Kind alleine durchbringen.«

Frau Henrich hatte ebenfalls Platz genommen und zog ihre schmuddelige Mütze ab. Mich juckte es schon wieder am Kopf.

»Was darf ich Ihnen anbieten, Fräulein Gerlach? Ein Piccolöchen zur Feier des Tages?«, fragte die Gastgeberin.

Bevor ich mit dem Hinweis auf den Nachmittagsgottesdienst

verneinen konnte, klingelte es wieder. Eine elegant gekleidete alte Dame mit sorgfältig frisiertem Kopf betrat den Raum.

»Köhler. Fräulein Köhler«, stellte sie sich vor.

»Gerlach. Pastorin Gerlach. Ich habe Sie gestern auf unserer Weihnachtsfeier gesehen.«

Fräulein Köhler nickte, dass ihre Silberlöckchen hüpften. »Ich habe Ihnen etwas mitgebracht, Frau Balmke«, kündigte sie an und stellte ein mittelgroßes Paket auf den nierenförmigen Beistelltisch. Die Gastgeberin holte eine Schere. Nachdem sie das Papier abgewickelt und sorgfältig zusammengelegt hatte, zog sie eine Holzpyramide aus dem Päckchen. »Von meiner Cousine. Sie werden im Erzgebirge hergestellt.«

Auf einer runden Plattform waren Figuren befestigt, die eine Spitzhacke trugen. »Sie müssen die Kerzen anzünden, dann drehen sich die Puppen!«

»Haben Sie auch Verwandtschaft in der Ostzone, Fräulein Gerlach?«, erkundigte sich Frau Balmke, während sie die Kerzen in die Ständer steckte und nach Streichhölzern Ausschau hielt. »Ich schicke jedes Jahr ein Weihnachtspaket mit Schokolade und Perlonstrümpfen. Und Bohnenkaffee, den guten aus dem Konsum.«

»Ja. Nein ... nicht direkt«, nahm ich Bezug auf die Frage nach der Verwandtschaft. Meine Tante lebte zwar in Sachsen, doch der Kontakt war abgebrochen.

Die Flammen trieben den Propeller an, sodass sich die Plattform mit den Bergmännern in Bewegung setzte.

»Schön«, sagte ich, obwohl ich die Pyramide kitschig fand.

Das Gespräch verstummte. Nun nahm ich auch die leise Musik aus der Truhe in der Ecke wahr. »In den Herzen wird's warm«, sang eine Männerstimme, »still schweigt Kummer und Harm. Sorge des Lebens verhallt. Freue dich, 's Christkind kommt bald!«

»Kennen Sie den?«, platzte Frau Henrich in die andächtige Stille nach dem letzten Ton. Ohne eine Antwort abzuwarten, fuhr sie fort: »Fritzchen fährt Straßenbahn und bietet einer schwangeren Frau seinen Sitzplatz an. Da sagt die Frau zu ihm: ›Du bist ein kleiner Gentleman.‹ In der Schule fragt die Lehrerin: ›Was ist ein Gentleman?‹ Fritzchen meldet sich: ›Ein Gentleman ist einer, der eine schwangere Frau sitzen lässt!‹« Sie lachte herzlich über ihren eigenen Witz.

»Frau Henrich wollte gerade gehen«, erklärte Frau Balmke. »Lassen Sie sich mal richtig verwöhnen bei der Friseuse, Frau Henrich!« Und mit diesen Worten schob sie die immer noch Redende vom Stuhl und zur Wohnungstür und drückte ihr ein Geldstück in die Hand.

Eine Stunde später hielten die Damen mich immer noch fest. »Fräulein Gerlach, bleiben Sie doch noch ein wenig, jetzt, wo's gerade nett wird!«

»Ich muss die Predigt noch durchgehen!«

»Das wird schon klappen. Aber sagen Sie mal: Die Niemitz, hätten Sie vermutet, dass das *so eine* war?«

»Ich dachte, sie wäre mit Ihrem Sohn verlobt gewesen?«

»Ach was, das war einmal. Mein Sohn heiratet doch keine Dame mit Vergangenheit! Jetzt sagen Sie doch auch mal etwas, Fräulein Köhler!«

Die Angesprochene drehte einen Glitzerring an der linken Hand und schaute darauf, als handelte es sich um ein Orakel. »Meine liebe Frau Balmke, hat Ihr Herr Sohn sich da etwas Kleines andrehen lassen? Das Fräulein Niemitz ist doch vor Kurzem niedergekommen, nicht wahr? Wer ist denn der Vater?«

Ich horchte auf. »Haben Sie etwas von der Schwangerschaft mitbekommen?«, wandte ich mich an Frau Balmke. »Sie wohnen doch im selben Haus!«

»Die Niemitz hat nicht groß darüber geredet. Aber gedacht hab ich's mir schon. Sie trug immer so weite Kleider in letzter Zeit.«

»Wer ist denn nun der Vater?«

Sie zuckte mit den Schultern. »Weiß ich's? Mein Sohn hat irgendwann zu mir gesagt: ›Mutter, wir werden wohl doch nicht heiraten.‹«

»Hat er einen Grund genannt?«

»Nein.« Es klang pikiert.

Fräulein Köhler schaltete sich ein. »Ein uneheliches Kind! Einer anständigen Frau passiert so etwas nicht! Kein Wunder, dass er sie nicht heiraten wollte!« Energisch schob sie ihr Kinn vor. Die Ketten an ihrem Hals klimperten. »Zu meiner Zeit hätte es so etwas nicht gegeben.«

»Sind Sie sicher, dass er nicht der Vater ist?«, bohrte ich nach. »Dann hätte er sie nämlich im Stich gelassen.« ›Ein Gentleman ist einer, der eine schwangere Frau sitzen lässt‹, kam es mir in den Sinn. »Seit wann wohnte das Fräulein denn im Haus?«

»Das weiß ich wirklich nicht, Fräulein Gerlach. Sehen Sie, es ist nicht mehr wie früher. Da zog man hier ein und blieb. Ich wohne seit mehr als dreißig Jahren im Haus. Die jungen Leute ziehen ein und kurz darauf weiter, an den Stadtrand. Da gibt es billige Wohnungen für Familien zu kaufen. Das ist ein Kommen und Gehen. Da weiß ich nicht, wer hier wie lange wohnt.«

Fräulein Köhler naschte ein Stück Konfekt und nahm sich anschließend von dem Salzgebäck, das auf einer Etagere angerichtet war. Der Hund hatte sich in sein Körbchen verzogen und schnarchte.

Die Gastgeberin ließ den nächsten Korken ploppen. »Noch einen Schluck, Fräulein Gerlach? Auf einem Bein kann man nicht gut stehen!«

Ich unterdrückte einen Rülpser. »Nein, danke. Ich muss jetzt wirklich gehen!«

Im Treppenhaus lief ein großer Mann unbestimmten Alters an mir vorbei in Richtung Dachgeschoss. Vermutlich handelte es sich um den Sohn. Spontan ging ich ihm hinterher.

Vor der Tür blieb ich unentschlossen stehen. Schließlich klingelte ich.

Nach einer Weile öffnete sie sich einen Spaltbreit.

»Herr Balmke? Kann ich Sie kurz sprechen?«

»Worum geht es?« Im Vergleich zu seiner Statur klang seine Stimme unerwartet hoch.

»Ich bin die Pastorin. Dürfte ich hereinkommen?«

Nur zögernd verbreiterte er die Öffnung. Ich betrat den Flur, folgte dem unsicheren Riesen in das Wohnzimmer. Nun sah ich, dass er einzelne Strähnen über seinen fast blanken Schädel gezogen hatte in dem vergeblichen Versuch, seine Glatze zu verbergen. Ich schätzte ihn auf über vierzig.

»Ich habe gehört, dass Sie mit der Verstorbenen verlobt waren«, eröffnete ich das Gespräch.

»Das war vorbei.«

»Trotzdem muss Sie die Nachricht sehr mitgenommen haben.«

»Allerdings.«

»Mein Beileid. Vielleicht können Sie mir ein wenig über sie erzählen? Ich soll die Traueransprache halten und weiß fast nichts über sie. Ich kannte sie nicht persönlich«, sagte ich. »Möglicherweise haben Sie ja Fotos?«

Auf dem Fernseher entdeckte ich einen klappbaren Bilderrahmen. Die Mutter prangte in Schwarz-Weiß auf der linken Seite. Rechts erkannte ich Balmke junior und eine viel jüngere blonde Frau im blau-weiß gepunkteten Kleid. Sie war kaum geschminkt und lächelte unbefangen in die Kamera.

»Ist sie das?«

Zögernd nickte Balmke.

»Wie schön. Ihr Verlobungsfoto?«

»Hören Sie …« Er hob wieder die Hände.

Ich ließ mich nicht beirren. »Es gehen Gerüchte, dass Ihre Verlobte ein Kind bekommen und dann ausgesetzt hat. Haben Sie sie sitzen lassen?«

»Hören Sie, ich war nicht der Vater.«

»Wer dann?«

Er hob die Schultern und ließ sie wieder fallen.

»Sie haben sie aus der Bordellstraße geholt?«

Er verstummte nun vollends.

»Sicher hatte sie ein besseres Schicksal verdient, als in einem Heim für gefallene Mädchen zu landen. Die Wohnung in diesem Haus: Das hat sie doch sicher alles Ihnen zu verdanken? Haben Sie ihren Lebensunterhalt bestritten?«

Balmke schwieg beharrlich.

»Wussten Sie von Anfang an, dass Ihre Braut schwanger war?«, bohrte ich weiter. »Man muss es doch irgendwann gesehen haben. War das der Grund, warum Sie sie verlassen haben? Das versteht doch jeder. Wer möchte sich schon ein Kuckuckskind unterschieben lassen …«

»Nicht deswegen …«

»Nicht deswegen? Weswegen denn sonst?«

Irritiert hielt ich inne und schnupperte. Es roch streng.

»Um Himmels willen, meine Kartoffeln!« Balmke stürzte in Richtung Küche. Ich lief hinterher, sah zu, wie der Mann aufgeregt den Topf von der Platte nahm und zischend Wasser hineinlaufen ließ. »Angebrannt!«

Er donnerte den Topf samt der unappetitlichen Masse in den Mülleimer.

»Jetzt gibt es keinen Kartoffelsalat heute Abend!«, klagte er. Dann sah er mich an, zum ersten Mal, seit ich die Wohnung betreten hatte, und ich bemerkte die Ringe unter seinen Augen.

»Gehen Sie jetzt, bitte!«

Es klang nicht unfreundlich, aber sehr bestimmt.

Die Glocken läuteten. An diesem Nachmittag bedurfte es nicht ihrer ausdrücklichen Einladung, um die Menschen in die Kirche zu locken. Die Reihen waren gut gefüllt mit Familien, die das Krippenspiel sehen wollten. Krabbelkinder bestaunten den geschmückten Weihnachtsbaum am Altar. Einige näherten sich den Weihnachtsfiguren, die unbehaust am Stamm der Tanne aufgebaut waren. Die Frauenhilfe hatte einige ihrer Werke präsentiert. Schmerzlich berührt dachte ich an den prachtvollen Weihnachtsberg, der nicht fertig werden wollte, weil den Baumeister familiäre Probleme plagten. Die Kindergottesdiensthelferinnen hatten alle Hände voll zu tun, die kleinen Akteure des Krippenspiels zu verkleiden und in Schach zu halten. Eltern fieberten dem Auftritt der Sprösslinge entgegen, während die Geschwister zwischen den Bänken Fangen spielten.

Ich bog in die Sakristei ab, um den Talar anzulegen. Da meiner noch vom vergangenen Tag auf dem Friedhof feucht war und müffelte, borgte ich mir einen des Kollegen aus. Natürlich war er mir zu kurz, er bedeckte kaum die Knöchel. Zum feierlichen Orgelvorspiel hielt ich Einzug in das mittlerweile überfüllte Gotteshaus.

»Josef, ich muss dir etwas erzählen«, sprach die kleine Maria im roten Kleid. »Ich erwarte ein Kind!«

»Dieses Kind ist nicht von mir!«, antwortete ein Vierzehnjähriger im Stimmbruch. »Ich werde dich verlassen!«

»Josef, das darfst du nicht. Das Kind ist Gottes Sohn.«

»Das kann nicht wahr sein! Das kann ich nicht glauben!«

Ist nicht jedes Kind Gottes Kind?, überlegte ich und dachte an den kleinen Findling, den ich vor wenigen Tagen genau an der Stelle gefunden hatte, wo jetzt die Krippe aufgebaut war. Darin lag eine Puppe, die den kleinen Jesus darstellen sollte.

Das Krippenspiel näherte sich dem Höhepunkt.

»Fürchtet euch nicht!«, rief der Engel. Die Hirten legten sich der Länge nach auf den Boden vor dem Altar.

»Ich verkündige euch große Freude: Euch ist heute der Heiland geboren!«, sagte ein Knirps mit heller Stimme. Stolze Väter stupsten sich gegenseitig an und machten sich auf die schauspielerischen Leistungen ihres Nachwuchses aufmerksam. »Ehre sei Gott in der Höhe und Friede auf Erden«, intonierte der Engelschor abschließend.

Die Gemeinde applaudierte. Nach einer sehr kurzen Predigt betete ich für die Verstorbenen. Namen erwähnte ich nicht. Schließlich standen alle auf zum Schlusslied, dem alljährlich wiederkehrenden »O du fröhliche«.

Am Ausgang schüttelte ich zahlreiche Hände und sah in blanke Gesichter und glänzende Augen. Die lähmende Stimmung der letzten Tage schien endlich der Weihnachtsfreude Platz gemacht zu haben.

»Lena, du auch hier?«, fragte ich verwundert, als die junge Frau mit der Stoppelfrisur mich grüßte. »Jawohl. Ist ja sonst nichts los hier! Lieber hätte ich etwas Sinnvolleres gemacht, als in die Kirche zu gehen. Demonstrieren zum Beispiel, gegen die verlogene Scheinheiligkeit an Weihnachten. Ach, wäre ich doch schon wieder in Berlin!«

»Du meinst in der Stadt in der Ostzone, kurz vor der polnischen Grenze?«, konterte ich. Lena zuckte mit den Schultern und zog mit ihrem Freund davon.

Vor dem Portal warteten schon die Besucher auf die nächste Christvesper. Plötzlich gab es einen Tumult. Kinder stießen sich gegenseitig an und juchzten, als ein azurblauer Sportwagen heranpreschte und kurz vor der Kirche mit kreischenden Bremsen hielt.

Mein Kollege Kruse öffnete die Fahrertür, verließ langsam, ein Bein nach dem anderen, seinen Fahrersitz und hob den rechten Arm in Siegerpose.

»Wie albern«, murmelte ich. Den Sprösslingen gefiel es jedoch. »Herr Pastor, Herr Pastor!«, jubelten sie und umringten meinen dicken Kollegen. Ich vermutete, dass ihr Interesse eher dem Auto als dem Amtsbruder galt. Kruse schritt hoheitsvoll um den Wagen herum, öffnete die Beifahrertür und half einer Dame hinaus. Frau Sarastro erschien im wallenden weißen Mantel und einem Hut, dekoriert mit einer Kirschblüte.

»Ganz in Weiß mit einem Blumenstrauß«, brummte der Kollege mit seinem ungeschulten Bariton. »So siehst du in meinen Träumen aus!« Er verbeugte sich und deutete einen Handkuss an.

Ich konnte nur den Kopf schütteln. »Guten Tag, Herr Kollege! So fröhlich mitten im Winter? Nennt man das den zweiten Frühling?«, stichelte ich.

»Nur kein Neid, nur kein Neid«, brummelte er, ohne Frau Sarastros Hand loszulassen.

»Wo ist denn Ihre liebe Frau?«, fragte ich.

Kruse murmelte etwas, das nach »Weihnachtsessen« klang. Die Beifahrertür schnappte zu, und das ungleiche Paar schritt über die Kirchentreppe, als wäre dort ein roter Teppich ausgebreitet. Kurz darauf öffnete sie sich wieder, dieses Mal von innen.

Frau Rabenaus Kopf kam zum Vorschein.

»Halt, halt!«, rief sie empört. »Ihr habt mich vergessen!« Mühsam wand sie sich aus dem Wagen.

»Herr Kollege? Da kommt noch jemand!«

Er drehte sich zu mir um und musterte mich wie etwas, das die Katze zur Tür hereinträgt. »Schwester Gerlach. Haben Sie sich etwa meinen Talar ausgeliehen? Ohne mich zu fragen?«

Als ich später, schon wieder umgezogen, die Kirche verließ, bemerkte ich eine Gestalt vor dem Gemeindehaus. In der Dunkelheit machte ich eine kräftig gebaute Frau aus. Als ich näher trat, erkannte ich sie. »Frau Niemitz? Guten Tag und frohe Weihnachten!«

Als keine Antwort kam, redete ich weiter.

»Wollten Sie in den Gottesdienst? Er hat gerade begonnen.«

Sie zuckte zusammen, als hätte ich sie bei etwas Verbotenem ertappt.

»Danke«, murmelte sie und zog den Mantel fester um sich. Erst jetzt sah ich im Schein der Straßenlaterne, dass sich dunkle Spuren durch ihr Gesicht zogen. Sie weinte. Die Wimperntusche hatte sich aufgelöst.

»Das mit Ihrer Tochter tut mir leid«, sagte ich.

»Danke«, sagte sie leise und wandte sich ab. Langsam schritt sie den Bürgersteig entlang, und ihr ungekämmtes Blondhaar wehte im Abendwind.

Mit einem Kloß in der Kehle sah ich ihr nach.

»Komm rein, Fräulein Martha! Gerade fertig mit Abendbrot!«

Schwerfällig schob Marie ihren Kugelbauch durch den engen, spärlich beleuchteten Flur.

»Wann ist es denn so weit?«, fragte ich mitfühlend.

»Januar soll neues Baby kommen. Noch zwei Wochen.«

Mein Patenkind lief mir entgegen: »Tante Matta, Tante Matta, mittebach, mittebach!«

»Tommi, sag einen ganzen Satz!«

»Tante Matta, heut Weihnacht! Jesus in Gippe!«

Ich schmunzelte. »Du meinst Krippe«, artikulierte ich überdeutlich.

»Kippe! Chriskind, Schenke! Schenke!«

Ich schmunzelte. Das fröhliche Familienleben drängte die traurige Begegnung vor der Kirche in den Hintergrund.

Ob Tommi der Lastwagen mit den bunten Bauklötzchen gefallen würde, den ich ihm ausgesucht hatte? »Geschenke, die Freude machen!«, murmelte ich einen Werbespruch. Für einen Kaufmannsladen oder ein Kasperletheater fand Marie ihn noch zu klein. Dem kleinen Bruder hatte ich einen Teddybären gekauft.

Michi lief aufgeregt im Laufstall hin und her und brabbelte vor sich hin.

Aus der Wiege ertönte ein Krähen. Ich ging dorthin und spielte mit der Rasselkette, die über der weißen Zudecke aufgespannt war. »Dudududud!«

»Das Findelkind?«, wandte ich mich an Marie.

»Kind von tote Frau. Sagen sie in Hospital. Soll nicht bleiben Weihnachten auf Station. Hat Platz bei uns in der Familie.«

»Ist denn jetzt sicher, dass Fräulein Niemitz die Mutter war?«

Marie beugte sich ebenfalls über die Wiege und kitzelte den Säugling. »Ist egal, von wem. Kann bleiben bei uns, wenn keiner haben will!«, beschied sie. »Braucht Familie!«

Ich sah auf meine silberne Armbanduhr, ein Geschenk von Klaus zum letzten Geburtstag. »Kurz nach sieben. Der Gottesdienst müsste nun zu Ende sein. Idschdi wird jeden Augenblick kommen.«

In diesem Moment drehte sich der Schlüssel in der Tür.

Unser Küster betrat die Küche und gab seiner Frau einen Kuss. »Frohe Weihnachten!«

»Ihr Kinderlein, kommet, o kommet doch all!«, sang Marie mit geübter Altstimme. Tommi drängelte sich an die Wohnzimmertür. »Schenke, schenke!«, bettelte er. Doch noch war es nicht so weit.

Hinter der geschlossenen Tür ertönte heller Glockenklang. Das war das Signal.

»Kling, Glöckchen, klingelingeling«, stimmte Marie an. »Linelinelin«, echote Tommi. Michi verbarg vor Aufregung das Köpfchen in Mamis Schürze. Das Findelbaby in Maries Armen schrie.

Dann öffnete sich die Tür, und Idschdis Kopf erschien. »Alle kommen rein!«, rief er. Michi, der als Erster in den Raum purzelte, zog kräftig am Lametta, das den Weihnachtsbaum schmückte. Eine der Kerzen auf dem Tannenzweig neigte sich bedenklich. »Nicht, Michi!«, mahnte Marie und schob den kleinen Mann behutsam aus der Gefahrenzone. Bunte Teller mit Weihnachtsmännern, Schokoladenkugeln und Dominosteinen waren auf einer Golddecke vor dem Baum angerichtet. Der ganze Raum erstrahlte im Weihnachtsglanz. Verstohlen sah ich mich um, doch ich erblickte keines der hübsch eingewickelten

Päckchen, die ich Marie schon vor Tagen gebracht hatte. Idschdi schaute sehnsüchtig auf die tote Mattscheibe des Fernsehers in der Wohnzimmerwand. »Kommt bald Rakete zu Mond«, sagte er. »Müssen schauen im Fernseher.«

»Jetzt nicht! Jetzt Bescherung für Kinder!«

»Wo sind …?«, wollte ich fragen. Marie legte den Zeigefinger auf die Lippen. In diesem Moment klingelte es an der Haustür.

Hereinspaziert kam der Weihnachtsmann mit rotem Mantel und weißem Rauschebart. In der rechten Hand trug er einen derben Jutesack.

»Von drauß' vom Walde komm ich her!«, sagte er mit verstellter Stimme. »Seid ihr alle brav gewesen?«

Michi versteckte das Gesicht in Mamis Schoß und weinte vor Angst. Tommi starrte mit offenem Mund auf die fremde Gestalt.

»Von drauß' vom Walde komm ich her!«, sprach der Mann. »Ich will euch sagen, es weihnachtet sehr!«

Nun erkannte ich die Stimme.

Schlagartig war es mit meiner Festtagsfreude vorbei. In einem unbeobachteten Moment, als die Kinder mit ihren Geschenken spielten, beugte sich der Weihnachtsmann zu mir herüber und raunte: »Wir müssen reden, Martha! So bald wie möglich! Noch heute Abend!«

Es klang wie eine Drohung.

Ich tastete nach dem Lichtschalter. Hinter mir hörte ich den Atem meines Verfolgers.

Mein Herz klopfte. Ich trat einen Schritt vor und atmete tief durch.

Die nackte Glühbirne flammte auf. Der Flur zeigte sich trotz der spärlichen Beleuchtung in seiner ganzen Schäbigkeit. Allmählich fand ich zurück in die Wirklichkeit. War das hier nicht meine Wohnung und ich konnte einladen oder zurückweisen, wen ich wollte? Nach den Ereignissen der letzten beiden Tage war mir überhaupt nicht nach der großen Aussprache zumute, die nun unvermeidlich folgen würde.

»Gehen wir hinein«, ordnete Klaus Kaminski in demselben Tonfall an, in dem er wahrscheinlich seine Schüler einschüchterte.

Ich wagte nicht, zu widersprechen.

Im Wohnzimmer war es lausig kalt. Die Sterne aus Glanzpapier klebten verloren auf der Fensterscheibe und passten sich der Trostlosigkeit des Raumes an.

Stumm nahmen wir Platz: Klaus auf der durchgesessenen Couch und ich gegenüber auf einem modernen gelb bezogenen Sessel. Zwischen uns zerbröselte der Adventskranz. Auch die Hängelampe in Form eines Schirmständers, angeblich der letzte Schrei, ließ den Raum nicht gemütlicher wirken.

»Martha, du machst es mir nicht leicht«, eröffnete Klaus das Gespräch. »Wenn ich mich hier so umschaue …«

»Du musst schon entschuldigen, Klaus«, fuhr ich dazwischen. »Zu Weihnachten ist in der Gemeinde so viel zu tun. Da habe ich keine Zeit für den Haushalt.«

»Lass mich dieses eine Mal bitte ausreden, Martha.«

»Bitte sehr.«

»Ich mache mir Sorgen um dich, Martha!« Sein Blick war auf mein Gesicht gerichtet, tastend, wie mir schien. »Glaub nicht, dass ich nur an mich denke bei dieser Angelegenheit!«

Ich lehnte mich zurück. »Was meinst du damit?«

»Martha, du bist vor Kurzem dreißig Jahre alt geworden. Du hast mehr erreicht, viel mehr als die meisten Frauen, die ich kenne.« Eindringlich sah er mich an. »Aber, wenn du mir eine Frage erlaubst: Bist du auch glücklich?«

Stille fiel zwischen uns. Im Rücken spürte ich einen kühlen Windzug. Das Fenster war nicht dicht.

»Du kannst doch nicht für immer so leben wollen? Allein in einem einsamen Pfarrhaus? Viel Zeit bleibt dir auch nicht mehr, falls du noch Kinder bekommen möchtest. Kinder geben dem Leben erst einen Sinn. Denk an dein Patenkind Tommi, Martha.«

Auf dem Teppich entdeckte ich einen Brandfleck. Er musste noch von den Vorbewohnern stammen. Auch wenn die Küstersfamilie nicht im Luxus lebte: Der Kontrast zwischen ihrer und meiner Wohnung hätte nicht größer ausfallen können. Dort war es heimelig und voller Leben, bei mir war es kalt und ungemütlich. Mich fröstelte.

»Martha, ich meine es nur gut mit dir! Du weißt, dass ich hier in der Siedlung überall anklopfen könnte. Jeder Vater würde sich freuen, mir seine Tochter zur Frau zu geben.«

Kaminskis altmodische Ausdrucksweise rührte mich.

»Ich weiß, Klaus. Und warum hast du mich ausgesucht? Ich bin nicht einmal eine gute Hausfrau.«

»Weil … willst du wirklich, dass ich es ausspreche?«

Ich nickte.

Er war aufgestanden und näherte sich meinem Sessel. »Martha! Ich liebe dich. Ich weiß nicht, warum, aber so ist es nun einmal.«

Er kniete vor dem Sessel nieder und nahm meine Hand. »Martha, heirate mich! Du würdest mich zum glücklichsten aller Männer machen!« Zart drückte er seine Lippen auf meinen Handrücken.

»Klaus! Mein lieber Klaus!«

In der Mitternachtsmette, beim warmen Klang der Flöten, im Schein der Kerzen und bei den vertrauten Gesängen kam endlich, endlich auch bei mir Weihnachtsstimmung auf. Später, als Klaus und ich Hand in Hand durch den Westpark den Weg zurück zu meinem Pfarrhaus nahmen, spürte ich etwas Nasses auf dem Kopf.

Es regnete. Nein, es schneite! Der Regen war fast unmerklich in Schnee übergegangen. »Klaus, schau mal!«, rief ich ausgelassen. »Jetzt bekommen wir doch noch weiße Weihnachten!«

ELF

Engel trompeteten einen Weihnachtschoral. Ich hüpfte durch den Schnee und jubelte: »Im Himmel spielen sie Bach!« Dann stiegen die Flügelwesen aus der Rakete und schwebten durch die Gegend. »Friede auf Erden, Friede auf Erden!«, sangen die Himmelsboten im Astronautenanzug und tanzten um das Raumschiff herum. »Wir kommen vom Mond und wünschen euch Frieden!« Dabei spielten sie mit einem Ball, der so aussah wie der Mond.

Dann zog der liebe Gott den Klingelzug. Die Raumschiff-Engel erstarrten und legten den Kopf schief. Sie wurden so blass, dass man sie nicht einmal mehr erkennen konnte.

Der liebe Gott klingelte noch einmal.

Oder war es das Telefon?

»Wird gleich vorbei sein«, sagte ich mir und drehte mich im Bett um. Doch es hörte nicht auf. Als auch das Kissen auf dem Ohr nicht half, erhob ich mich und tapste barfuß in das Amtszimmer, das im Halbdunkel der Morgendämmerung lag.

Ich hob den Hörer von der Gabel.

»Evangelisches Pfarramt, Gerlach!«

»Kommissar Kellmann!«

»Schönen guten Morgen, Herr Kellmann. Ihnen auch eine frohe Weihnacht!«

»Frohe Weihnachten«, knurrte es am anderen Ende der Leitung.

»Wir haben den ersten Weihnachtsfeiertag! Warum rufen Sie bei mir an?«

»In einer Mordermittlung gibt es keinen Feiertag«, brummte der Kommissar. »Sie haben doch heute Morgen dienstfrei, oder? Ich erwarte Sie auf der Wache. So schnell wie möglich.«

»Na endlich!« Kellmann trommelte mit den Fingern auf die Schreibtischplatte. Neben der Schreibmaschine qualmte die unvermeidliche Zigarette im Aschenbecher vor sich hin. Obwohl erst kurz nach neun, herrschte dichter Nebel im Raum.

»Guten Morgen, die Herren!« Im Hintergrund machte ich den Kollegen von der Sitte aus, den ich vor einigen Tagen in der Linienstraße getroffen hatte. »Was kann ich für Sie tun? – Übrigens, hier könnte mal gelüftet werden!«

Kellmann ignorierte meine Bemerkung. »Setzen Sie sich, Fräulein Gerlach! Sie können sich ja denken, weshalb Sie hier sind.«

»Wahrscheinlich geht es um die Tote.«

»Und um den Säugling, den Sie gefunden haben!«

»Ist denn Fräulein Niemitz nun die Mutter des Kindes? Alle in der Siedlung behaupten das.«

»Aber da Sie nichts auf Gerüchte geben, sind Sie natürlich völlig unvorgenommen, Fräulein Gerlach!« Der Kommissar schickte einen lauernden Blick über den Rand seiner Lesebrille.

Ich zuckte mit den Achseln. »Vielleicht sagen Sie mir ja, wie es sich tatsächlich verhält.«

Kellmann wechselte einen Blick mit seinem Kollegen. »In einem laufenden Verfahren dürfen wir keine Auskunft erteilen!«, belehrte er mich.

»Dann weiß ich nicht, wie ich Ihnen weiterhelfen kann.« Die Zeiten, in denen ich mich vom Gehabe des Kommissars einschüchtern ließ, waren vorbei.

Der Kollege von der Sitte lächelte und zeigte blendend weiße Zähne. Seine rotbunte Krawatte war der einzige Farbfleck im Raum.

»Ausnahmsweise«, lenkte der Kommissar ein. »Weil Sie unter Schweigepflicht stehen.«

Er zog ein Blatt hervor. »Hier habe ich die Ergebnisse des Abgleichs der Blutprobe zwischen der Toten und dem Säugling. Beide haben Blutgruppe A.«

»Was heißt das? War Fräulein Niemitz demnach die Mutter des Säuglings?«

»Der Befund lässt keine eindeutige Aussage zu.«

Kollege Sitte übersetzte: »Vierzig Prozent aller Deutschen haben Blutgruppe A, dieselbe Blutgruppe wie das Neugeborene und die Verstorbene. Möglicherweise ist sie die leibliche Mutter. Wegen der Häufigkeit dieser Blutgruppe lässt sich eine eindeutige Aussage bezüglich der Verwandtschaft nicht treffen. Für die Mutterschaft spricht, dass die Tote wenige Wochen zuvor entbunden hat.«

»Im Dudenstift?«

»Nein. Dort ist das Kind nicht geboren worden«, warf Kellmann ein.

»Wo dann?«

»Wissen wir nicht.«

»Und wer ist der Vater?«

Der Kollege, von dem ich nur wusste, dass alle ihn Pit nannten, grinste wieder, bis die goldenen Eckzähne zum Vorschein kamen. »Das wüssten wir auch gerne.«

»Balmke sagt, er war es nicht. Also der Verlobte«, warf ich ein.

Kellmanns Brauen wanderten nach oben. »Der Exverlobte«, verbesserte er.

Ich verschränkte die Arme vor der Brust und schaute starr geradeaus.

Kollege Sitte amüsierte sich köstlich. Die Goldkettchen um seinen Hals klirrten, als er lachte. »Rolf, so redet man nicht mit einer Dame! Lass mich das machen!«

Er verließ seine Fensterecke. Unter der Lederjacke, die mich in der Linienstraße schon fasziniert hatte, blitzte die rote Krawatte hervor. »Liebes Fräulein Gerlach! Erst mal erweisen wir Ihnen großes Vertrauen, dass wir Sie so weit in die Ermittlungen einweihen. Eigentlich dürften wir das nicht.«

Ich nickte.

»Wir vertrauen darauf, dass Sie Stillschweigen bewahren. Kein Wort zu niemandem.«

Wieder nickte ich.

»Es gibt Ungereimtheiten in Bezug auf die Daten. Wir haben unterschiedliche Angaben darüber, zu welchem Zeitpunkt Balmke die Verstorbene kennenlernte und wann er sich mit ihr verlobte.«

Ich rechnete nach. »Wenn das Kind, sagen wir, Mitte Dezember zur Welt gekommen ist, wurde es wahrscheinlich im März gezeugt.«

»Sie können ja sogar rechnen!« Kellmann grinste spöttisch.

Pit von der Sitte lenkte ein: »Er behauptet, er habe die Dame damals noch gar nicht gekannt.«

Mir fiel auf, dass er strahlende graue Augen mit langen Wimpern hatte. Sein Charme machte seinen Kleinwuchs mehr als wett.

»Wie hat er sie kennengelernt?«

Der Kollege von der Sitte lächelte und schwieg.

Ich erhob mich. »Was kann ich denn nun für Sie tun?«

Kellmann wechselte wieder einen Blick mit seinem Kollegen. Der übernahm: »Sie sind doch viel in der Siedlung unterwegs. Sie kennen Balmkes Mutter. Halten Sie die Ohren offen und berichten Sie uns, was Sie erfahren. Auch über das Verhältnis der alten Dame zu ihrem Sohn.«

Ich seufzte. »Wie Sie wissen, stehe ich unter Schweigepflicht.«

»Das bezieht sich doch wohl nicht auf die Gerüchteküche! Berichten Sie uns, was man sich in der Siedlung so erzählt. Vielleicht ergeben sich daraus weitere Anhaltspunkte.«

»Oder eine Klärung an der einen oder anderen Stelle.«

Ich überlegte für einen Moment. »Ich werde es versuchen. Jetzt habe ich allerdings auch noch eine Bitte.« Ich schaute den Kollegen von der Sitte erwartungsvoll an. Pit nickte: »Gerne, die Dame!«

»Ich müsste noch einmal mit der Mutter von Fräulein Niemitz reden. Für die Traueransprache. Alleine, unter vier Augen.« Ich erinnerte mich an das verzweifelte Gesicht der korpulenten Frau. Ob es in dieser Situation Worte des Trostes geben konnte?

»Ich werde es ausrichten. Falls sie möchte, kann sie Sie aufsuchen. Sie weiß ja, wo Sie wohnen.«

»Rosi«, sagte ich am Telefon zu meiner Amtsschwester und Vertrauten. »Ich glaube, ich habe mich verlobt.«

»Du glaubst, du hast dich verlobt? Man kann an Gott glauben oder nicht. Doch an eine Verlobung?«

»Ich bin mir nicht sicher!«

»Wie kann das sein? Er wird dir doch einen Heiratsantrag gemacht haben!«

»Ja, allerdings. Gestern Abend hat er vor mir niedergekniet und um meine Hand angehalten.«

Rosi pfiff leise durch die Zähne. »Wie feierlich! Am Heiligen Abend. Wer denn überhaupt? Der Heilige Geist?«

»Rosi!!! Verspotte mich nicht! Natürlich nicht der Heilige Geist.«

»Wer sonst? Kaminski und du, ihr geht euch in letzter Zeit aus dem Weg. Oder hat der Reporter das Rennen gemacht? Dieser Windhund!«

»Es geht schon um Klaus Kaminski.«

Ich drehte einen Briefumschlag hin und her, den ich in einem Päckchen mit Pralinen gefunden hatte. Klaus hatte es an die Türklinke gehängt.

Ich räusperte mich.

»Soll ich vorlesen, was auf dem Kärtchen von Klaus steht?«

»Gerne.«

»Liebe Martha. Du hast mich sehr, sehr glücklich gemacht! Ich freue mich darüber, dass Du meinen ehrenvollen Antrag angenommen hast. Lass uns in der nächsten Woche den Hochzeitstermin festlegen – vielleicht im Mai? Einstweilen nimm bitte diese kleine Zuwendung an als Zeichen meiner Aufmerksamkeit und Treue, bis ich Dir einen Ring an den Finger stecken werde. In Liebe, Dein Klaus.«

»Du hast seinen Antrag also angenommen. Gratuliere.«

»Rosi, es klingt verrückt, aber ich erinnere mich einfach nicht. Ich war gerührt und fühlte mich geehrt. Aber ich weiß nicht, ob ich Ja gesagt habe.«

»Ja, also …« Eine kurze Pause entstand. »Die große Frage ist doch: Willst du ihn heiraten?«

Ich schwieg und starrte durch das Fenster in den Westpark. Schnee setzte sich auf den kahlen Bäumen ab. Immer mehr Kinder sammelten sich.

»Martha? Bist du noch dran?«

»Ja. Ich bin mir unsicher«, erwiderte ich.

»Das ist nichts Neues.«

»Ich würde gern heiraten und eine Familie gründen.«

»Aber dann müsstest du deine Stelle aufgeben.«

»Das ist nicht der einzige Grund«, gab ich zögernd zu. »Es liegt auch an Klaus. Ich fühle mich von ihm überrumpelt.«

»Martha? Wie lange hat er auf dich gewartet? Zwei Jahre, drei Jahre? Der Mann hat eine Engelsgeduld bewiesen.«

»Und jetzt muss es auf einmal so schnell gehen. Fast, als stünde er selbst unter Druck.«

Rosi am anderen Ende wartete auf eine weitere Erklärung. Als ich nichts mehr sagte, fragte sie: »Was wirst du nun tun?«

Ich seufzte.

»Ach du dickes Ei«, sagte Rosi und legte auf.

Flocken tanzten vor dem Fenster, verdichteten sich, stoben auseinander. Nun hielt es mich nicht mehr in der Wohnung. Ich zog den Wollmantel über und lief in die städtische Winterlandschaft hinein. Unter den alten Bäumen des Parks lieferten sich Kinder mit bunten Bommelmützen fröhliche Schneeballschlachten. Trotz der Mittagszeit war der Park voll. Die Wege wirkten wie mit Puderzucker bestäubt; Puderzucker allerdings, der schnell einen Grauschleier annahm, vom Kohlenstaub in der Luft und durch die vielen Füße, die darübertrappelten.

Wie von selbst führten mich meine Schritte in Richtung Tatort. Vor Trudis Trinkhalle machte ich halt.

Selbst die Trinker vor dem Laden hatten angesichts der Witterung ihre Köpfe bedeckt. »Prost, Fräulein Pastor«, sagte einer mit Ohrenklappen-Hut.

Der ondulierte Lockenkopf der Ladeninhaberin erschien am Fenster. »Fröhliche Weihnachten!«

»Gesegnete Weihnachten, Trudi«, gab ich zurück »Frohe Weihnachten allerseits«, grüßte ich in die Runde vor der Bude. Ich schob die Tür auf.

»Auch 'n Grog, zum Aufwärmen, jetzt, wo's endlich Winter geworden ist?«, bot Trudi an.

Zögernd nickte ich, halb gegen meine Überzeugung. So viel Alkohol wie in den letzten Tagen hatte ich lange nicht mehr getrunken.

»Zum Wohl, Fräulein Gerlach«, ertönte eine wohlbekannte Stimme hinter mir. Ich drehte mich um. »Frau Sarastro! Frohe Weihnachten!«

Ich musterte ihren Hut, ein Modell mit schwarz-weißen

Pepita-Karos. Wenigstens waren keine Kirschen oder Erdbeeren darauf befestigt. Wie ein Schatten klebte Frau Rabenau an der Seite ihrer Freundin.

»Wer ist jetzt dran?«, fragte Trudi.

»Sie waren eher da.« Ich ließ Frau Sarastro den Vortritt.

»Eine Packung Pralinen«, verlangte diese. »Ich bin heute zur Kaffeetafel eingeladen, bei Ihrem bezaubernden Kollegen, dem Herrn Pastor Kruse.«

»Wie schön für Sie«, sagte ich und überlegte, was Hildchen Kruse wohl von der Bekannten ihres Ehemannes halten mochte. »Gehen Sie auch mit?«, fragte ich ihre Freundin. Diese schüttelte stumm den Kopf.

»Lena ist nur noch bis morgen hier«, ergänzte Frau Sarastro. »Dann geht es zurück nach Berlin.« Sie kramte Kleingeld aus ihrer perlenbestickten Börse.

Trudi nahm die Münzen entgegen. Dann klatschte sie in die Hände. »Alle mal herhören. Jetzt wollen wir doch dem Fräulein Pastor gratulieren«, verkündete sie mit einer Stimme, die meiner Vorstellung von der des Posaunenengels am Jüngsten Tag nahekam. »Eigentlich müssten Sie ja jetzt einen ausgeben!«

»Ich? Meinen Sie mich?«, stotterte ich.

»Sonst seh ich hier keinen Pastor!« Die resolute Trinkhallenbesitzerin stemmte die Hände in die Hüften. Spätestens jetzt war mir die Aufmerksamkeit der gesamten Kundschaft sicher. Ein Ehepaar mit Kind, ebenfalls Mitglieder der Gemeinde, schaute mich neugierig an.

»Hat sich verlobt, das Fräulein Pastor!«

»Ja, ist denn das die Möglichkeit!«

»Meinen allerherzlichsten Glückwunsch!« Frau Rabenau reichte mir schüchtern die Hand.

»Dann werden Sie uns verlassen? Wo Sie doch heiraten werden …«

»Wann soll denn die Hochzeit sein?«

Frau Sarastro griff nach meiner Linken. »Noch kein Ring. Das ist aber schade!«

»War wohl ’ne Verlobung unterm Weihnachtsbaum? Jaja, unverhofft kommt oft …«

»Aber 'n Ring hätte er doch vorher besorgen können. Das gehört sich so!«

Ich kam gar nicht zu Wort.

»Wer ist denn der Glückliche?«

»Der Lehrer ist's, hab ich recht?«

»Ich hab Sie aber auch schon öfter mit dem Reporter gesehen.«

»Rein berufliche Gespräche«, behauptete ich und rettete mich zur Ladentür.

Bereits in der Tür rief ich: »Tut mir leid, ich habe es eilig. Schönen Tag noch.«

Gestern Nacht hatte Klaus sich erklärt, und heute Nachmittag wussten schon alle Bescheid. Wie konnte das sein? Ich lief in das dichte Schneegestöber hinein. Da ich keinen Hut oder Schirm dabeihatte, verfingen sich die Flocken in meinen Haaren. Ich überlegte, nach Hause zu gehen, doch die Aussicht auf die ungemütliche Wohnung hielt mich davon ab. Stattdessen lenkte ich meine Schritte zurück in Richtung Schlesierviertel. Während Frau Sarastro außer Haus war, wollte ich die Gelegenheit zu einem ruhigen Gespräch mit ihrer Freundin nutzen.

»Lass dich nicht wieder in die Ermittlungen verwickeln, Martha«, sagte ich streng zu mir selbst, während ich die Stufen zu der Wohnung der Frauen hinauflief. Doch ich spürte: Es war zu spät. Schon wieder befand ich mich mittendrin in der Geschichte um einen ungeklärten Todesfall. »Alles nur für meine Gemeinde«, beschwichtigte ich mich selbst. »Auf dass wieder Ruhe und Ordnung einkehrt. Der Mörder soll nicht ungeschoren davonkommen!«

Noch bevor ich klingeln konnte, öffnete sich die Tür von innen. Presbyter Rabenau kam herausgestürmt und hätte mich fast über den Haufen gerannt. »Frohe Weihnachten, Herr Rabenau!«, wünschte ich.

»Frohe Weihnacht!«, knurrte der Dachdecker im Vorbeilaufen. Die Tür fiel geräuschvoll ins Schloss. So aufgebracht hatte ich den ruhigen Mann selten erlebt. Etwas Besonderes musste vorgefallen sein.

Ich schellte. Von innen näherten sich Schritte. »Fräulein Pastor!«, sagte Frau Rabenau mit dünner Stimme. »Kommen Sie herein!«

Sie wirkte derangiert. Strähnen aschblonden Haares hatten sich aus der Spange gelöst und umspielten den Hals. »Meinen Glückwunsch zur Verlobung«, presste sie heraus.

»Sie haben mir schon gratuliert«, murmelte ich. »Aber doppelt hält besser.«

Sie besann sich auf ihre Gastgeberpflichten. »Darf ich Ihnen etwas anbieten? Einen Kaffee?«

»Gerne.« Ich folgte ihr in die Küche, dem besten Ort für Frauengespräche, und sah zu, wie sie mit fahrigen Bewegungen die weiß-blau gemusterte Kaffeekanne ausspülte. »Gerade ist mir Ihr Mann begegnet. Hat er Sie besucht?«

»Der soll bleiben, wo er ist!«

»Haben Sie sich gestritten?«

»Ich soll wieder bei ihm einziehen, hat er gesagt!«, sagte sie. Es klang empört.

»Und Sie wollen nicht zurück? Warum nicht? Er verdient sein Geld, er ist kein Trinker und sehr christlich. Wir schätzen ihn sehr in unserer Kirchengemeinde.«

Sie stellte die Kaffeekanne mit Nachdruck auf dem Tisch ab.

»Sie sind doch alle gleich. Alle Männer. Erst werben sie um einen und fallen auf die Knie, aber dann, nach der Hochzeit!« Sie machte eine heftige Bewegung und stieß mit dem Ellbogen an den Küchentisch. Die Kaffeekanne fing an zu wackeln.

»Vorsicht!«

»Ist doch wahr. Sie werden es auch noch erleben, wenn Sie erst verheiratet sind!«

Ich drückte sie auf den Küchenstuhl. »Nun beruhigen Sie sich erst einmal, Frau Rabenau. Jetzt erzählen Sie: Was ist passiert?«

Sie holte tief Luft. »Er hat mich betrogen!«, sagte sie mit dramatisch verstellter Stimme. »Können Sie sich das vorstellen?«

»Ihr Mann hat eine Freundin?« Das hätte ich dem biederen Dachdecker nicht zugetraut. »Sind Sie sicher?« Wenn das stimmte, würde man über weitere Konsequenzen nachdenken müssen. Einen Ehebrecher im Presbyterium konnte sich die Gemeinde nicht leisten.

»Freundin! Mit einer Schlampe hat er sich eingelassen! Die hat es doch mit allen getrieben!« Sie schlug die Hände vor das Gesicht. »Und ich hab's als Letzte erfahren. Nicht, dass er mir noch was angehängt hat!«

»Sie wissen, wer es war?«

»Die Tote. Die sie neulich gefunden haben. In ihrer Wohnung.«

»Fräulein Niemitz?«

»So hieß sie wohl!«

Ich rüttelte an ihrem Arm. »Sind Sie sich wirklich ganz, ganz sicher, Frau Rabenau?«

»Ja.«

Der Kessel fing an zu pfeifen. Ich zog ihn von der Platte. »Wo ist das Kaffeepulver?« Sie zeigte auf eine elektrische Kaffeemühle. Da sie keine Anstalten machte, sie zu bedienen, drückte ich auf den Schalter. Ohrenbetäubender Lärm ertönte.

Während das heiße Wasser durch den Filter lief, nahm ich den Gesprächsfaden wieder auf. »Haben Sie Ihren Mann mit der Dame gesehen?«

»Meine Freundin hat ihn gesehen, Frau Sarastro. In einem zwielichtigen Lokal in der Nordstadt. Im Laternchen, um genau zu sein.«

»Vielleicht sollten Sie in Ruhe mit Ihrem Mann reden.«

»Er hat es zugegeben.«

»Tatsächlich?«

»Er sagt, es war ein Ausrutscher. Es wäre nicht zum Äußersten gekommen. Er war mit seinen Kumpels unterwegs.«

»Klingt in meinen Ohren harmlos! Gönnen Sie Ihrem Mann doch ein bisschen Spaß!«

Frau Rabenau schüttelte den Kopf. »Da war mehr.«

»Warum war Ihre Freundin im Laternchen?« Die Gaststätte in der Nordstadt war bekannt dafür, dass dort die leichten Mädchen verkehrten. Zu gerne hätte ich sie ebenfalls einmal besucht, doch als Frau allein traute ich mich nicht. Vielleicht würde Luschinski mich begleiten?

Frau Rabenau lud die gefüllte Kaffeekanne mit Tassen und Untertassen auf ein Tablett. Ich folgte ihr in das Wohnzimmer.

Auf dem Couchtisch lag eine aufgeschlagene Illustrierte. »Mein Mann geht fremd. Was soll ich tun?«, las ich die Schlagzeile im Vorbeigehen.

»Sie sollten Ihrem Mann verzeihen. Es ist Weihnachten, das Fest der Liebe«, redete ich ihr zu und kam mir dabei selbst vor wie eine Kummerkastentante.

»So einfach ist das nicht«, murmelte sie. »Woher soll ich wissen, ob er die Wahrheit sagt?«

»Sie werden ihm vertrauen müssen.«

»Nach allem, was passiert ist?«

»Zahlt er denn Unterhalt?«

»Kaum.«

»Und wovon leben Sie?«

»Meine Freundin hat Geld.«

»Woher?« Ihre Mitarbeit in der Gemeinde geschah ehrenamtlich.

»Darüber spricht sie nicht. Sie ist oft abends unterwegs. Manchmal bleibt sie über Nacht weg.«

Frau Rabenau schenkte ein. Ich nippte an dem starken, heißen Gebräu.

»Überlegen Sie sich's noch einmal«, startete ich einen letzten Versuch. »So einfach trennt man sich nicht nach zwanzig Ehejahren.«

»Nach vierundzwanzig Jahren.«

»Stimmt. Lena ist schon dreiundzwanzig. Wo ist sie denn?«

In diesem Augenblick steckte die Erwähnte den Kopf zur Tür herein. »Hallo, Martha. Was hab ich gehört? Du hast dich verlobt und willst Hausfrau werden? Willkommen im Spießerparadies!

»Lena, so redet man nicht mit dem Fräulein Pastor!«, sagte Frau Rabenau streng. »Gratuliere ihr gefälligst.«

Ich schaute schnell weg. Der Spruch hatte mich getroffen.

Sie ließ sich nicht den Mund verbieten. »Habt ihr euch schon Häuser angesehen, am Stadtrand? Mit Einbauküche und Jägerzaun? Fehlt nur noch der Gartenzwerg!«

»Es wird ein Reis hervorgehen aus dem Stamm Isaias und ein Zweig aus seiner Wurzel Frucht bringen«, las ich und seufzte.

Jesaja 11. Ein Vers aus dem Alten Testament, ursprünglich abgefasst auf Hebräisch. Auch diese Sprache hatte ich an der Universität gelernt, doch die hebräische Bibel mit ihren fremdartigen Schriftzeichen verstaubte im Regal. Mein Alltag ließ mir keine Zeit für langwierige Übersetzungsarbeiten. Selbst ohne ungeklärte Todesfälle wurde es eng. Im Moment war ich froh, wenn ich um zweiundzwanzig Uhr mit der Arbeit fertig war. »Auf ihm wird ruhen der Geist des Herrn, der Geist der Weisheit und des Verstandes«, murmelte ich vor mich hin.

Was sollte ich über diesen Text predigen? Ratlos schraubte ich meinen Füllfederhalter auf und blickte auf das weiße Papier im Schein der Schreibtischlampe. Ich steckte das hintere Ende des Füllers in den Mund, eine Angewohnheit aus Kindheitstagen. Dann setzte ich die Spitze auf das Papier.

»Die Hoffnung stirbt zuletzt.«

Überrascht las ich den Satz, blau auf weiß in ausladenden Buchstaben. Hatte ich ihn selbst soeben geschrieben?

»Da ist noch Leben drin«, murmelte ich. »Das Baby. Das Findelkind! Wenigstens den Säugling haben wir retten können!«

Und auf einmal wusste ich, worüber ich am zweiten Weihnachtstag predigen würde. Ich setzte die Feder auf das Blatt und begann, die Sätze zu formulieren.

Das Läuten des Telefons riss mich aus der Arbeit.

Ich langte über den Schreibtisch und hob den Hörer ab. »Evangelisches Pfarramt, Gerlach am Apparat.«

Keine Antwort am anderen Ende.

»Guten Abend. Kann ich Ihnen weiterhelfen?«, versuchte ich es erneut.

Ein schweres Atmen wurde hörbar.

»Hallo? Wer sind Sie? Bitte sagen Sie doch etwas.«

Das Atmen ging in Stöhnen über. Angewidert warf ich den Hörer auf die Gabel. War der Anrufer ein Perverser? Gehört hatte ich schon von solchen Männern, die alleinstehende Frauen belästigten. Nun hatte ich es selbst erlebt. Ich fühlte mich beschmutzt. Undenkbar, mich jetzt noch auf meine Predigt zu konzentrieren.

Unruhig lief ich hin und her.

Schließlich griff ich erneut zum Hörer und wählte Kaminskis

Nummer. »Hallo, Klaus«, sagte ich erleichtert, als am anderen Ende jemand abhob.

»Martha? Schön, dass du anrufst. Ich wollte mich auch bei dir melden. Wo warst du heute Nachmittag?«

»Unterwegs in der Siedlung.«

Schweigen.

»Klaus? Bist du noch dran?«

»Ja, natürlich.« Es klang beleidigt.

»Was ist denn?«

»Ich wäre gerne mit dir spazieren gegangen.«

»Ja. Schade!«

»Dann hätten wir unsere Verbindung bekannt geben können.«

»Es wussten ohnehin schon alle davon!«

»Tatsächlich?«

»Trinkhallen-Trudi hat es verkündet.«

»Du weißt doch, wie es hier ist. Alle sind neugierig und brennen darauf, die Nachrichten weiterzuverbreiten«, wich er aus.

»Klaus? Eigentlich können sie es nur von dir erfahren haben. Ich habe es lediglich meiner Freundin Rosi erzählt, und die wohnt woanders.«

Er druckste herum. »Wenn du es genau wissen willst: Ich habe heute Morgen zufällig deinen Freund getroffen, den Reporter.«

»Luschinski? Ihm hast du es erzählt?« Es versetzte mir einen Stich, dass ausgerechnet der Journalist der Erste gewesen war. »Hättest du nicht noch ein wenig warten können?«

»Worauf, Martha? Wir sehen uns morgen im Gottesdienst.«

»Stimmt. Du spielst ohnehin die Orgel.«

»Richtig, Martha. Ich möchte unsere Verlobung bei dieser Gelegenheit offiziell bekannt geben.«

»Unsere Verlobung«, wiederholte ich, um mich mit dem ungewohnten Wort vertraut zu machen. »Braucht man dazu keine Ringe?«

»Martha …« Klaus räusperte sich verlegen. »Ich habe bereits Ringe gekauft. Wenn es dir recht ist, bringe ich sie morgen mit. Selbstverständlich können wir sie umtauschen, wenn sie dir nicht gefallen.«

Also doch kein spontaner Antrag am Heiligabend.

»In Ordnung, Klaus.«

Ich merkte selbst, wie wenig begeistert das klang.

»Danke schön, das ist wirklich nett von dir!«, fügte ich hinzu. »Ich freue mich auf morgen!«

Später, als ich die Arbeit an meiner Predigt beendet hatte, hörte ich ein Geräusch vor der Wohnungstür. Mein Herz klopfte. Verfolgte der Perverse mich? Doch die Stufen hatten nicht geknarzt wie sonst, wenn jemand die Treppe heraufkam.

Ich hörte ein Kratzen, dieses Mal begleitet von einem kläglichen »Miau, miau«.

»Ach so, eine Katze«, sagte ich erleichtert. »Was soll's! Bei diesem Wetter lässt man kein Tier draußen.« Das Schneegestöber hatte sich verdichtet. Die Äste der Bäume neigten sich unter der Last.

Ich ließ die Katze durch den Türspalt ein. Sie schüttelte das Schneewasser ab und strich mir um die Beine, ein schwarzes Tier mit weißem Lätzchen. Unwillkürlich lächelte ich.

Das Telefon schellte erneut. Ich war versucht, es klingeln zu lassen. Doch was, wenn es sich um einen Notfall handelte?

Wieder vernahm ich heftige Atemgeräusche. Angewidert ließ ich den Hörer fallen.

Die Katze maunzte; offensichtlich war sie hungrig. Während ich eine Büchse mit Frühstücksfleisch öffnete, überlegte ich, dass es sich bei den Telefonaten vielleicht gar nicht um eine Belästigung handelte, sondern um einen Einschüchterungsversuch. Wollte der Anrufer mich von weiteren Ermittlungen abhalten? Ich betrachtete die Katze, die geräuschvoll die Dose leer fraß.

»Oje«, seufzte ich, »bringst du mir etwa Unglück?« Der Stubentiger hob den Kopf und sah mich an, als wollte er sagen: »Ich doch nicht!«, und plötzlich empfand ich die Gegenwart eines Lebewesens in meiner Wohnung als tröstlich.

ZWÖLF

Am zweiten Weihnachtstag waren nur wenige treue Gemeindeglieder gekommen. Zu meiner Überraschung befand sich auch mein Amtsbruder Kruse unter ihnen. Selten besuchte er meinen Gottesdienst.

Als die Glocken zum letzten Schlag ausholten und die Orgel ihr Vorspiel begann, schlüpfte eine Gestalt durch das Portal und nahm in der vorletzten Reihe Platz. Luschinski. Was trieb den Reporter, alles andere als ein Kirchgänger, hierher?

Nach dem Gottesdienst ergriff Kaminski das Wort und stellte uns als frisch verlobtes Brautpaar vor. Von allen Seiten hagelte es Glückwünsche.

»Viel Glück und viel Segen!«, stimmte Schwester Tabea an.

»Alles Gute für Sie beide!«

Ich schaute auf meinen Ringfinger; Klaus hatte einen schlichten Goldreif ausgesucht, der ein wenig zu groß geraten war. »Das können wir ändern lassen«, flüsterte er mir zu.

Mein Amtsbruder holte Luft. »Liebe Schwester Gerlach«, dröhnte er, »nun wollen auch Sie in den heiligen Stand der Ehe treten.«

Luschinski verdrehte die Augen. Ich unterdrückte ein Schmunzeln.

»Das freut mich sehr für Sie beide. Ich wünsche Ihnen und Ihrem Herrn Bräutigam alles, alles Gute und Gottes Segen für Ihre Verbindung.«

Hildchen Kruse umfasste meine Hand. »Herzlichen Glückwunsch, liebe Martha«, raunte sie.

»Leider bedeutet das, dass Sie in Bälde unsere Gemeinde verlassen werden. Ich bedauere das sehr«, sprach der Mann, der mir oft genug das Leben schwer gemacht hatte, weil er Frauen im geistlichen Amt ablehnte. »Als Seelsorger und Hirte in unserer Gemeinde werden Sie uns sehr fehlen.«

Die Umstehenden nickten. Unvermutet war Lena Rabenau aufgetaucht und hatte sich neben den Reporter gestellt. Sie flüsterte ihm etwas in das Ohr und feixte. Machten sich die beiden über mich lustig? Plötzlich beneidete ich die Studentin um ihre Freiheit. Nur wenige Jahre jünger als ich, würde sie sich hoffentlich nicht zwischen Beruf und Familie entscheiden müssen. Wieder einmal haderte ich damit, dass mir nicht beides gleichzeitig vergönnt war.

Kruse fuhr mit seiner Ansprache fort: »Sie wissen, dass ich Ihrer Berufung am Anfang mit gewissen, theologisch begründeten Vorbehalten begegnet bin. Wenngleich ich meine Meinung in dieser Sache nicht geändert habe, muss ich doch zugeben, dass Sie in unserer Gemeinde Ihren Mann gestanden und segensreich gewirkt haben!«

Beifall. Presbyter Rabenau klatschte besonders laut. Ich bemerkte, dass er verstohlen zu seiner Frau hinüberschaute. Diese erwiderte den Blick, wenn auch nur kurz. Vielleicht würden sie sich doch noch versöhnen.

»Und so, liebe Schwester, bleibt mir nur noch die Frage: Wann wird die Hochzeit sein?«

Klaus und ich sahen uns an. »Im Mai«, bestimmte mein Verlobter.

»Ob man da nicht schon zu viel sieht?«, fragte in diesem Moment eine Stimme hinter mir. Ich drehte mich um und erkannte eine altmodische Wollmütze, unter der graue Haare hervorquollen. »Frau Henrich«, sagte ich schwach.

Die Angesprochene kratzte sich am Kopf. »Sie sind doch in Umständen, Fräulein, nicht wahr?«

Alle Blicke richteten sich auf meine Körpermitte. Ich trug immer noch den weiten schwarzen Talar.

Klaus legte schützend den Arm um mich.

»Meine Braut ist keinesfalls guter Hoffnung«, sagte er ruhig und bestimmt, und in diesem Augenblick liebte ich ihn.

»Martha. Meinen Glückwunsch!« Vor dem Kirchenportal sprach mich der Reporter an. Förmlich streckte er mir die Hand entgegen. Sie fühlte sich an wie ein toter Fisch. Lena wich derweil nicht von seiner Seite.

»Danke schön, Luschinski«, erwiderte ich spröde.

»Bin ich auch zur Hochzeit eingeladen?«

Kaminski nickte ihm steif zu. »Ich wüsste nicht, was dagegenspricht.«

»Dürfte ich Ihre Braut kurz allein sprechen?«

»In welcher Angelegenheit?«

»Das möchte ich ihr persönlich mitteilen.«

»Bitte sehr.« Kaminski deutete eine Verbeugung an.

Ich trat einen Schritt zur Seite. »Hab ich mir doch gleich gedacht, dass du nicht ohne Grund zur Kirche gekommen bist«, versuchte ich, den zwischen uns üblichen lockeren Tonfall aufzunehmen.

Der Reporter verzog keine Miene. »Susi ist bereit, mit dir zu reden!«

»Welche Susi? Ich kenne keine Susi!«

»Die Susi aus der Linienstraße. Erinnerst du dich?«

Eigentlich konnte es nur eine sein. »Die Dirne, die mir ihr Zimmer gezeigt hat?«

»Genau. Sie will dir etwas mitteilen. Etwas, was Fräulein Niemitz betrifft.«

Nun war ich ganz Ohr. »Wann? Morgen?«

»Sofort. Jetzt gleich!«

Klaus näherte sich. Er hatte offensichtlich mitgehört. »Erlauben Sie, bitte!« Er verbeugte sich. »Ich wollte meine Braut zum Mittagessen ausführen.«

»Susi hat nur jetzt Zeit.«

Unschlüssig schaute ich von einem zum anderen. »Ja, dann …«

»Martha, das kannst du nicht machen!«, widersprach Klaus.

Ich legte die Hand auf seinen Arm. »Bitte. Wir können doch heute Abend essen gehen. Oder am nächsten Wochenende!«

»Jetzt versetzt du mich schon für eine Nutte!«, schimpfte er. »Gut, dass das bald aufhört! Spätestens, wenn wir verheiratet sind!«

»Klaus, bitte versteh mich! Ich kann nicht zulassen, dass ein Mörder frei herumläuft!«

»Warum überlässt du die Ermittlungen nicht der Polizei? Deine Aufgabe ist das nicht!«

Hilfesuchend blickte ich Luschinski an.

»Die Dame wollte ausdrücklich das Fräulein Pastor sprechen«, sprang der Reporter mir bei.

»In Gottes Namen«, seufzte mein Verlobter ergeben.

»Ich komme mit«, entschied Lena. Sie hakte sich bei Luschinski unter und lächelte ihn kokett an. Er ließ es sich gerne gefallen.

»Ich hoffe, du weißt, was du tust!«, meinte der Reporter, als wir in seinen VW Käfer einstiegen. Lena hatte sich auf den Rücksitz gequetscht, neben die Kamera, die er zuvor dort abgelegt hatte.

»Was meinst du?«

»Deine Eheschließung. Ich fände es schade, wenn ... aber das ist schließlich deine Sache.«

»Genau«, erwiderte ich energisch. »Meine Sache. Das geht dich gar nichts an. Im Übrigen bin ich eure Bevormundung leid. Deine und die von Klaus. Die Art, wie ihr euch über meinen Kopf hinweg unterhalten habt.«

»Ist ja schon gut«, beschwichtigte er und startete den Motor.

»Martha, hast du Geld dabei?«, fragte er, während er das Auto durch die verschneiten Nebenstraßen steuerte.

»Nicht viel.«

»Fünfzig Märker reichen. Ich habe einen Sonderpreis für dich ausgehandelt.«

»Wofür?«

»Damit die Susi keinen Verdienstausfall hat.«

Ich verstand. »Ich soll Susi dafür bezahlen, dass sie mich sprechen will?«

»Es war meine Idee, dass die Susi dir etwas über Ulla Niemitz erzählt. Ich musste mich sehr für dich ins Zeug legen. Sie macht es nur, weil du unter Schweigepflicht stehst.«

»Aha. Deshalb berichtet sie also mir von ihrer Freundin und nicht der Polizei. Dem Pit von der Sitte.«

»Moment mal, Martha! Brauchst du nicht Informationen für die Beerdigung?«

»Ja, schon gut. Aber gegen Bares?«

Ich hauchte mir in die Hände, um sie anzuwärmen; in der Eile hatte ich nicht an Handschuhe gedacht.

»Funktioniert die Heizung nicht?«

»Braucht 'ne Weile.«

Luschinski bog mit tickendem Blinker in die Steinstraße ein. Auf den breiteren Straßen war bereits gestreut worden.

»Ich würde wegen der Trauerfeier außerdem lieber mit der Mutter sprechen.«

»Und ich dachte, ich tue dir einen Gefallen!«

»Doch. Danke. Vielleicht treffe ich Frau Niemitz ja ebenfalls an.«

Über die Münsterstraße gelangten wir zur Linienstraße. Dieses Mal bemerkte ich weniger bunte Lichter als bei meinem ersten Besuch. Abrupt bremste Luschinski. Ich schlug fast mit dem Kopf an die Windschutzscheibe.

»Wir sind da!«

»Das habe ich gemerkt!« Noch leicht benommen öffnete ich die Beifahrertür.

Lena entfaltete ihre langen Beine und entstieg dem Käfer. Erst jetzt fiel mir auf, dass der Wagen signalrot war.

»Schönes Auto«, lobte Lena.

»Und so passend zur Umgebung«, stichelte ich mit Blick auf die ebenfalls rote Beleuchtung an den Hausfassaden. »Wo ist eigentlich dein Freund, Lena?«

»Zurück in Berlin. Da ist eine wichtige Demonstration.«

»Und warum bist du noch hier?«

»Jetzt, wo es hier spannend wird!« Sie grinste den Reporter an.

Der zauste ihr das stoppelige Haar. »Auch in der Provinz kann man etwas erleben!«, sagte er und zwinkerte ihr zu.

»Selbst einer Großstädterin wird noch was geboten. Ein echter Kriminalfall«, kommentierte ich bissig. »Übrigens, Luschinski: Du bist mit der Dame in der Linienstraße offenbar recht vertraut.«

»Die Susi kenne ich schon lange«, räumte er ein.

»Auch im biblischen Sinn?«

Statt einer Antwort zückte Luschinski die Brieftasche und reichte mir einen Fünfzigmarkschein. »Bitte sehr! Ich spendiere dir das Gespräch mit Susi!«

»So von Frau zu Frau: Er hat keinen hochgekriegt!« Mir stockte der Atem. Eine derart direkte Ausdrucksweise war ich nicht gewöhnt. Statt aufgetürmt trug Susi ihr Blondhaar nun lang und glatt herunterhängend. Über den Bikini hatte sie einen Mantel geworfen. Sie wirkte jünger und verletzlicher als vor einigen Tagen.

»Dann kommt Balmke als Vater des Kindes nicht in Frage?«
»Schätze mal nein.«
»Warum wollten Fräulein Niemitz und Balmke dann heiraten?«
Susi griff nach einer Lederpeitsche, die auf dem Bett gelegen hatte, und drehte sie in ihren Händen. Fast schien es, als halte sie sich daran fest.
»Die Ulla wäre damit abgesichert gewesen.«
»Wusste der Verlobte von Fräulein Niemitz' Vergangenheit?«
Susi prustete los.
»Was ist so lustig?«, wollte ich wissen, nachdem die letzte Salve abgeklungen war.
»Ob er davon wusste? Ob er davon wusste?« Schon wieder ertönte ihr heiseres Lachen. »Er war ein Freier. Stammkunde sozusagen.«
»Gerade haben Sie noch gesagt, er hätte Potenzprobleme gehabt.«
»Ja, freilich! Deshalb kam er ja her!«
Nun siegte meine Neugier. »Und was haben Sie mit ihm gemacht? Ich meine, wenn er nicht konnte?«
Sie grinste. »Da gibt es Tricks und Mittel. Das ist eine unserer leichtesten Übungen.« Sie zog den Peitschenstiel durch die Hand.
»Wo lernt man so etwas?«
»Ich hab bei der alten Niemitz gelernt.«
»Sie hat auch angeschafft?«
»Natürlich. Alle hier. Die Alten bringen den Jungen bei, wie's geht. Gegen Bares.«
Das hätte ich mir denken können.
»Wollte Fräulein Niemitz tatsächlich aussteigen?«
»Glaub schon. Sie war allerdings noch registriert.«
»Was heißt das?«
»Alle paar Wochen zur Untersuchung beim Amtsarzt. Und dann …«
Wieder ließ sie den Peitschenstiel durch ihre Hand gleiten.
»Ja?«
»Da gab es noch einen Kandidaten. Einen, den sie wohl vom Fleck weg geheiratet hätte!«
»Warum hat sie nicht? War er schon verheiratet?«

Sie zuckte anmutig mit den Schultern. »Kann sein. Sie hat nie verraten, wer es ist. Großes Geheimnis!« Susi grinste und ließ ein tadelloses Gebiss aufblitzen.

Ich fasste mir ein Herz. »Darf ich Sie etwas fragen, Susi?«

»Das tun Sie doch schon die ganze Zeit!«

»Warum arbeiten Sie hier? Das ist doch kein Beruf für eine hübsche junge Dame wie Sie: Sie hätten etwas Besseres verdient!«

Susis Gesicht verschloss sich. »Sie haben wirklich keine Ahnung!«, sagte sie verstimmt und sah auf den Wecker, der auf dem Nachttisch stand. »Ich hab jetzt keine Zeit mehr für Sie. Gleich kommt der nächste Kunde.«

In der Küche im unteren Stockwerk platzte ich in eine fröhliche Kaffeerunde. Luschinski plauderte angeregt mit einer hübschen Dame im Dirnenkostüm und schien sich zu fühlen wie in Abrahams Schoß. »Schon fertig, Martha?«

»Susi hatte keine Zeit mehr. Ich muss sagen, fünfzig Mark für dreißig Minuten, so einen Stundenlohn hätte ich auch gerne!«, schimpfte ich.

Luschinski grinste: »Soll ich fragen, wann du hier anfangen kannst?«

»Bloß nicht. Du weißt schon, wie ich's meine.«

Die junge Frau an seiner Seite strich ihm über den Oberarm. Dabei flutschten ihr fast die Brüste aus dem Ausschnitt. Luschinski schaute wie die Katze, die den Kanarienvogel verschluckt hat.

»Ich finde das nicht besonders komisch!«, fuhr ich ihn an.

»Schlechte Laune, Martha? Wo bleibt dein Humor?«

Lena plauderte mit Pit von der Sitte. »Und wo kann man die Zuhälter treffen? Sind die auch hier im Haus?«, fragte sie den Polizisten. Pit schmunzelte. »Entdeckst du hier einen?«, nahm er die neugierige Studentin auf die Schippe. »Ich sehe vielleicht aus wie einer, aber ich bin bloß der Bulle. Glaub's mir.«

»Dafür aber schwer auf Zack!«, schmeichelte sie.

»Woher willst du das wissen?«

»Das rieche ich förmlich.« Sie hob ihr Näschen in die Luft.

»Dann schau mal, ob du auch den Hotte und den Harry erschnüffeln kannst.«

»Wer ist das?«

»Denen gehört die Bude hier. Die und die anderen in der Straße auch. Ein-, zweimal die Woche kommen sie zum Abkassieren.«

Lena machte große Augen. »Die Lodden?«

Pit amüsierte sich prächtig. »Könnte man so sagen.«

Ich trat auf die beiden zu. »Ich störe nur ungern, aber dürfte ich Sie kurz sprechen, Herr ...« Ein herzerweichendes Jaulen ertönte. Unter dem Tisch lag ein winziger Hund, der zudem noch ein Zottelfell hatte wie ein Berberteppich. Ich war ihm wohl auf die Pfoten getreten.

»Armer Fluffy«, tröstete die junge Frau, die sich zuvor mit Luschinski beschäftigt hatte, und liebkoste seine Ponyfransen. »Hat die Tante nicht aufgepasst. Ei, ei!« Sie zog das Tier auf ihren spärlich bekleideten Schoß. Erst jetzt sah ich, dass dem Hund ein Schleifchen um den Schwanz gebunden war.

Amüsiert wandte ich meine Aufmerksamkeit dem Polizisten zu. »Es wäre schön, wenn wir kurz reden könnten, Herr ...«

»Pit. Einfach Pit. So nennen mich alle hier!«

»Also gut, Pit ...«

Nachdem ich ihm flüsternd erklärt hatte, warum Balmke als Vater des Neugeborenen nicht in Frage kam, nickte er. »Danke für die Auskunft. Das wusste ich schon.«

Und ich hatte mit mir gerungen, ob diese Information unter Schweigepflicht stand. Hatte die Polizei auch schon Kenntnis von dem großen Unbekannten? War die Information überhaupt zuverlässig? Ich beschloss, die Angelegenheit unter den Tisch fallen zu lassen.

»Könnte ich mit Frau Niemitz sprechen?«, bat ich. »Ich dachte, ich treffe sie hier!«

Pit zupfte an seiner Krawatte, dieses Mal ein Modell in Kanariengelb. »Sie ist nicht auffindbar. Im gesamten Gebäude nicht.«

»Wo ist sie dann?«

»Das wüssten wir auch gerne.«

Als ich vor dem Pfarrhaus ankam, dämmerte es bereits. Hinter der Haustür fand ich einen Briefumschlag. Vorsichtig tastete ich ihn ab. Auch bei eingeschaltetem Flurlicht fand ich keinen Absender. Nach den Anrufen in den letzten Tagen war ich alarmiert. Zudem hatte ich vor einigen Jahren eine Serie anonymer Briefe mit Beschimpfungen bekommen. »Nicht, dass das wieder losgeht«, seufzte ich und stieg die knarrende Treppe empor.

Hinter mir bewegte sich etwas. Erschrocken drehte ich mich um und blickte in die Augen derselben Katze, die in der Nacht schon mein Gast gewesen war.

»Ach, du bist es! Komm herein!«

Das schwarz-weiße Tier schlüpfte durch die Wohnungstür, als habe es schon immer hier gehaust. Aus einer plötzlichen Eingebung heraus nannte ich es »Susi«. »Bist du überhaupt ein Weibchen?«, wollte ich wissen.

Die Katze schnurrte. »Also ja?«

Am Küchentisch öffnete ich den Briefumschlag mit einem Messer. Ein weißes Blatt, handschriftlich beschrieben, fiel heraus. Also kein Drohbrief.

»Liebe Martha«, entzifferte ich die blaue Schrift im diffusen Licht der Deckenlampe, »ich war vorhin etwas ungeduldig. Das tut mir leid – aber Du machst es mir nicht immer einfach. Darf ich Dich zur Silvestervorstellung im Theater einladen? Ich hole Dich um 18.30 Uhr ab. Dein Klaus, der Dir herzlich zugetan ist. Postskriptum: Wegen der Änderung Deines Ringes würde ich gerne bald zum Juwelier gehen, vielleicht morgen? Wir müssen auch noch das Datum eingravieren lassen. Dein Klaus.«

Ich zog den Goldreif vom Ringfinger und betrachtete die vorhandene Inschrift. »Klaus Kaminski« stand darin zu lesen. Ein Datum fehlte. Am Silvesterabend war ich allerdings für den Jahresschlussgottesdienst eingeplant. Vielleicht würde Kruse tauschen?

Mein Magen knurrte. Seit dem Frühstück hatte ich nichts zu mir genommen. Auf der Suche nach Essbarem kam ich an dem halb blinden Spiegel im Flur vorbei. »Gottesdienst, Verlobung, Bordell: Bravo! Was für ein Tag, Fräulein Pastor!«, sagte ich zu meinem Spiegelbild und streckte mir selbst die Zunge heraus.

DREIZEHN

»Weihnachten ist vorbei!«, sagte ich zu meiner Freundin und Amtsschwester Rosi am Telefon. »Jetzt könnten wir uns treffen …«

»Könnten wir«, fragte sie prompt zurück, »oder können wir?«

Ich seufzte. »Warte. Jeden Augenblick kann der Anruf des Bestatters kommen. Ich habe noch keinen Termin für die Beerdigung von Fräulein Niemitz …«

»Deshalb sitzt du jetzt in der Wohnung und traust dich nicht heraus?«

Ich blickte aus dem Fenster. »Draußen schneit es ohnehin.«

»Ich kann auch jetzt gleich kommen!«

»Lass mal! Ich muss los!«

»Dachte ich's mir doch!« Ich ahnte, dass meine Freundin schmunzelte. »Vielleicht morgen? Gegen achtzehn Uhr?«

»Meinetwegen. Aber nimm bitte nicht das Moped bei diesem Schneetreiben!«

In der Zeitung las ich über den Mondflug der Apollo 8 und über den Wintereinbruch, der dem Sauerland regen Reiseverkehr aus dem Ruhrgebiet bescherte. Halb Dortmund schien sich nach Winterberg aufgemacht zu haben. In der Berliner Kaiser-Wilhelm-Gedächtniskirche hatten Jugendliche in der Mitternachtsmette aus Protest randaliert. Ob Lena gerne dabei gewesen wäre?

Der Schnee war bereits weggeschippt, als ich vor die Haustür trat; vermutlich hatten das die Eisenbahner aus dem Nachbarblock erledigt. Eine Sisyphusarbeit, denn es schneite unablässig weiter. Ich mummelte mich fest ein und machte mich auf den Weg zur Trinkhalle, ohne genau zu wissen, was ich dort wollte.

Trudi war schlecht gelaunt. »Bleiben alle zu Hause bei dem Wetter«, schimpfte sie. »Selbst die Säufer lassen mich heut im Stich!« Nur einer hielt sich vor dem Büdchen auf und nippte am Flachmann.

Ich stampfte mir den Schneematsch von den Stiefeln. »Füße

abputzen!«, befahl die Inhaberin, bevor ich den Verkaufsraum betrat.

Brav zog ich die Sohlen über den Aufnehmer. Trudi schaute kaum auf. Sie prüfte Unterlagen, vermutlich Kassenbelege, die Lesebrille auf der Nase. »Da stimmt was nicht.«

»Ach, Trudi …« Ein tiefer Seufzer entrang sich meiner Brust. »Alles ist so schwierig.« Die bevorstehende Bestattung verursachte mir Magenbeschwerden. Das Datum unbekannt, wenig Informationen, eine ungeklärte Geschichte: alles andere als wünschenswert.

»Na, na. So schlimm kann's doch nicht sein.«

»Schlimm genug. Ich wünschte, ich hätte es hinter mir!«

»Andere haben es auch geschafft. Sonst wär die Menschheit längst ausgestorben. Wird schon gehen.«

»Muss ja.«

»Wann ist es denn so weit?«

»Ich weiß noch nicht einmal den Termin!«

»Kann man doch ausrechnen.«

»Normalerweise sind es drei Tage oder vier, aber in diesem Fall …«

Trudi stemmte die Hände in die Hüften und hob endlich den Blick von den Akten. »Ich dachte immer, so wat dauert neun Monate!«

»Neun Monate?« Mit offenem Mund starrte ich sie an. Dann fiel endlich der Groschen. »Ich bin nicht in anderen Umständen«, sagte ich erschüttert.

»Ist doch heutzutage keine Schande. Das kommt in den besten Familien vor!«

Was, wenn sie es überall herumerzählte? Als schwangere Pastorin würde ich zum Gespött der Leute werden.

»Ich bin *nicht* guter Hoffnung!« Energisch stützte ich die Ellbogen auf dem Ladentisch ab und starrte Trudi an.

»Ist ja schon gut!«

Ich zog meine Handschuhe so vehement ab, dass der locker sitzende Goldreif vom Finger rutschte, direkt unter die Theke. Ich bückte mich, um ihn aufzuheben, doch Trudi kam mir zuvor.

»Also doch ein Ring«, stellte sie zufrieden fest und blickte neugierig auf die Gravur in der Innenseite. »Alles andere hätt mich auch gewundert. Das wird schon wieder! Ist 'n Guter, der Lehrer. Der nimmt Sie trotzdem!«

»Trudi!«, schrie ich. In diesem Moment lief ein mittelgroßer Hund draußen mit Frauchen an der Leine vorbei.

»Ich muss los!« Eilig verließ ich den Laden und stürzte hinter den beiden her. Als der graubraune Hund anhielt, um in den Schnee zu pinkeln, erreichte ich das Gespann. »Guten Tag, Frau Balmke!«

»Tag, Fräulein Pastor.«

»Darf ich den Frido streicheln?«

Die Hundehalterin nickte. »Ja, der Frido. So ein lieber Hund …« Vorsichtig fasste ich mit der Hand an den struppigen Rücken des Tiers.

»Den können Se ruhig anfassen, der tut nichts!«

Plötzlich drehte sich der Hund um die eigene Achse, sprang an mir hoch und hinterließ mit seinen Pfoten schmutzige Spuren auf dem Wollmantel. »Igitt!«, entfuhr es mir.

»Der Frido mag Sie!«, freute sich Frau Balmke.

Ich schluckte. »Hat er sich wieder zu Hause eingewöhnt, nach dem Ausflug auf die Wache?«

»Jaja.«

»Wer kümmert sich denn um den Frido, wenn Sie nicht da sind?«

»Ich verreise nicht mehr!«, behauptete die alte Dame so resolut, dass ihre beigefarbene Veloursmütze wackelte. »Dafür bin ich zu alt.«

»Und wenn Sie mal ins Krankenhaus müssen? Wer passt dann auf den Frido auf? Geht Ihr Sohn mit ihm Gassi?«

»Ach was, der Addi, der geht nicht!«

»Und wen bitten Sie dann? Jetzt, wo Fräulein Niemitz nicht mehr ist?«

»Die hätt ich nie fragen sollen! Nach dem, was sie meinem Addi angetan hat! Aber was sollte ich machen, ich musste in die Klinik, mit meinem Bein, und der Frido war allein, ich war drauf angewiesen, aber der Addi redet kaum noch mit mir seitdem … war doch ein Notfall!«

»Was hat Fräulein Niemitz dem armen Addi denn angetan?«
»Der Addi hat aber auch ein Pech mit den Frauen! Da hat er sich endlich eine ausgesucht, so lange war er allein, und dann ist das so eine …«
»Hat er denn wirklich nicht gewusst, wo sie herkam?«
Sie strich dem Hund über den Rücken. »Das sagt er ja nicht.«
»Treu war sie auch nicht, oder?«
»Ach was, Treue! Die wusste doch gar nicht, wie man das schreibt!« Frau Balmke zog kräftig an der Hundeleine. Frido schüttelte sich und spritzte mit Dreckwasser um sich. Mein Mantel war endgültig reif für die Reinigung.
»Dabei war sie eine Hübsche!«
»Viel zu hübsch für meinen Addi, das hab ich gleich gesagt! Die wollte höher hinaus, das hab ich sofort gemerkt!«
»Der Addi hat sein Lehrgeld gezahlt. Er hat's dann wohl erst später bemerkt«, soufflierte ich.
»Reichlich spät, wenn Sie mich fragen. Auf mich hat er ja nicht gehört.«
»Und wen hatte sie danach? Wer war der Glückliche?«
»Pah! Der Unglückliche, meinen Sie wohl.«
»Wer war es? Kannten Sie ihn? Hier aus der Siedlung?«
»Hat mich nie interessiert. Hauptsache, sie lässt meinen Sohn in Ruhe. Dem sind jetzt gründlich die Augen geöffnet!«
Sie drehte sich weg und ließ sich von Frido weiterziehen.
»Schönen Tag noch«, rief ich ihr hinterher.
In Gedanken versunken lief ich durch den Schnee. Wer war der unbekannte Dritte, der Fräulein Niemitz vielleicht auf dem Gewissen hatte? Ich dachte an das Gespräch mit Frau Rabenau. Konnte es der Dachdecker gewesen sein? Doch er war ein einfacher Handwerker. Woher hätte er Geld für die Liebesdienste nehmen sollen? Sicher war die Dame nicht billig gewesen.

VIERZEHN

Rabenau war nicht begeistert über meinen Besuch.

»Hab zu tun«, brummte er.

»Das sehe ich«, gab ich zurück.

Späne flogen. Staub bedeckte die filigranen Krippenfiguren, die Vanni vor Weihnachten geschnitzt hatte.

»Wo ist Ihr Lehrling?«

»Hat frei bis nach Neujahr.«

Der Dachdecker stellte die Bohrmaschine an.

»Herr Rabenau!«, schrie ich gegen den Lärm an.

»Was denn. Muss arbeiten.«

So schnell ließ ich mich nicht abwimmeln. »Ich muss etwas Dienstliches mit Ihnen besprechen. Als Pastorin.«

Widerwillig stellte er die Maschine ab und ließ sich auf einen Schemel fallen. Mir bot er keinen an.

»Sie wurden in einem einschlägigen Lokal gesehen. Mit einer Prostituierten.«

»Wer sagt das? Die Frau?«

»Das tut nichts zur Sache. Sie wissen doch, dass Sie als Mitglied des Presbyteriums zu einem einwandfreien Lebenswandel verpflichtet sind, nicht wahr?« Fast schon klang ich wie Kruse.

»War doch nur mit den Kollegen einen trinken«, murmelte Rabenau kleinlaut.

An der Barackentür klopfte es. Klaus Kaminski erschien. Wir hatten zuvor abgesprochen, dass er mich hier abholen sollte. Ich ergriff seine ausgestreckte Hand, weil Rabenau keine Anstalten dazu machte.

»Klaus, guten Tag! Schön, dass du da bist!«

»Ich möchte meine Braut abholen. Wir wollen zum Juwelier, und danach habe ich in der Gaststätte einen Tisch reserviert. Zur Feier des Tages«, sagte der Lehrer.

»Hab schon gehört«, brummte Rabenau. »Glückwunsch zur Verlobung.«

»Herr Rabenau, ich habe ein Anliegen! Vielleicht können

Sie mir weiterhelfen?« Klaus hatte seinen Hut abgenommen und legte ihn auf die Werkbank.

»Was denn«, brummte der Dachdecker.

»Meine Braut und ich« – er legte mir den Arm um die Schulter, was angesichts unserer identischen Körperhöhe nicht so einfach war – »würden gerne ein Haus erwerben, vielleicht auch eines bauen. Da brauchen wir Ihre Hilfe, Herr Rabenau!«

»Wofür? Das Dach kommt erst zum Schluss. Für alles vorher fragen Sie besser wen anders …«

»Sie haben doch Erfahrung im Umbau von Häusern? Wenn ich an das alte Pfarrhaus denke …«

»Da war ja nich so viel zu tun.«

»Trotzdem. Sie verstehen mehr davon als wir, viel mehr. Könnten Sie meinem Verlobten die Fotos und die Unterlagen zeigen? Ich war sehr beeindruckt!«, schmeichelte ich.

Vor mehr als drei Jahren hatte ich im alten Pfarrhaus die Leiche eines Kollegen gefunden und bei der Aufklärung des Todesfalls mitgewirkt. Bevor unser Küster Idschdi mit seiner Familie das Haus beziehen konnte, wurde es vom Keller bis zum Dach renoviert. Rabenau, Idschdi und zwei weitere Männer aus der Gemeinde hatten am Wochenende das meiste in Eigenarbeit geleistet.

Klaus legte nach: »Bitte. Ich kenne mich nicht aus. Ich wüsste gar nicht, worauf ich achten sollte, wenn ich mir ein Haus ansehe!«

»Meinetwegen«, stimmte Rabenau widerwillig zu. »Liegt aber alles in der Wohnung.« Ziegel stapelten sich unter wetterfesten Planen, die wiederum von einer Schneehaube überzogen waren. Unsere Sohlen hinterließen Abdrücke im Hof.

Als der Handwerker die Wohnungstür öffnete, schlug uns der Geruch nach Essen und verschwitzter Kleidung entgegen. Verlegen öffnete der Handwerker eines der Fenster. »Ist nicht aufgeräumt. Die Frau ist weg.« Kühle Luft strömte herein und blies die verschlossenen Gardinen auf. Leere Bierflaschen neben der Couch, nah am Fernseher, ließen vermuten, wie Rabenau seine einsamen Abende verbrachte.

»Kalt ist es hier!«, stellte Klaus fest.

Rabenau schloss das Fenster wieder und schaltete eine elektrische Heizrippe ein. »Dauert eine Weile …«

»Kaffee haben Sie doch sicher im Haus?«

»In der Küche.«

»Ich geh welchen kochen.« Ich drehte mich zur Tür, während sich die Herren über Fotos und Dokumente beugten, die Rabenau auf dem Couchtisch ausgebreitet hatte.

In der Küche fand ich weitere Hinweise auf einen typischen Junggesellenhaushalt. Eine angebissene Stulle lag auf dem Küchentisch neben einer Illustrierten mit dem Bild einer Dame, der die linke Brust aus der Bluse fiel. Schließlich entdeckte ich einen Tauchsieder mit verkalkter Spirale und stellte ihn in einen Topf mit Wasser. Das Kaffeepulver machte ich in einer Dose neben dem Gewürzbord aus. Auf der Suche nach Filtertüten öffnete ich einen der Oberschränke und zog, als ich dort nichts fand, die Schubladen auf. Bestecke und Messer lagen in der einen, in der anderen Papiere und Hefte durcheinander. Gedankenlos wühlte ich darin herum und blätterte in einem Sparbuch mit rotem Einband. Vor wenigen Wochen waren zweitausend DM abgehoben worden, kurz darauf fünfhundert und dann noch einmal eintausendfünfhundert. Wofür brauchte der Dachdecker diese Summen? Handelte es sich um den Liebeslohn für Fräulein Niemitz?

Aus dem Nebenzimmer vernahm ich ein Geräusch. Ich zuckte zusammen. Was machst du hier eigentlich, dachte ich. Schäm dich! Eine Pastorin, die schnüffelt! Und doch: Hatte ich nicht in der Wohnung nach Auffälligem Ausschau halten wollen, um den Presbyter zu entlasten? Dieses Sparbuch ließ ihn allerdings verdächtig erscheinen. In welch ein Labyrinth hatte ich mich begeben!

Das Wasser im Topf sprudelte. Und immer noch fehlten die Filtertüten. Kurz entschlossen goss ich das brühend heiße Nass auf das Pulver. Dann gab es eben heute einmal Kaffee mit Prütt.

Ich ließ mir von Klaus aus dem Mantel helfen und zog meine Handschuhe aus. Versonnen betrachtete ich den nach unserem Juwelierbesuch stramm sitzenden Goldreif am Ringfinger, während Klaus unsere Überbekleidung an der Garderobe deponierte. Sofort näherte sich ein dienstbeflissener Kellner. »Haben die Herrschaften reserviert?«

»Gestern Abend per Telefon«, antwortete Klaus. »Auf den Namen Kaminski.«

»Bitte sehr, die Herrschaften!« Der Ober im schwarzen Anzug führte uns unter vielen Verbeugungen zu einem Tisch vor einem Fenster mit farbiger Bleiverglasung. Nur gedämpft drang das Licht von außen ein. »Ich hoffe, dieser Tisch ist genehm, die Herrschaften.«

»Vorzüglich. Vielen Dank!«

Er rückte mir einen Stuhl zurecht. Die Einrichtung war rustikal, aber gepflegt. An den mit Holz verkleideten Wänden hingen bunte Gemälde.

Fast schon rechnete ich damit, eine »Damenkarte« ohne Preise ausgehändigt zu bekommen, doch der Kellner brachte uns zwei identische Speisekarten.

»Was können Sie empfehlen?«, fragte Klaus.

»Als Spezialität des Hauses servieren wir Fisch. Heute gibt es frischen Kabeljau, die Herrschaften. Schmeckt ausgezeichnet.«

»Und welches Fleisch haben Sie im Angebot?«

»Unser Fuhrmannssteak ist sehr beliebt bei den Gästen.«

Plötzlich merkte ich, dass ich in den letzten Tagen bedingt durch die Ereignisse viel zu wenig gegessen hatte. »Das nehme ich!«

»Bitte sehr, die Dame! Welche Beilagen wünscht die Dame?«

»Bringen Sie doch einfach von allem etwas!«, bestellte ich hungrig.

Er verzog keine Miene. »Bitte sehr, die Dame!«

Während wir den Wein probierten und auf das Essen warteten, erzählte ich Klaus von meiner Entdeckung.

Gedankenverloren nahm er die Serviette auseinander. »Das macht ihn allerdings verdächtig«, stellte er fest.

»Ich finde die Beweislage etwas zu dürftig«, hielt ich dagegen. »Vielleicht brauchte er das Geld für Weihnachtsgeschenke. Oder er finanziert damit Lenas Lebensunterhalt. Als Studentin verdient sie ja nichts.«

»Im November und Dezember hat er abgehoben? Und davor? Wie viel Geld war noch auf dem Konto?«

»Weiß nicht. Hab mich nicht mehr getraut nachzuschauen ...«

Mit gespielter Erleichterung strich sich Klaus nicht vorhandenen Schweiß von der Stirn. »Also hast du doch noch Respekt vor der Privatsphäre anderer!«

»Klaus, ich wollte nicht ... auf einmal hatte ich das Sparbuch in der Hand ...«

Er schmunzelte. »Schon gut, meine kleine Detektivin!«

»Pscht!« Ich schaute mich um. Am Nebentisch saß eine Familie mit zwei festlich herausgeputzten Kindern. Weiter hinten turtelte ein Pärchen.

»Keine Angst. Hier ist niemand, der dich kennt!«

»Wir sind nicht weit weg von meiner Gemeinde. Und du weißt, wie da geklatscht wird!«

»Aber jetzt sind wir doch verlobt und dürfen miteinander ausgehen. Alles hat seine Richtigkeit!« Klaus griff über den Tisch nach meiner Hand. »Steht dir gut, der Ring!«

»Danke!«

Ich nahm einen großen Schluck Rotwein. Sofort schenkte der Kellner nach.

Ich wartete, bis er sich wieder entfernt hatte. »Um noch mal auf den Fall R zurückzukommen, du weißt schon: Die Angelegenheit bleibt rätselhaft. So große Weihnachtsgeschenke macht er nicht«, flüsterte ich. »Und seine Frau unterstützt er auch nicht.«

»Das wäre ja noch schöner! Immerhin hat sie ihn verlassen und nicht umgekehrt!«

»Sie hat ihre Gründe gehabt!«

»Und überhaupt: Da sie ihn verlassen hat, warum sollte er dann nicht auf – nun ja – käufliche Liebe zurückgreifen? Moralisch gesehen hat er dazu jedes Recht.«

Ich hielt die Luft an. »Ach, du meinst, wenn die Frau nicht so will oder kann wie ihr Mann, dann darf er sich anderweitig schadlos halten?«

Jetzt sah Klaus sich verstohlen um. »Pscht!«

Ich dämpfte meine Stimme. »Ja, entschuldige. Aber so ganz

unwichtig finde ich diese Frage nicht. Wie ist es denn, wenn wir später an diesem Punkt einmal unterschiedlicher Meinung sind?«

»Das ist etwas anderes. So meine ich das nicht. Nur – äh –, wenn die Frau gar nicht mehr will, soll dem Mann dann ebenfalls Enthaltsamkeit aufgezwungen werden?«

»Was passiert, wenn die Frau ein Kind erwartet?«

»In der Schwangerschaft muss der Mann wohl oder übel verzichten. Das ist der Lauf der Natur.«

Hinter mir räusperte sich der Schwarzbefrackte. »Bitte schön, die Herrschaften! Ihr Essen!« Ich fuhr herum. Wie viel hatte er von unserem Gespräch mitbekommen? Seine Miene blieb ausdruckslos. »Einmal das Fuhrmannssteak für die Dame, halb durch, sämtliche Beilagen, und einmal das gedünstete Kabeljaufilet mit Salzkartoffeln und Salat für den Herrn!«

Schweigend nahmen wir unsere Mahlzeit ein. Nachdem ich mir wenig damenhaft in kürzester Zeit das riesige Steak, Bratkartoffeln, Kroketten und Erbsen aus der Dose einverleibt hatte, lehnte ich mich zurück.

»Das hat gutgetan!«

»Gern geschehen. Unser Verlobungsessen!«, sagte Klaus feierlich.

»Danke. Es war sehr lecker.« Ich sah auf die Uhr. »Morgen halte ich den Gottesdienst. Die Predigt ist noch nicht fertig!«

»Wäre nicht der Kollege dieses Mal an der Reihe?«

»Wir haben getauscht. Damit ich an Silvester dienstfrei habe und mit dir ausgehen kann!«

Klaus grinste zufrieden. »Na dann!« Er gab dem Kellner ein Zeichen und holte seine Brieftasche heraus.

Draußen hakte ich mich bei ihm unter. Endlich durften wir uns öffentlich als Paar zeigen.

»Ich frage mich, wann die Bestattung von Fräulein Niemitz sein wird. Ich weiß wirklich nicht, was ich dort predigen soll«, sagte ich, als wir von der Hohen Straße in die Beurhausstraße abbogen.

»Martha, das wird sich finden! Bald musst du dir um so etwas keine Gedanken mehr machen!« Wir passierten die Städtischen Kliniken, eine große Anlage, die vor einigen Jahren nach der

Zerstörung im Krieg wieder eröffnet worden war. Schon oft hatte ich dort Kranke besucht. Ein Rettungswagen näherte sich mit Blaulicht und Martinshorn. »Herr, hilf!«, sandte ich ein Stoßgebet gen Himmel.

Klaus legte beschützend den Arm um mich.

»Da fällt mir ein: Ich muss dem Superintendenten dringend unsere Verlobung anzeigen und ihm mitteilen, dass wir bald heiraten!«, sagte ich, nachdem das laute Signal verstummt war.

»Bis Mai sind es noch einige Monate«, beruhigte mich mein Verlobter.

Wir gelangten zur Einmündung an der Möllerstraße. Von hier aus war es nicht mehr weit bis zu meinem Pfarrhaus. Abrupt blieb ich stehen. »Klaus?«

»Ja, meine Liebe?«

»Alles geht so schnell. Könnten wir nicht doch erst im Sommer heiraten?«

»Wozu? Ich kann es kaum noch erwarten. Dann dürfen wir uns endlich näherkommen. Du verstehst schon …«, flüsterte er zärtlich in mein Ohr.

»Wir könnten vielleicht … ich meine, jetzt wo wir verlobt sind, ist die Lage doch anders?« Ich hielt inne, selbst erstaunt über meinen Mut. Wollte ich das wirklich? Jahrelang hatte ich mich nicht mit dem beschäftigt, was man gemeinhin als »Sex« bezeichnete. Ich lebte für meinen Beruf. Bisher war ich davon ausgegangen, dass ich nicht heiraten würde, und eine erotische Affäre hatte ich für mich als Pastorin nicht in Betracht gezogen. Doch nun sprang mich das Thema an jeder Ecke an, von den Titelbildern der Illustrierten ebenso wie von den Litfaßsäulen. Fast schien es, als hätte die Welt gleichzeitig mit mir die Sinneslust entdeckt. Es reizte mich, dieses Gebiet zu erforschen, und gleichzeitig jagte es mir Angst ein.

Klaus zog mich zu sich heran. »Martha, wir haben so lange gewartet. Die wenigen Wochen machen jetzt nicht mehr viel aus. Als Jungfrau in die Ehe zu gehen ist doch etwas ganz Besonderes … du bist doch noch Jungfrau, oder?«

Ich nickte. »Natürlich!« Dann fasste ich mir ein Herz. »Hast du denn schon …?« Er lachte leise und umfasste mich fester. »Ich bin ein Mann, mein Schatz. Das ist etwas anderes. Das wäre gegen die Natur!«

Warum?, wollte ich fragen, doch da fiel mein Blick auf Luschinski, der vor meiner Haustür nervös auf und ab lief.

»Der schon wieder!«, knurrte mein Freund wenig begeistert.

»Endlich kommst du, Martha!«, rief der Reporter. »Seit Stunden warte ich auf dich!«

»Du übertreibst mal wieder«, stellte ich kühl fest.

Er ging nicht darauf ein.

»Was ist passiert, Luschinski?«, fragte ich erschrocken.

»In der Linienstraße ist die Hölle los!«, gab er Auskunft. »Es wurde ein Brief gefunden.«

»Ein Brief?«

»Ja. Von Frau Niemitz. Ein Abschiedsbrief.«

»Dann ist sie tot?«

Luschinski zuckte mit den Schultern. »Möglich. Sie haben sie nicht gefunden. Noch nicht.«

Im Bordell wimmelte es von Menschen. Kommissar Kellmann und Pit von der Sitte liefen zwischen den leichten Mädchen herum. Zwischendurch tauchten Polizisten in Uniform auf, dann noch weitere Männer, die ich nicht kannte.

Luschinski tippte mir auf die Schulter. »Martha, da wird ein Seelsorger gebraucht!«

Er schob mich in eines der Zimmer.

Susi saß auf dem Bett und schluchzte. Ihre Wimperntusche löste sich im Tränenstrom auf und hinterließ schwarze Spuren im Gesicht. Auch der Lippenstift war verwischt. Eine Schwarzhaarige auf dem einzigen Stuhl im Raum, wohl eine Kollegin, schaute scheinbar unbeteiligt zum Fenster hinaus. Sie hatte eines der Beine angewinkelt und schaukelte mit dem Oberkörper hin und her.

Ich strich der weinenden Susi mit dem Handrücken über den Arm. »Ist ja gut!«, murmelte ich unbeholfen.

»Sie war wie eine Mutter für mich«, schluchzte sie.

Schließlich äußerte sich die Schwarzhaarige. »Sie war überhaupt die Mutter hier bei uns im Haus«, sagte sie mit metallisch klingender Stimme. Ihre Finger trommelten auf dem nackten Oberschenkel. Strapse gruben Striemen in die Haut.

Ich schwitzte in dem überheizten Raum, obwohl ich den Mantel schon ausgezogen hatte.

Für einen Moment war es still. Dann redeten beide gleichzeitig los, fielen sich gegenseitig in das Wort. Die Sätze sprudelten nur so aus ihnen heraus.

»Falle schieben! Da kommen sie am Freitag mit der Lohntüte, schon angeschickert, und merken's nich mal!«

»Dass wir bloß so tun, als ob!«

»Dass sie nicht da sind, wo sie hinwollen! Wofür sie bezahlt haben!«

Susi formte mit dem Daumen und den Fingern der rechten Hand einen Ring, in den sie den Zeigefinger der Linken einführte. »Sind nicht wirklich drin und merken's nich mal!« In einer obszönen Geste bewegte sie den Finger auf und ab, zunächst langsam, dann immer schneller. Plötzlich lachte sie hysterisch. »Die lassen sich verarschen! Die denken, sie rammeln. Aber Pustekuchen!«

Für einen Moment war es still. Dann wurde Susi wohl klar, wen sie vor sich hatte. »Fräulein Pastor, 'tschuldigung!«

Ich nickte. »Sie sind ja noch ganz außer sich, Susi. Beruhigen Sie sich erst mal!«

»Beruhigen?« Sie fing wieder an zu weinen. »Wo sie doch vielleicht …« Ihre Stimme versagte.

»Die Molly, die war prima. Hat uns gezeigt, wie's geht!«, ergänzte die Schwarzhaarige.

»Wie man selbst 'nem lahmen Gaul die Sporen gibt!«

»Haben sich gefühlt wie die Weltmeister!«

»Aber in Wirklichkeit …«

»Die hat denen nichts geschenkt!«

»Geschieht ihnen recht!«

»Ich sag's ja, hier kommen sie an und betteln, aber wenn sie uns auf der Straße begegnen, kennen sie uns nicht.«

»Uns darf man nicht kennen.«

»Drehen sich alle um und sehen weg.«

»Die Frauen sowieso. Wenn die wüssten …«

Susi wischte sich die Tränen ab und kicherte. »Meinst du, die wissen nicht?«

»Wahrscheinlich wollen sie's nicht wissen …«

»Dabei haben wir schon manche Ehe gerettet.«

»Jeden Tag 'ne gute Tat. Wie die Pfadfinder!« Susi lachte wieder ihr heiseres Lachen.

»Stell dir mal vor, die Frauen zu Hause müssten so ran wie wir!«

»Das würde keine von denen aushalten.«

»Viel zu verklemmt.«

»Aber so tun, als wär'n wir der letzte Dreck.«

»Abschaum.«

»Huren eben.«

»Hure bleibt Hure«, sagte die Schwarzhaarige düster. »Wie die Ulla. Die hat's auch nicht geschafft.«

Mit einem Mal war es totenstill im Raum.

Ich hörte den Atem der Schwarzhaarigen.

Susi schluchzte auf.

Ich reichte ihr ein Taschentuch. Sie schnäuzte sich geräuschvoll. »So eine gute Seele.«

»Warum nur? Warum die Molly?«, stimmte die Schwarzhaarige in das Klagelied ein.

»Ich hätte nie gedacht, dass die sich was antut. Jede andere ja, aber die Molly …«

»Ich glaub das einfach nicht.

»Wahrscheinlich kommt sie gleich rein und sagt: Ätschbätsch, da hab ich euch reingelegt!«

Die Schwarzhaarige lachte. Susi bekam einen Schluckauf. Dann brach sie wieder in Tränen aus.

Langsam erhob ich mich und verließ den Raum.

»Wer war denn dieser Bulle mit der Tätowierung?«, fragte ich, als Luschinski mich mit seinem Käfer zurückbrachte. »Dieser Schrank, der das ganze Treppenhaus versperrte?«

»Bulle?« Der Reporter lachte. »Martha, du machst mir Spaß! Erst hältst du 'n Bullen für 'nen Lodden, und dann 'nen Lodden für 'nen Bullen!« Er lachte so sehr, dass er beinahe auf den Vordermann aufgefahren wäre.

»Pass auf! Du bringst uns in Gefahr! Also war das jetzt ein Zuhälter?«

»Dem Hotte gehören die meisten Buden in der Linienstraße. Harry heißt der Schmale in seinem Gefolge. Geschäftsmann in derselben Branche.«

»Dann sind sie öfter im Haus?«

»Ein- oder zweimal die Woche. Aber in diesem Fall ... das ganze Haus voller Bullen ...« Luschinski lachte wieder. »Da mussten sie doch persönlich vorbeikommen und nach dem Rechten sehen. Gepasst hat's ihnen nicht.«

»Wo wurde denn der Brief von der Niemitz gefunden? In ihrem Zimmer?«

Luschinski setzte den Blinker. »Schön wär's. Der Wirt im Laternchen hat ihn gefunden.«

»Im Laternchen? Wo denn dort?«

»Hinter dem Tresen, am Zapfhahn.«

»Und wie kam der Brief dorthin?«

»Das ist noch unklar.«

»Wozu dann der Auflauf im Bordell?«

»Gute Frage. Da hat sie schließlich gewohnt, und da befindet sich der Kreis der Verdächtigen.«

Der Reporter bog in die Möllerstraße ein.

»Wie ist der Brief in die Gaststätte gekommen?«

»Das wüssten wir alle gern. Im Bordell ist die Molly ja seit vorgestern nicht gewesen.«

»Ist denn sicher, dass der Brief wirklich von ihr stammt?«

»Kluges Kind. Das wird ein grafologisches Gutachten erweisen.«

»Wenn die Niemitz ihn nicht geschrieben hat, warum trauern dann schon alle um sie? Vielleicht lebt sie ja noch.«

»Unwahrscheinlich. Angenommen, der Brief stammt von jemand anders, dann hat der Schreiber sie wahrscheinlich um die Ecke gebracht und den Brief gefälscht, um einen Selbstmord vorzutäuschen.«

Luschinski bremste, dieses Mal sanfter als zwei Tage zuvor. »Wir sind da, gnädiges Fräulein!«

»Danke.«

Ich drehte meinen Kopf in seine Richtung und sah im Halbdunkel sein Profil. »Luschinski?«

»Ja, Martha?«

»Warum hast du mich mitgenommen in die Linienstraße? Was sollte ich dort?«

»Bist du nicht Seelsorger? Da brauchten Menschen deinen Zuspruch«, sagte er ungewohnt ernst.

»Ich glaube, die kommen auch ohne mich klar.«

»Es hat ihnen viel bedeutet, dass du da warst. Eine Pastorin …«

Ich spürte sein Lächeln mehr, als dass ich es sah.

»Immer gerne! Vor allem berechne ich nichts für meine Gespräche. Anders als die Damen des Etablissements!« Diese Spitze konnte ich mir nicht verkneifen.

»Aber Martha, die Damen sind deine treuen Schäfchen. Sie zahlen Kirchensteuern!«

Ich tastete nach dem Griff der Autotür. »Tatsächlich?«

»Martha?«, hielt Luschinski mich noch einmal zurück.

»Ja?«

»Danke, dass du mitgekommen bist. Mir ist schon klar, dass dein Verlobter nicht begeistert war. Hoffentlich hast du dadurch keinen Ärger.«

»Der wird sich schon wieder einkriegen. Ist doch selbstverständlich, dass ich komme, wenn ich gerufen werde.«

Ich spürte etwas über mein Gesicht streichen, wie ein Handrücken, der ganz zart meine Wange berührt, aber vielleicht hatte ich mir das auch eingebildet. Verwirrt öffnete ich die Tür und stieg aus. Ich ahnte, dass Luschinski mir nachsah. Erst als ich meine Haustür aufschloss, heulte der Motor auf.

Die Türklingel riss mich aus meiner Predigtvorbereitung. »Hat man hier denn nie seine Ruhe!«, schimpfte ich und betrat mein Badezimmer.

»Wer ist da?«, rief ich aus dem Toilettenfenster, so wie ich es mir insbesondere im Dunkeln angewöhnt hatte. Schließlich schellten öfter Tippelbrüder im Pfarrhaus, und ich wollte nicht jeden immer gleich in der Wohnung stehen haben.

»Ich bin's, Rosi!«

»Warte, ich mach auf! Stimmt, du wolltest heute kommen! Fast hätte ich es vergessen.«

Energischen Schrittes lief Rosi die Treppe herauf, eine schlanke, beinahe hagere Gestalt mit kurzen grauen Haaren. Sie umarmte mich.

»Schön, dass du da bist«, sagte ich aus tiefster Seele. »So vieles ist passiert in den letzten Tagen!«

Susi stieß ein maunzendes Klagen aus, zunächst leise, dann energischer. Rosi strich ihr über den Kopf. »Nanu. Hast du neuerdings eine Katze?«

»Scheint so. Sie ist mir zugelaufen.«

Ich stellte die Elektroheizung im Wohnzimmer auf die höchste Stufe und setzte Teewasser auf. »Pfefferminz oder Hagebutte?«

Dann begann ich zu erzählen. Meine Freundin und Amtsschwester hörte aufmerksam zu. »Da hast du wirklich viel erlebt.«

Zwischendurch schellte das Telefon. Ich hob ab, doch wieder meldete sich der Teilnehmer am anderen Ende nicht.

»Merkwürdig«, sagte ich hinterher zu Rosi, »solche Anrufe bekomme ich jetzt öfter. Keine Stimme. Nur Atmen. Schlimmstenfalls Stöhnen.«

»Von einem Mann?«

»Davon gehe ich aus.« Ich stutzte. »Aber nun, wo du es erwähnst: Es könnte auch eine Frau gewesen sein, zumindest gerade eben. Zum Schluss kam ein Räuspern, das recht hoch klang.«

»Willst du nicht lieber die Polizei einschalten?«

»Meinst du wirklich? Es ist nicht einmal ein Drohanruf.«

»Dennoch …«

Später, beim Wein, nahm ich all meinen Mut zusammen. »Rosi, darf ich dich etwas Persönliches fragen?«

Sie lächelte aufmunternd. Dabei legte sich ihr Gesicht in zahlreiche Falten.

»Wie ist das eigentlich so, das zwischen Männern und Frauen?«

Nachdenklich sah sie mich an. »Ich nehme an, du fragst nicht nach dem biologischen Vorgang?«

»Wie es geht, weiß ich natürlich. Aber wie fühlt es sich an? Ist es wirklich so gewaltig, wie alle behaupten? Für mich klingt es eher … nun ja …«, ich suchte nach den passenden Worten, »banal.«

Sie nahm einen Schluck aus dem Glas. »Warum fragst du das mich als alleinstehende Frau? Eine Verheiratete könnte dazu mehr Auskunft geben, vielleicht eine aus deiner Gemeinde?«

»Wer denn? Etwa Hildchen Kruse?« Bei dem Gedanken daran mussten wir beide lachen.

»Hast du denn wirklich nie … Ich meine, gab es da nie jemanden in deinem Leben?«

Rosi schwieg lange. Dann erzählte sie: »Am Ende meines Studiums habe ich einen Mann kennengelernt, der mir viel bedeutet hat. Ich wollte jedoch meinen Beruf ausüben und musste deshalb ledig bleiben. All die Jahre des Studiums sollten nicht vergeblich gewesen sein! Er hat dann kurz darauf eine andere geheiratet.« In ihrer Stimme schwang Schmerz.

»Ihn hast du geliebt?«

»Ja. Der wäre es gewesen.«

Wir schwiegen.

Dann straffte sie ihre Gestalt. »Aber du hast gefragt, wie es sich anfühlt. Lass mich überlegen. Das bleibt unter uns?«

Ich nickte und schenkte Wein nach. Die Flasche war fast leer.

»Wenn du denjenigen, welchen siehst, dann klopft dein Herz. Wärme breitet sich aus, und wenn er dich anschaut, dann zuckst du zusammen. Du meinst, die Zeit bliebe stehen. Alles ist außer Kontrolle. Und du genießt es.«

Sie richtete ihren Blick in die Ferne. Ihre Gesichtszüge wurden weich. »Das Leben fühlt sich anders an, wenn er da ist. Du spürst seine Nähe, auch wenn er woanders ist. Wenn er dich berührt, bekommst du eine Gänsehaut. Du willst, dass es nie wieder aufhört.«

Meine Freundin, sonst eher herb und burschikos, hatte ich noch niemals so erlebt. »Du bist ja richtig romantisch.«

»Klingt es merkwürdig in deinen Ohren?«

»Nein. Es klingt wunderschön.«

Ich dachte an Klaus. Empfand ich Ähnliches für ihn?

»Fühlt es sich immer so an?«

»Wahrscheinlich ist es für jeden anders.« Nun kam wieder die reservierte Pastorin zum Vorschein.

»Und woran merkt man, dass es richtig ist?«

Sie seufzte. »Ich verstehe, worauf du hinauswillst. Du fragst wegen deines Verlobten. Das kannst nur du selbst entscheiden. Ob es hier drinnen« – sie wies auf ihre Brust – »stimmt.«

Ich ließ den Wein im Glas kreisen. »Genau.«

»Wenn du Zweifel hast, solltet ihr vielleicht noch warten. Die Ehe ist schließlich ein Bund fürs Leben!«, sprach sie mit der Autorität der Pastorin.

»Ja, ich weiß. Ich glaube allerdings, dass Klaus nicht mehr warten möchte.«

»Das ist schlecht.«

»Mein Problem ist, dass die Entscheidung endgültig ist. Was, wenn ich den Schritt bereue? Dann kann ich nicht mehr zurück. Ich kann mich nicht einfach scheiden lassen und da weitermachen, wo ich aufgehört habe.«

Rosi schloss die Augen. »Wo bleibt dein Vertrauen? Klaus ist ein Netter.«

»Das hast du schon öfter gesagt.«

Ich nahm noch einen Schluck.

»Irgendetwas ist schwierig.« Es war heraus, bevor ich darüber nachdenken konnte.

»Was?«

»Klaus. Mal ist er so, und mal ist er anders. Brüsk, ohne jedes Verständnis. Als hätte er verschiedene Gesichter. Ich weiß, dass er eine schwierige Kindheit hatte – er ist in einer nicht legalisierten Verbindung aufgewachsen. Und trotzdem …«

»Ohne Fehler ist niemand.«

Ich seufzte und schenkte meiner Freundin den letzten Rest aus der Flasche ein.

»Wir sind vom Thema abgekommen«, sagte ich nach einer Weile. »Eigentlich wolltest du mir Aufklärungsunterricht geben.«

Rosi sah auf die Uhr. »Es ist spät geworden. Kauf dir ein Buch. Vor Kurzem ist eines zu dem Thema erschienen: ›Das Wunder

der Liebe‹. Ich glaube, Oswalt Kolle heißt der Autor. Da steht alles Wichtige drin, habe ich mir sagen lassen.«

»Der Skandalautor? Gibt es dazu nicht auch einen Film? Einen mit besonders freizügigen Szenen?«

»Ja, dann schau dir den doch mal an!« Der Wein hatte ihre Zunge gelockert.

»Ich dachte, er unterliegt der Zensur. Als Pastorin mache ich mich damit zum Stadtgespräch!«

Rosi seufzte. »Warum probiert ihr es nicht einfach aus, Kaminski und du?«

»Er will lieber abwarten.«

»Vielleicht aus gutem Grund?« Sie hob eine Augenbraue.

»Nein, nein! Nicht deshalb. Klaus ist ein Ehrenmann! Das mag ich ja so an ihm.«

»Dann bleibt nur noch eines!« Rosi lächelte verschmitzt. »Frag den Reporter! Der wäre gewiss nicht abgeneigt. Und bestimmt kennt er sich bestens aus!«

»Aber Rosi!«, protestierte ich. Als ich sie belustigt grinsen sah, kehrte mein Humor zurück. »Dass er sich auskennt, glaube ich auch!«

FÜNFZEHN

»Alles gut und schön, liebe Schwester. Die Gesunden brauchen den Arzt nicht, aber die Kranken. Sehr richtig, sehr richtig!« Kruse baute sich breitbeinig vor mir auf.

»Also hat Ihnen meine Predigt gefallen?« Ich wollte mich an meinem Kollegen vorbei zur Sakristei schieben, um den Talar auszuziehen, doch er versperrte mir den Weg. Die Gemeindeglieder hatte ich bereits verabschiedet.

Er hob den Zeigefinger. »Doch vergessen Sie nicht, liebe Schwester: Jesus aß mit den Zöllnern und mit den Sündern! Von den Huren steht da nichts!«

»Mit den Huren hat er sich auch beschäftigt. Erinnern Sie sich an die Geschichte, in der die Ehebrecherin gesteinigt werden sollte?«

»Selbstverständlich, selbstverständlich.«

»Und was sagte Jesus? ›Wer ohne Sünde sei, werfe den ersten Stein!‹«, gab ich schlagfertig zurück.

»Sie kennen sich gut aus, werte Kollegin. Obzwar es sich meiner unerheblichen Meinung nach um eine Gestrauchelte handelte, aber nicht um eine Liebesdienerin!«

»Und was ist mit der Sünderin, die Jesus die Füße küsste und ihn salbte? Zu ihr sagte der Herr: ›Ihr wird viel vergeben, denn sie hat viel geliebt.‹ Soweit ich mich erinnere, hat sie reichlich viel geliebt … wie die Mädchen aus der Linienstraße.«

»Sehr bibelfest, liebe Schwester. Dann beantworten Sie mir noch eine Frage!«

»Bitte!«

»Sind Sie Jesus?«

Ich schüttelte den Kopf.

»Hören Sie auf meinen wohlmeinenden Rat: Halten Sie sich von den Bordellen fern! Ihr zukünftiger Mann wird es Ihnen danken!«

Er drehte sich um und ging.

»Touché«, murmelte ich.

Seit Schwester Käthe altersbedingt nicht mehr kochen konnte, fiel der sonntägliche Mittagstisch bei den Diakonissen aus. Der Braten fehlte mir. Mehr aber noch vermisste ich die Gemeinschaft und die Gespräche.

Zögernd lenkte ich meine Schritte in Richtung Pfarrhaus. Das Wetter war umgeschlagen. Statt Frost und Schnee gab es nun Wolken, Wind und Regen. Ich lief auf aufgeweichten Wegen durch einen menschenleeren Park. Wieder einmal grauste mir vor der unbehaglichen, viel zu großen Wohnung.

»Für dieses Jahr habe ich meine Arbeit getan«, erzählte ich zu Hause meinem Spiegelbild. »Und nächstes Jahr um diese Zeit werde ich woanders sein – wo auch immer. Kein einsames, ungemütliches Pfarrhaus mehr. Keine Besuche machen müssen, keine Predigten am Samstagabend vorbereiten, keine Leute beerdigen« – noch immer hatte ich keinen Termin für die Bestattung von Fräulein Niemitz – »und, ja, auch keine Kinder mehr taufen.«

An dieser Stelle stockte mein Atem. Ich liebte es, den Kleinen vorsichtig das Wasser auf die Stirn zu träufeln und ihnen danach den Segen zu erteilen. Das sollte ich nie wieder tun dürfen?

Mit voller Wucht, ohne Vorwarnung traf mich ES. Im Spiegel sah ich, wie meine Züge sich verzerrten, die Augen sich weiteten, der Mund sich halb öffnete im stummen Schrei.

Die Dinge waren nicht so, wie sie hätten sein sollen. Ich war zu feige, darüber zu reden, ja, nur darauf hinzuweisen. Reichten ja Worte ohnehin nicht, um den Abgrund auszuloten, in den jemand anders zu reißen ich kein Recht besaß. Würde ich ES jemals loslassen können, vielmehr würde ES mich jemals loslassen? Unverhofft kam ES, plötzlich: manchmal nur einmal alle paar Monate, manchmal im Abstand von Wochen oder Tagen. Würde ES neben uns im Bett liegen, wenn wir uns liebten, würde der Alb von mir ausströmen wie ein Pesthauch und den Menschen neben mir vergiften? Würde ES sich vererben auf meine Kinder und Kindeskinder? Würde ich zusehen müssen, ohnmächtig, wie ES sich an der Wiege breitmachte und schrie, während ich mein Liebstes in den Schlaf singen wollte? War allein zu bleiben ein zu hoher Preis – doch mussten dafür andere bluten?

Ich schlug die Hände vor das Gesicht, das mir im Spiegel erstarrt und blass entgegensah. Ich senkte den Kopf.

»Herr, ich bin es nicht wert, dass du unter mein Dach gehst … ich bin es nicht wert … Herr, unter mein Dach … ich bin nichts wert …«

Wie eine gesprungene Schallplatte.

Das Läuten des Telefons unterbrach meine Grübelei. »Ja bitte?«, sprach ich in den Hörer, und ich konnte nicht vermeiden, dass meine Stimme atemlos klang und viel zu hoch.

»Martha, bist du krank? Was ist los?«

»Nichts. Gar nichts.«

»Gut. Du wirst wieder einmal gebraucht!«

»Gott sei Dank!« Ich atmete durch, der Druck wich von meiner Brust.

»Wie bitte?« Leises Lachen. Im Hintergrund hörte ich Stimmen und gleichmäßiges Klappern.

»Luschinski, wo bist du? Was ist passiert?«

»Sie haben sie gefunden.«

»Wen? Frau Niemitz?«

»Ja.«

»Ist sie …?«

»Tot? Ja, leider!«

»Wie und wo wurde sie gefunden?«

»Martha, ich kann nicht lang reden. Komm am besten schnell her.«

»Wo bist du? Wohin soll ich kommen?«

»Zur Wache. Da sind sie alle.«

»Wer denn?«

»Komm einfach, dann wirst du es sehen.«

»Und der Kommissar?«

»Hat mich gebeten, dich anzurufen. Das ist der Fernsprechapparat in seinem Büro.«

Wenigstens musste ich nicht wieder in die Linienstraße. Und gegen einen Besuch auf dem Polizeirevier konnte nicht einmal Klaus etwas einwenden.

»Himmelherrgottsakra!«

»Nicht fluchen. Da kommt der Pastor!«

»Wo? Ich seh keinen Pastor!«

»Ist 'ne Frau, so was gibt's jetzt auch!«

Rauch mischte sich mit dem Aroma süßen, schweren Parfüms. Die Angesprochene ließ ihre Zigarette auf den Boden fallen und trat die Glut mit dem Fußballen aus. »Das tut man nicht!«

»Mir doch wurscht!« Die Angesprochene trippelte nervös auf ihren hochhackigen Pumps. »Wenn die uns sonntags auffe Wache zitieren …« Eine Bürotür klappte. Ein Mädchen kam heraus, im Austausch ging ein anderes hinein.

»Guten Tag, die Damen. Haben Sie den Herrn Luschinski gesehen?«, wandte ich mich an die am nächsten Stehende.

»Den wen?«, kaute sie auf ihrem Kaugummi und zog einen schwarzen Mantel über einem tief ausgeschnittenen Korsett zusammen.

»Sie meint Rumpelstilzchen.«

»Wen?«

»Na, den Reporter!«

Just in diesem Moment bog er um die Ecke, von Weitem erkennbar an der Kamera vor der Brust. »Martha!«, rief er erfreut.

Er zog mich zur Seite und brachte mich auf den aktuellen Stand. »Also: Niemitz wurde im Fredenbaumpark gefunden, im Teich. Tot. Wahrscheinlich ertrunken, aber sie wird noch obduziert, die Spurensicherung arbeitet vor Ort. Schließlich ist das Wasser dort kaum einen Meter tief. Fremdeinwirkung also nicht ausgeschlossen. Nächster Punkt: Der Abschiedsbrief stammt nicht von ihr – es ist nicht ihre Schrift. Sie brauchten nicht einmal einen Gutachter, um das festzustellen, ein paar Vergleiche reichten aus. Deshalb hat die Polizei die Verhöre gestartet. Die Kolleginnen werden befragt, eine nach der anderen.«

»Warum hier? Warum nicht in der Linienstraße?«

»Die Räume in der Linienstraße werden nach verdächtigen Gegenständen durchsucht.«

»Nach was genau?«

Luschinski winkelte eines seiner Beine an und stemmte es gegen die Betonwand.

»Alles Mögliche: die passende Tinte, die Sorte Papier, auf der der Brief geschrieben wurde, und so weiter.«

»Ach so. Und deshalb haben sie die Belegschaft evakuiert?«

»Gewissermaßen!«

»Aber für einen Mord müssten sie ein Motiv haben! Das weiß inzwischen sogar ich!«

»Wer sagt, dass sie keines haben?«

»Susi hat so sehr um die Niemitz getrauert und ihre schwarzhaarige Freundin auch.«

»Ja, jetzt! Wo die Molly tot ist. Aber glaub mir: Sie haben sich nicht immer gut verstanden.«

»Und sie verhören nur die Mädchen? Nicht die Freier?«

Luschinski zwinkerte. »Wo sollen sie da anfangen und wo aufhören?«

»Wenn es eines der Mädchen war – warum wurde der Brief dann im Laternchen gefunden?«

»Vielleicht, um Spuren zu verwischen?«

»Wer weiß.« Ich nahm meinen Hut vom Kopf, ein modisches Modell mit Pelzbesatz. Den hatte ich mir selbst vom Weihnachtsgeld geschenkt. »Du hast gesagt, ich werde gebraucht. Wie kann ich mich nützlich machen?«

»Indem du mit den Mädchen redest. Einige kennen dich schon, Susi zum Beispiel.«

Er wies zum anderen Ende des Flures auf eine Gruppe junger Frauen, die heftig gestikulierten. So lebhaft war es auf der Wache wohl lange nicht mehr zugegangen.

Ich wollte mich unverzüglich dorthin begeben, doch der Reporter hielt mich am Ärmel fest. »Martha?«

»Ja?«

»Danke, dass du gekommen bist.«

»Gern geschehen.«

Er nahm meine Linke und berührte den goldenen Ring. »Hoffentlich weiß dein Verlobter, was er an dir hat.«

Verlegen schaute ich zu Boden. »Bestimmt weiß er das.«

»Ist ihm klar, wie gescheit du bist? Viel zu klug, um am Herd zu versauern!« Er führte meine Hand zu seinem Gesicht und drückte sie kurz an seine Wange. Ich spürte raue Bartstoppeln.

»Und zu hübsch für ein Reihenhaus im Vorort.« Ich wollte etwas erwidern, doch da eilte er schon den Gang hinunter.

»Sagt der Bulle zu mir: ›Was kostest du denn?‹« Die Stimme einer rundlichen Brünetten hallte durch den Flur.

»Frechheit!« Susi strich sich eine Blondhaarsträhne aus der Stirn hinter das Ohr. Sie hatte sich zurechtgemacht; eine eng sitzende Jacke verdeckte die obere Hälfte des kurzen Rocks. Hohe Stiefel komplettierten den Aufzug.

»Sag ich zu dem Bullen: ›A bisserl mehr, als Sie sich wohl leisten können, der Herr!‹«, erwiderte die Brünette in einem Singsang, der sie als Gastarbeiterin der Liebe auswies. Ich vermutete ihre Heimat in der Alpenregion. »Und da sagt er: ›Na, na, riskier hier lieber keine dicke Lippe! Ich sitz am längeren Hebel!‹« Sie brach in herzhaftes Gelächter aus. Die anderen fielen ein.

Ihr Lachen mischte sich mit dem Geklapper der Schreibmaschine, das über den Gang schallte, dem Geräusch, das ich bereits am Telefon vernommen hatte.

»Der hatte es gerade nötig, was, Lilly?« Susi drehte sich zu ihrer schwarzhaarigen Freundin um, die ich bereits aus der Linienstraße kannte. Die Lippen hatte sie dramatisch rot geschminkt; durch ständige Kaubewegungen schmälerte sie allerdings die Wirkung. Wenigstens kannte ich nun ihren Namen.

»Ist denn der Pit nicht hier?«

»Pit vonne Sitte? Im andern Raum.«

»Jedenfalls redete der Bulle weiter, ich hätte dann ja wohl ein Motiv. Da sagte ich: ›Von wegen, der Herr, fünfhundert Mark sind für uns keine große Sache, bitt'schön, der Herr!‹«, fuhr die Brünette fort, und die dunkel umrandeten Augen blitzten in dem mokkabraunen Gesicht.

»Das verdien ich an einem Abend!«

»Aber nur, wenn Zahltag is!«

»Und wenn sie alle ordentlich gebechert haben.«

»Klar, dann schiebste einen nach dem andern durch …«, kaute Lilly.

Sie lachten wieder.

»Wahrscheinlich schuftet der Bulle 'n ganzen Monat dafür!«

Ich trat einen Schritt näher. Nun befand ich mich in Reichweite. »Guten Tag!«, sagte ich leise, doch sie nahmen keine Notiz von mir.

»Hat die Molly dir was geschuldet?«, wollte Susi wissen.

»Die Niemitz? Ach was, die hat nur a bisserl viel verlangt für die Einweisung. Hab erst hinterher erfahren, dass sie mich übers Ohr gehauen hat. Ich kannte die Preise halt noch nicht!«

»Und, hast du's wiedergekriegt?«, fragte Lilly und klimperte mit ihren auffälligen Goldketten.

»Natürlich nicht! Lektion eins, hat sie gesagt, lass dich nie übern Tisch ziehen. Von keinem Freier und von keiner Hure. Geschäft ist Geschäft!«

Erneutes Gelächter.

»Jaja. So war sie, unsere Molly!«

»Und jetzt ist sie nich mehr ...«

Die Runde verstummte.

Ich nutzte die Pause, um mich erneut bemerkbar zu machen. »Mein Beileid«, sagte ich und hielt Susi die Hand hin.

Sie ergriff sie. »Ich danke Ihnen.« Ihre Augen schimmerten feucht.

»Ihnen auch!« Ich schüttelte die Hände der andern beiden. »Erst hat es die Tochter erwischt und jetzt die Mutter. Das ist wirklich tragisch!«

»Die Tochter? Um die tut's mir nicht leid«, griff Lilly das Stichwort auf. »Die Ulla, die hat immer nur geschaut, wo sie selbst bleibt. Die andern waren der egal!«

»Ist ja gar nich wahr«, widersprach Susi.

»Klar doch. Du hast's nur nicht sehen wollen. Die war deine Freundin, da musste sie ja in Schutz nehmen.«

»Und du warst eifersüchtig wie 'n Höllenhund, gib's zu.«

»Was? Weil sie mir meinen Schatz ausgespannt hat? Der taugte eh nix ...«

»Soso. Das hat sich aber ganz anders angehört. Die Augen auskratzen wollteste ihr deshalb. Wärst ihr fast mit'm nackten Hintern ins Gesicht gesprungen ...«

»Hab ja dann 'n Besseren gefunden.«

»Dein Glück.«

»Mit ’nem super Schlitten. Alfa Romeo Spider, hat ordentlich was unter der Haube.«

»Na, na, wenn der dich mal nicht ausnutzt!«, warnte die Brünette. »Wer hat denn den Schlitten bezahlt?«

»Du bist ja nur neidisch, weil du deinem Schatz keinen kaufen kannst.«

Susi griff ein: »War ja nich nur der Kerl. Du warst eifersüchtig, weil die Ulla meine beste Freundin war. Und das wärste auch gern gewesen!«

»Eingebildet biste ja gar nicht …«, konterte Lilly.

»Was wahr ist, ist wahr.«

»Nich deshalb!«

Schon wieder ignorierten sie mich.

»Weshalb denn?«

Ich spitzte die Ohren. Allerdings senkte Lilly die Stimme, sodass ich nichts verstehen konnte.

Zeitgleich entstand vorne im Gang ein Tumult. »Mädels!«, tönte eine raue Bassstimme. »Schluss mit dem Geschnatter! Vergesst nicht, wofür ihr da seid. Rein. Raus. Zack, zack!« Er lachte dröhnend. Der Besitzer des kraftvollen Organs war stämmig, tätowiert und trug ein Goldkettchen.

»Hotte«, sagte Susi ehrfürchtig. »Alle in Deckung, Hotte kommt!«

»Jaja, der Hotte!« Die Brünette war nicht so leicht zu beeindrucken. »Muss der etwa auch hier vorsingen, oder wie?«

Lilly spuckte ihren Kaugummi auf eine Blattpflanze, die offensichtlich kurz vor dem Exitus stand. »Geschieht ihm recht. Wo er sonst immer den großen Maxe spielt.«

»Hat er einen?«, fragte die Brünette anzüglich.

»Keine Ahnung.«

Die Brünette machte große Augen. »Probiert er denn seine Maderln nicht selbst aus?«

Inzwischen hatte Hotte die Gruppe erreicht. »Klappe, Mädels«, ordnete er an, und seine Bassstimme klang wie die eines Mannes, der mit allen Wassern gewaschen und von allen Hunden gehetzt ist. »Reißt euch zusammen! Ihr wisst, was sonst passiert!«

»Was denn?«, fragte die Brünette leise.

Doch Hotte hatte sie gehört. Drohend baute er sich vor ihr auf. »Das willste nicht wissen!«

»Wirklich nicht!«, echote Susi.

Gegenüber öffnete sich die Bürotür. Kommissar Kellmann streckte seinen Kopf heraus. »Herr Schmitz?«

»Hotte«, knurrte der Angesprochene gereizt. »Einfach Hotte!«

»Kommen Sie rein«, beschied Kellmann unbeeindruckt. »Und das Fräulein Gerlach müsste ich dann auch noch mal sprechen! Halten Sie sich bereit!«

Draußen war es dunkel, als der Kommissar mich in sein Büro bat. Zusammengesunken saß er hinter dem Schreibtisch, Hosenträger über dem nicht mehr weißen Hemd, das Sakko achtlos über die Stuhllehne gehängt. Er blinzelte mich an; offensichtlich konnte er kaum noch die Augen offen halten vor Müdigkeit. Doch zum Rauchen reichte die Energie noch.

»Soso, das Fräulein Pastor!« Er schob die Lesebrille auf die Nasenspitze. »Ist ja nicht Ihr erster Mordfall, nicht wahr?«

Ich nickte und hustete.

Erst jetzt entdeckte ich im Qualm, der wie Nebel unter den Neonleuchten waberte, den Kollegen von der Sitte.

»Und Sie mischen wieder kräftig mit«, stellte der Kommissar fest.

»Ich bin als Seelsorgerin gefragt«, korrigierte ich.

»Solange Sie nicht Ihre Kompetenzen überschreiten!«, sagte er, die sonst so scharfe Stimme heiser vor Müdigkeit.

»Sie werden ja auch das Fräulein Niemitz bestatten, nicht wahr?«, schaltete Pit sich ein.

»Steht schon ein Termin fest?«

»Der Bestatter wird Sie informieren.«

»Wissen Sie, ob die Mutter und die Tochter gleichzeitig beerdigt werden sollen?«

»Wir müssen die Ergebnisse der Spurensicherung abwarten. Und von der Obduktion … das dauert noch …«, murmelte Kellmann. »Möglicherweise waren es mehrere Täter. Bei der Tochter eine Tat im Affekt, das andere geplant … stümperhaft ausgeführt … nicht dieselbe Handschrift …« Seine Stimme verlor sich.

»Ist der Exverlobte inzwischen aus dem Schneider? Er hat schließlich kein Alibi …«

Kellmann zuckte mit den Schultern.

»Alles noch offen!«, sagte Pit von der Sitte und verschränkte lässig die Arme vor der Brust.

Kellmann räusperte sich. »Über laufende Ermittlungen dürfen wir nicht berichten«, ermahnte er den Kollegen.

»Auf einmal?«, wandte ich ein. »Vor ein paar Tagen haben Sie das noch anders gesehen. Sie haben mich händeringend um Unterstützung gebeten.«

Kellmann zuckte mit den Achseln. »Bilden Sie sich nichts darauf ein, Fräulein Gerlach.«

»Ich kann mir auch nicht vorstellen, dass Balmke den Mord an Frau Niemitz begangen hat«, versuchte ich, ihm weitere Informationen zu entlocken. »Die Tat war doch wohl geplant und vorsätzlich ausgeführt. Er scheint ein eher schlichtes Gemüt zu sein.«

»Warum leiten nicht Sie die Ermittlungen?«, kommentierte Kellmann sarkastisch. Gleich darauf sackte er wieder in sich zusammen. »Das war schon alles. Pit, bringst du das Fräulein hinaus?«

»Moment. Ich verstehe nicht, warum Sie nur die Mädchen befragen und nicht die Freier«, legte ich mich für die Prostituierten ins Zeug. »Außerdem will ich noch eine Angabe machen«, ergänzte ich.

Er schob seine Lesebrille in Richtung Stirn. »Dann wollen wir mal los!«

»Fräulein Niemitz hatte Kontakt zu weiteren Männern, auch als sie schon in der Siedlung lebte. Einer davon scheint wichtig für sie gewesen zu sein«, fuhr ich fort.

Ich dachte an den unbekannten Dritten. Rabenaus Rolle verschwieg ich. Es gab keine Beweise, und ich wollte dem Presbyter keine Unannehmlichkeiten bereiten.

Kellmann spannte ein Blatt in die Schreibmaschine. »Und das fällt Ihnen jetzt ein!«, knurrte er. »Also. Name, Adresse, ich brauche alle Angaben!«

»Weiß ich nicht. Tut mir leid.«

Kellmann hieb mit der Faust auf den Tisch. »Fräulein Gerlach, was soll das? Sie stehlen mir meine Zeit!«

Ich zuckte zusammen. »Ich habe es gut gemeint.«

Pit kam um den Tisch herum. »Schrei das Fräulein Pastor nicht an! Mach Schluss für heute, du bist fertig mit den Nerven!«

»Deine Ratschläge brauche ich nicht. Eine steht noch auf meiner Liste, und die nehme ich heut noch dran! Und du: Wir sehen uns morgen um sieben«, knurrte Kellmann. »Sei pünktlich!« Er drückte den Stummel in den übervollen Aschenbecher.

Pit salutierte scherzhaft. »Jawoll, Chef.«

Der Kollege von der Sitte hielt mir die Tür auf. »Ich begleite Sie noch zur Pforte.« Er berührte meinen Ellbogen. Heute trug er ein bunt gemustertes Hemd unter dem Sakko. »Die Mädchen mögen Sie«, stellte er fest, als wir den Gang hinunterschritten.

Ich hielt inne. »Weiß auch nicht, warum. Sie reden immer so viel, ich komme gar nicht zu Wort.«

»Eben darum. Alle anderen sagen ihnen, wo's langgeht, vor allem die Herrschaften von der Kirche. Sie lassen sie einfach reden. Chapeau!« Er deutete eine Verbeugung an.

»Danke.« Wir schritten weiter durch den menschenleeren Gang. Das Aroma süßlich-schweren Parfüms überlagerte den Behördenmuff. »Aber verstehen kann ich's trotzdem nicht. Das sind nette Mädchen, meist gar nicht dumm! Warum suchen sie sich keine anständige Arbeit? Oder heiraten?«

An der Pforte schob sich gerade eine große, stattliche Gestalt durch die Glastür. Ich erkannte sie sofort.

»Frau Sarastro!«, sagte ich erstaunt. »Was machen Sie denn hier?«

Doch da war die Dame schon den Gang hinuntergerauscht.

»Zeugenbefragung!«, lautete Pits Antwort. »Kellmanns letzter Termin für heute.«

»Sie ist eine Zeugin?«

Pitt lächelte, und seine Zähne blitzten. »Waren Sie schon mal im Laternchen?«

»In der Kneipe an der Linienstraße? Da, wo die Mädchen sich mit den Männern treffen?«

»Genau dort.«

»Bisher nicht. So als Frau alleine … Und dann auch noch als Pastorin. Warum?«

»Weil sie dort bedient. Jedes Wochenende.«

»Aha.« Damit war die Frage nach dem Lebensunterhalt von Frau Rabenau und Frau Sarastro endlich geklärt. »Schenkt sie nur Bier aus, oder bietet sie auch noch etwas anderes an?«

Pitt grinste. »Wollen Sie sie selbst fragen? Soll ich Sie mitnehmen ins Laternchen?«

Ich holte tief Luft. »Ja!«

Damit hatte er wohl nicht gerechnet. »Wenn Ihr Bräutigam nichts dagegen hat …«, setzte er lahm hinterher.

»Gewiss nicht«, log ich und schämte mich sofort. Aber nur ein bisschen.

Die Außendekoration der Gaststätte entsprach ihrem Namen: Zwei rote Leuchten rechts und links der Eingangstür zierten das Laternchen. Eine einfache Glastür mit mehreren schmalen Scheiben führte ins Innere.

»Wollen Sie an der Bar Platz nehmen oder lieber in der Sitzecke?« Die plüschige Kuschelcouch mit den passenden Sesseln war, wer hätte es gedacht, kirschrot. Ich entschied mich für einen der Barhocker. »Da hat man mehr Überblick!«, brüllte ich gegen die Musik aus der Jukebox an.

»Heidschi, Bumbeidschi«, tönte eine Männerstimme aus dem Lautsprecher. Ich sah mich um. Eigentlich wirkte alles ganz solide, einschließlich der massiven Holztheke. Die Beleuchtung war schummrig. Verschiedene farbige Spots malten Lichtinseln auf die Bar.

»Und das soll jetzt die berühmte Lasterhöhle sein?«, fragte ich enttäuscht, als die Musik aussetzte und damit eine Verständigung möglich wurde.

Der Polizist wies auf die Wand, an der die Jukebox stand. Zwei beinahe unbekleidete Mädchen waren dort überlebensgroß aufgemalt. Die eine schien die andere zum Bockspringen zu benutzen: Die üppigen Brüste schwappten aus dem roten Oberteil. Keck lugte eine der Brustwarzen hervor.

»Hui!«, machte ich beeindruckt. »Ganz schön scharf!«

»Was?«, brüllte Pit, denn das ohrenbetäubende Gedudel hatte wieder eingesetzt, dieses Mal in englischer Sprache.

Mein umherschweifender Blick fiel auf eine junge Frau, die um das Eck am Tresen einen Kaffee trank. Mit Pulli und Parka war sie eher unauffällig gekleidet. Ansonsten war die Gaststätte leer.

»Nichts los hier«, schrie ich.

Pit wies auf die Uhr am Handgelenk. »Erst acht!«

Ich gähnte. »Spät für mich!«

»Was darf ich bringen?«, fragte die Bedienung. Pit bestellte zwei Pils, obwohl mich die Flaschen mit den bunten Flüssigkeiten an der verspiegelten Bar mehr interessiert hätten. Ich wies darauf. »Was ist das?«

»Rum. Liköre. Für Cocktails.«

»Bitte sehr!« Die junge Frau knallte zwei frisch gezapfte Pils mit Schaumkronen vor uns auf die Theke. Pit leerte seines auf ex und bestellte gleich ein neues.

Die Tür öffnete sich, mit einem Schwall kalter Luft betrat eine Gruppe von Mädchen die Bar. Sie ließen sich in der roten Sitzecke nieder. Kurz darauf erschien ein Rudel Männer, stellte sich an die Bar und beäugte die Mädchen. Ab und zu stießen sie sich gegenseitig an und lachten. Allmählich erschloss sich mir die Besonderheit des Lokals.

Beim nächsten Kälteschub betrat Frau Sarastro die Gaststätte.

»'n Abend allerseits!« Falls sie verwundert war, mich hier zu treffen, ließ sie es sich nicht anmerken. Wie eine Königin reichte sie mir die Hand. Dann wandte sie sich dem Kollegen von der Sitte zu. »Der Pit! Auch mal wieder da!«

Sie bezog Position hinter dem Tresen, eine kräftige Gestalt mit blonden Haaren und dramatisch grün umrandeten Augen. Sie passte vorzüglich in dieses Ambiente.

»Prost!« Pit stellte sein leeres Glas ab und hob zwei Finger.

Die Wirtin betätigte den Zapfhahn. Die junge Bedienung war im Hintergrund verschwunden. Als die Musik schwieg, fragte Pit: »Und? Mal wieder Schicht?«

»Einer muss ja das Geld verdienen.«

»Warst du am Wochenende auch hier?«

»Als der Brief gefunden wurde?«

»Genau.« Pit hatte die kleine Pilstulpe schon wieder geleert.

»Hinterm Tresen wie immer!« Ihre gezierte Sprechweise hatte sie abgelegt. Die rot lackierten Fingernägel drapierten den orangeroten Schal um den Hals.

»War's voll am Freitag?«

»Wie immer am Zahltag.«

»Viele Mädchen hier gewesen?«

»Hömma, Pitt!« Sie wechselte mühelos in den Kohlenpott-Slang. »Wir tun nix Ungesetzliches, brauchste gar nicht drauf zu lauern! Die Mädchen kommen und trinken Kaffee. Sonst gar nichts.« Sie schob ihm ein neues Glas hin.

»Und die Männer trinken ihr Feierabendbier, ich weiß!« Pit nickte.

Frau Sarastro spülte die Pilsgläser im Becken aus. »Genau. Die kommen, weil's ihnen hier gefällt!«

»Mit all den Mädchen!«

»Gucken ist nicht verboten!« Sie wischte mit einem feuchten Tuch Zigarettenasche von der Theke. Die Männer steckten eine an der anderen an und hinterließen dann Spuren.

Die nächste Schallwelle unterbrach das Gespräch. Pit gab Frau Sarastro ein Zeichen und lotste sie hinaus. Die jüngere Bedienung übernahm.

Ich trat im Takt der Musik gegen den Barhocker. Dann hielt es mich nicht mehr auf meinem Platz.

Ich fand die beiden im Gang vor den Toiletten.

»Gegen zehn«, hörte ich die blonde Dame zischen. »Davor hat der Didi bedient. Und dann mit mir zusammen.«

Ich wollte unbemerkt bleiben und ging am Zigarettenautomat in Deckung. Dabei kam mir zugute, dass eines der Mädchen gerade Münzen einwarf und eine Schachtel zog.

»Wer war Freitagabend alles hier?« Auch Pit konnte eine strenge Beamtenmiene aufsetzen.

Frau Sarastro zuckte mit den Schultern. »Die Mädchen. Männer. Die vom Schlachthof. War viel los. Ging zu wie im Taubenschlag. Bleiben ja immer nicht lange, die Kunden. Früher, als die Tommies noch kamen, war's lustiger. Da hatten wir alle unseren Spaß. Manchmal bis um fünf.«

»Waren am Freitag Männer aus der Siedlung da?«

»Nicht, dass ich wüsste.«

»Sonst in letzter Zeit?«

Sie überlegte. »Im Sommer, da kamen sie schon mal, auch später noch, im Herbst, der Dachdecker und sein Kumpel, und ab und zu sogar« – sie wandte sich zu mir um – »der Lehrer. Auf Ihren Verlobten sollten Sie besser aufpassen!«

Mir blieb der Mund offen stehen. Frau Sarastro öffnete die Tür und betrat mit fürstlicher Grandezza den Gastraum, begleitet vom stampfenden Rhythmus der Musik: »Aber Heidschi, Bumbeidschi, bum, bum!«.

»Tut mir leid!«, entschuldigte Pit sich ein um das andere Mal. »Ehrlich, davon habe ich nichts gewusst. Hätte ich Sie mal besser nicht mitgenommen.« Er berührte mich am Oberarm, eine Geste, die mich bei dem Reporter immer elektrisierte. Bei dem Polizisten blieb diese Wirkung aus. »Sicher gibt es eine Erklärung. Und Sie waren im Sommer doch noch gar nicht verlobt, oder?«

»Schon gut«, sagte ich erschöpft und dachte an die wechselvolle Geschichte meiner Freundschaft mit Klaus. Fast drei Jahre waren wir miteinander gegangen, bevor er mir zu Weihnachten den Heiratsantrag gemacht hatte. Konnte ich ihm verdenken, dass er sich zwischendurch woanders umgesehen hatte?

Sollte ich Klaus zur Rede stellen? Doch wie konnte ich ihm erklären, woher ich mein Wissen bezog? Das Eingeständnis meines Besuchs im Laternchen würde nur den nächsten Streit hervorrufen. Ich seufzte.

So schnell wie möglich nach Hause, mich in mein Kissen kuscheln, schlafen und vergessen, mehr wollte ich nicht.

Morgen ist auch noch ein Tag, dachte ich, als der Streifenwagen in die Möllerstraße einbog. Eine Frage brannte mir noch auf der Seele: »Was passiert wirklich im Laternchen? Finden dort Kontaktgespräche zwischen Huren und Freiern statt?« Nicht auszudenken, wenn sich der ehrbare Lehrer Liebe bei den Damen des Gewerbes erkauft hatte!

Im Licht der Straßenlaterne wirkte Pits Gesicht undurchdringlich. »Das fragen Sie einen Polizisten? Solange ich mich dort aufhalte, bestimmt nicht!«

Wie um die Härte seiner Worte abzumildern, zeigte er wieder sein strahlendes Lächeln. Er bremste. »Wir sind da. Gute Nacht!«

Auf dem Weg zu meiner Haustür hörte ich lautes Krachen. Ziselmänner, die kleinen Knaller. So kurz vor Silvester waren sie bereits im Handel erhältlich.

Mein Kopf platzte fast bei dem unangenehmen Geräusch.

SECHZEHN

»Kind von totes Mädchen«, sagte Marie und ließ sich schwer auf den Stuhl neben der Wiege fallen. »Armes Mädchen. So unglücklich.« Marie konnte sich kaum noch auf den Beinen halten, schob sie doch inzwischen eine Kugel in der Größe eines Hüpfballs vor sich her. »Kann jeden Moment kommen Baby«, murmelte sie. Idschdi klapperte mit dem Geschirr. Offensichtlich übernahm er einen Teil der Hausarbeit für seine hochschwangere Frau. Dazwischen tobten die beiden Jungen. »Tante Matta, Tante Matta! Schenke, Schenke«, bettelte Tommi wie immer bei meinem Anblick.

»Weihnachten ist vorbei. Jetzt musst du warten bis zum Geburtstag.«

»Ussag«, echote der Junge.

»Möchten Kaffee, Fräulein Pastor?«, fragte Idschdi.

»Gerne!«

Im Haus des Küsters und seiner Frau wollte ich mich von den Ausflügen auf die Rotlichtmeile erholen. Einfach an einem normalen Familienleben teilnehmen und vergessen, dass es da draußen Mord und Totschlag gab. Ganz glückte es nicht, hatte doch auch hier der Fall seine Spuren hinterlassen. Wenn auch in Form eines erfreulich gesunden kleinen Jungen, der gluckste, als ich die Rassel an der Wiege betätigte. Später, sehr viel später, würde er von den tragischen Umständen am Anfang seines Lebens erfahren.

»Darf das Baby bei euch bleiben?«, fragte ich.

»Will keiner haben. Mutter ist tot«, wiederholte Marie. »Wissen nicht, wer Vater.«

»Das spielt sowieso keine Rolle. Das Kind gehört zur Mutter. Und wenn sie nicht mehr lebt, dann zu den nächsten Verwandten …«

»Auch keine Familie. Oma ist tot. Onkel und Tante gibt nicht. Armes Würmchen.«

»Wie heißt der Kleine eigentlich?«

»Darf noch nicht haben Namen. Ist ja nicht unser Kind.«

Ich spielte mit den Füßchen des Säuglings. »Dududu, hast noch keinen Namen!«

»Wir nennen Andreas. Wie Apostel in Bibel.«

»Warum nicht Moses?«, murmelte ich. »Wie Moses im Schilfkorb? Der Israel aus Ägypten führte.«

»Nennt man kleines Kind nicht Moses«, tadelte Marie. »Bei uns in Polen nicht Namen für Jungen.«

»Wie habt ihr das geplant, wenn dein Kleines da ist?« Ich deutete auf ihren enorm großen Bauch. »Das kann ja nicht mehr lange dauern. Dann braucht ihr alles doppelt: die Wiege, den Kinderwagen, die Strampelhöschen ...«

»Kommt Hilfe von Amt«, beruhigte Marie mich. Idschdi servierte den Kaffee. Ich setzte die Tasse an die Lippen und bekam den Prütt in den Mund. Offensichtlich filterte der Küster nur in der Gemeinde.

»Ist polnisch gemacht Kaffee«, entschuldigte er. »Nehmen mit Milch, bitte!« Er reichte mir die Büchse. Ein dünner Strahl ergoss sich aus der Dose in die Tasse.

»Ich werde euch unterstützen«, versprach ich und dachte für einen Moment nicht daran, dass ich in einigen Monaten woanders leben und vermutlich nur noch über ein Taschengeld verfügen würde. »Tommi ist schließlich mein Patenkind.« Sicher würde Klaus das genauso sehen. »Natürlich würde ich den Kleinen sehr gerne taufen.« Hoffentlich bald, bevor ich meine Stelle aufgeben musste.

»Danke, Fräulein Martha.« Marie atmete schwer, während Idschdi ihr fürsorglich eine Decke um die Schultern legte. Ich war gerührt über seinen Auftritt als treu sorgender Ehemann, doch nach der Erfahrung der letzten Tage plagte mich gleichzeitig das Misstrauen. Wer garantierte, dass Idschdi sich nicht ebenfalls auf Abwege begab?

Maries Atmen ging in Japsen über.

»Ist es schon so weit?«, fragte ich aufgeregt. »Sollen wir den Krankenwagen rufen?«

»Kann dauern«, antwortete Idschdi mit fachmännischem Blick. »War bei letztes Kind auch noch Zeit. Viel Zeit.«

Marie standen die Schweißperlen auf der Stirn. Sie stöhnte.

»Kann ich helfen? Was macht ihr denn, wenn das Kind kommt? Wer bleibt bei Tommi und Michi? Und bei dem Kleinen?«

Idschdis und Maries Familie lebten nicht in Deutschland. Das Ehepaar war aus Polen eingewandert und hatte sich nach einer wechselvollen Geschichte in Dortmund niedergelassen.

»Kommt Frau … Nachbar … rufen an«, brachte Idschdi hervor und wischte seiner Frau das Gesicht ab. Sie wimmerte. Tränen liefen über ihr Gesicht, der Leib hob und senkte sich. Sie hing auf der äußersten Kante. Flüssigkeit sickerte aus ihrem Schoß auf den Boden und bildete eine Lache unter dem Stuhl.

»Wir müssen den Krankenwagen rufen!«

Mit fliegenden Fingern durchsuchte ich die Ablagefläche der Konsole im Flur; dort war auch das Telefon angeschlossen. Idschdi war nicht von seiner Frau loszueisen.

Schließlich fand ich ein zerfleddertes Telefonbuch. Welche Nummer sollte ich wählen? »Dudenstift« hieß die Geburtsstation im Volksmund, doch erwartungsgemäß fand ich darunter keinen Eintrag. Ich entschied mich für die Städtischen Kliniken und griff in die Wählscheibe. Vertan! Die Scheibe ratterte zurück in die Ausgangsposition. Ich legte den Hörer auf die Gabel, nahm ihn wieder ab und begann mit zitternden Fingern von vorn. »Tut-tut-tut-tut«, ertönte das Besetztzeichen. Nebenan hörte ich Marie laut stöhnen und die Kinder weinen.

Schließlich kam ich durch und gab atemlos den Befund durch: »Wehen, Fruchtblase geplatzt.«

»Adresse?«, fragte das Fräulein aus der Zentrale am anderen Ende.

»Weiß nicht …«, sagte ich hilflos.

Dann fiel es mir wieder ein. Das alte Pfarrhaus neben der Kirche. »Sternstraße«, stieß ich heraus, bevor nebenan lautes Gebrüll einsetzte.

»Pscht. Mama kommt bald wieder«, versuchte ich Michi zu beruhigen, doch er hörte nicht auf zu weinen. »Der Klapperstorch bringt dir eine kleine Schwester. Oder einen Bruder.«

»Rudi«, plapperte Tommi nach. Hoffentlich heißt er nicht

Rudi, dachte ich. Es gab schönere Männernamen. Michis Weinen steigerte sich zu lautem Geschrei, und aus lauter Verzweiflung heulte der Säugling mit. Da saß ich nun als ledige und kinderlose Frau in der Küsterwohnung mit zwei brüllenden Babys und einem quengelnden Kleinkind. Der Zeitpunkt der Rückkehr von Idschdi war ungewiss, je nachdem, wie lange die Geburt dauerte. Wahrscheinlich Stunden.

Irgendjemanden musste ich anrufen. Hildchen Kruse fiel mir ein oder Schwester Tabea, doch beide waren ebenfalls kinderlos.

Von welcher hilfsbereiten Nachbarin hatte Idschdi gesprochen? »Bleib ruhig, Martha!«, ermahnte ich mich selbst. »Irgendwo muss die Nummer sein.«

Auf dem Tischchen im Flur fand ich ein alphabetisch geordnetes Telefonregister mit Einträgen in ungelenker Schrift. Unter »N« wie Nachbarin stand eine sechsstellige Zahl.

Einen Versuch ist es wert, dachte ich, während das Freizeichen ertönte. Ich wollte gerade wieder auflegen, als eine Frauenstimme am anderen Ende sagte: »Ja bitte? Wer ist dort?« Die Stimme kam mir bekannt vor.

»Gerlach. Evangelisches Pfarramt«, sagte ich automatisch.

»Sie schon wieder!«

»Frau Sarastro? Ich brauche Sie, bitte! Ich sitze allein mit drei Kindern in der Küsterwohnung!« Wie auf Kommando fingen alle drei wieder gleichzeitig an zu brüllen. »Helfen Sie mir doch, bitte!«

»Na gut. Ich schaue, ob ich meine Freundin schicken kann.«

Doch nicht Frau Rabenau klingelte eine Viertelstunde später, sondern Frau Sarastro höchstpersönlich stand in der Tür.

»Sie war nicht aufzufinden!«, begründete sie.

»Danke, dass Sie gekommen sind«, sagte ich aus vollem Herzen und ließ die kräftige Blondine ein. Ungeschminkt bot sie einen ungewohnten Anblick.

Nach wenigen Minuten hatte sie die Situation im Griff. Kind zwei stand im Laufstall, Kind eins hatte sie mir an die Hand gegeben, und Kind drei lag auf der Wickelunterlage und bekam frische Windeln verpasst. Hätte ich sie nicht bereits als Wirtin im Laternchen von ihrer praktischen Seite erlebt, wäre ich sehr verwundert gewesen. Alles Theatralische war von ihr abgefallen. Sie wirkte, als hätte sie nie etwas anderes getan.

»Woher können Sie das?«, fragte ich schließlich.

»Ich habe Krankenschwester gelernt.«

»Und warum arbeiten Sie jetzt nicht mehr in diesem Beruf?«

»Das ist eine lange Geschichte.«

Ich sah sie abwartend an.

»Mein Mann hat Schulden gemacht. Da musste ich mir etwas einfallen lassen. Als Krankenschwester verdient man nicht viel.«

Sie ließ sich auf denselben Stuhl fallen wie vorhin Marie. Die Lache an den Stuhlbeinen hatte ich inzwischen weggeputzt. »Jetzt würde ich am liebsten eine rauchen.«

Ich zuckte mit den Schultern. »Ich rauche nicht, also habe ich keine Zigaretten.« Sie stand auf und lief umher. Auf dem Telefontisch wurde sie schließlich fündig. »Lord extra«, stellte sie fest. »Sonst rauche ich Krone, aber in der Not frisst der Teufel Fliegen.«

»Natürlich Krone«, sagte ich matt. Alles andere hätte mich überrascht.

Sie zündete den Glimmstängel an und inhalierte.

»Haben Sie angeschafft, um die Schulden zu begleichen?«, nahm ich den Gesprächsfaden wieder auf.

Sie paffte vor sich hin. Tommi hatte sich zu Michi in den Laufstall gesellt und spielte ihm einen aufblasbaren Ball zu.

»Nicht so, wie Sie denken. Das tun in der Linienstraße nur die unverheirateten Mädchen. Für Ehefrauen ist es nicht erlaubt ...«

Sie steckte die Nächste an. Der Rauch in Gegenwart der Kinder störte mich, doch ich wollte sie nicht unterbrechen.

»Also haben Sie die Stelle im Laternchen angetreten.«

»Unter anderem.«

»Welchen Tätigkeiten gehen Sie außerdem nach?«

Als sie den Kopf beugte, sah ich einen dunklen Streifen am Haaransatz, dort, wo die Färbung herausgewachsen war. »Dieses und jenes. Was gerade so anfällt«, antwortete sie vage.

»Warum arbeiten Sie nicht in Ihrem ursprünglichen Beruf? Krankenschwestern werden gesucht!«

»Mein derzeitiges Engagement ist besser bezahlt.«

Tommi hüpfte im Laufstall auf und ab. »Pipi, Pipi!«, meldete er sich zu Wort.

Ich hob ihn über das Gitter, zog ihm die Hose herunter und setzte ihn auf das Töpfchen. Tommi verzog das Gesicht in gewaltiger Anstrengung. »Aa machen!« Dann strahlte er. »Aa macht!«

Jetzt roch es zwar nicht mehr nach Qualm, aber deshalb trotzdem nicht angenehmer.

Auf der Suche nach einem geeigneten Stück Papier oder einem Tuch fiel mir eine alte Zeitungsseite in die Hand. Die Mondumrundung – wie lange war das her! Nachdem ich mein Patenkind versorgt hatte, setzte ich mich wieder zu Frau Sarastro.

»Warum haben Sie uns allen etwas vorgespielt? Die große Künstlerin gemimt?«

Sie lachte heiser. »Das fragen Sie noch? Was wäre passiert, wenn ich die Wahrheit gesagt hätte? Dass ich in einer Nuttenschenke arbeite und ab und zu die Puffmutter gebe? Hätten Sie mich dann in Ihrer Gemeinde noch gewollt?«

Ich hielt ihrem Blick stand. »Ich denke schon.«

»Ja, Sie vielleicht! Was ist mit den anderen?«

Ich zuckte mit den Schultern.

»Sehen Sie! All diese ehrbaren Bürger hier!« Sie griff erneut nach der Zigarettenpackung.

»Aber Sie wollten dazugehören.«

»Ich wandere zwischen den Welten. Jede hat ihre Berechtigung. Und ihren Reiz.«

»Was hat Ihr Mann zu alledem gesagt? Und wie findet Ihr Sohn das?«

Ihr Gesicht verschloss sich. »Vanni weiß von nichts. Er ist nicht mein leiblicher Sohn. Mein Mann hat ihn in die Ehe mitgebracht, damals war er schon dreizehn.«

»Verstehe.«

»Kaffee?« Ohne eine Antwort abzuwarten, setzte ich den Wasserkessel auf die Elektroplatte. »Sie hätten aber schon eine Wahl gehabt, nicht wahr?«

»Das sagen ausgerechnet Sie! Eine Studierte! Alle Möglichkeiten stehen Ihnen offen! Und jetzt wollen Sie heiraten und alles hinschmeißen. Sich als Heimchen am Herd betätigen. Kinder, Küche, Kirche. Haben Sie sich das gut überlegt?«

»Jetzt reden Sie schon wie Lena.«

»Wo sie recht hat, hat sie recht.«

»Für die Kinder ist es gut, wenn sie eine gebildete Mutter haben.« Ich streckte die Finger der linken Hand aus und betrachtete meinen funkelnden Verlobungsring.

»Sicher. Aber ist es gut für Sie, sich derart abhängig zu machen? Die Zeiten ändern sich, hören Sie!«

Der Kessel begann zu pfeifen. Ich bereitete die Kaffeekanne vor und goss das Wasser in den Filter.

Frau Sarastro paffte vor sich hin.

Demonstrativ öffnete ich das Fenster.

»Stört es Sie, wenn ich rauche?«, fragte sie, reichlich spät, wie ich fand.

»Es sind Kinder im Raum.« Die beiden spielten friedlich auf dem abgetretenen Teppich. Selbst das Baby gab Ruhe.

Sie drückte den Stummel in der Untertasse aus. »Hören Sie!«, begann sie erneut. »Ich bin zwanzig Jahre älter als Sie. Da, wo ich arbeite, erfährt man einiges über das Leben und vor allem über die Männer. Egal, ob man es wissen will oder nicht.«

»Spielen Sie etwa auf meinen Verlobten an?«

»Über Herrn Kaminski weiß ich nichts Genaues. Er war einige Male im Laternchen. Das besagt aber noch gar nichts.« Sie wandte den Blick ab. »Ich meine die Männer im Allgemeinen. Was meinen Sie denn, wer in die Bordelle kommt?«

Ich schwieg.

»Die Ehemänner«, beantwortete sie ihre Frage selbst. »Mutti steht am Herd und kocht. Mutti versorgt die Kleinen, und abends, wenn der Kerl nach Hause kommt, ist sie müde vom Wäschewaschen und Kinderhüten, und der Kerl hängt in den Seilen nach der Arbeit. Er setzt sich mit dem Bier vor die Glotze, und sie bügelt seine Hemden. Das war's dann mit der Erotik. Samstagabend gibt es das bewährte Rein-raus-Spielchen nach der Sportschau, wenn er nicht schon zu betrunken ist. Zwischendurch besucht der Mann die Linienstraße und die Frau die beste Freundin, um sich auszuweinen. Weil der Mann kein Interesse mehr an ihr hat. So läuft es in bundesdeutschen Haushalten.«

»Die Frau soll sich für ihren Mann schön machen. Sie soll ihn adrett im hübschen Kleid empfangen, geschminkt und fröhlich«, steht in allen Illustrierten. Die Kinder plärren, »Mami hier, Mami da«. Wenn die Kinder von der Schule kommen, hat das Essen auf dem Tisch zu stehen. Anschließend Abwasch, dann bei den Hausaufgaben helfen … alle turnen herum, das Haus ist voller Leben. Der Mann schleicht sich davon, und die Frau will es nicht wissen.

»Ist alles in Ordnung mit Ihnen?« Die klangvolle Altstimme Frau Sarastros holte mich in die Gegenwart zurück.

Ich nickte.

»Dann sage ich Ihnen jetzt, wie Sie Ihren Mann halten können, da Sie ja heiraten wollen. Kostenloser Ratschlag, gewissermaßen. Wissen Sie, was die Männer zu den Huren zieht?«

»Nein.«

»Die Mädchen geben ihnen das Gefühl, dass sie Helden sind. Im Puff sind sie die Größten! Und sie bekommen, was sie wollen!«

»Weil sie dafür zahlen!«

Sie grinste. »Was nichts kostet, ist nichts.«

»Jaja. Sie wollten mir Ratschläge für ein gelungenes Eheleben geben!«

»Die Männer bekommen im Bordell, was sie sich wünschen – aber niemals genug davon. Ein bisschen bleibt immer offen. Damit sie wiederkommen. Das machen viele Ehefrauen falsch. Sie bemühen sich zu sehr. Männer wollen erobern. Frauen sollten sich immer ein wenig rarmachen.«

»Na schön. Ich werde es beherzigen.« Ich stand auf und stellte meine Kaffeetasse in die Spüle.

»Falls Sie tatsächlich heiraten – warum üben Sie Ihren Beruf nicht auch in der Ehe aus? Jedenfalls so lange, bis Kinder kommen?«

»Die Kirche erlaubt das nicht.«

»Tatsächlich?« Ihre Augenbrauen wanderten in Richtung

Scheitel. »Und warum halten Sie sich keinen Geliebten? Es muss ja keiner davon erfahren!«

»Nun ja.« Ich räusperte mich und atmete tief durch. »Erzählen Sie mir von Fräulein Niemitz«, versuchte ich, das Thema zu wechseln. »Sie müssen sie doch gekannt haben!«

Frau Sarastro griff wieder nach der Schachtel. »Entschuldigung, das muss jetzt sein. Nur noch eine.« Sie zog das Streichholz an der Schachtel entlang. »Übrigens, ich heiße Anna. Wenn wir uns über solch vertrauliche Sachen unterhalten, sollten wir uns duzen.« Sie hielt mir die Linke hin, da sie in der Rechten die Zigarette hielt.

»Martha. Angenehm«, sagte ich, leicht überrumpelt, weil sie so selbstverständlich die Kontrolle über die Situation behielt.

»Fräulein Niemitz. Wie war sie?«, insistierte ich.

»Die Ulla. Wie soll ich die Ulla beschreiben? Sie wurde ja in diese Branche hineingeboren. Ulla war eine eigenartige Mischung: Sie wirkte wie die Unschuld vom Lande. Andererseits hatte sie die besten Tricks darauf. Die hatte sie sich bei ihrer Mutter abgeschaut. Alle Männer waren verrückt nach ihr.«

»Warum? Auf den Fotos sieht sie aus wie eine ganz normale junge Frau.«

Frau Sarastro stellte klirrend die leere Kaffeetasse auf den Tisch. Bevor sie fortfahren konnte, begann das Baby zu jammern. Sie nahm es heraus und wiegte es in ihren Armen. »Das Kleine hat Hunger. Sehen Sie die Fläschchen?« Über dem Spülbecken war ein Flaschenhalter angebracht. Milchpulver fand ich im Regal.

Während ich die flüssige Mahlzeit zubereitete, erzählte Frau Sarastro weiter: »Sie hatte etwas Feines, Verletzliches an sich. Einen verträumten, schüchternen Blick. Das weckte den männlichen Beschützerinstinkt.«

»Wollte sie tatsächlich aus der Prostitution aussteigen?«

»Das wusste sie wohl selbst nicht. Balmke war höchstens das Sprungbrett. Für einen Besseren oder nur besser Betuchten hätte sie ihn jederzeit stehen lassen. Selbst ohne Ehering.«

Ich schüttelte die Flasche, sodass Wasser und Pulver sich zu einer weißlichen Flüssigkeit mischten, und setzte den Gummisauger darauf. »Gut so?«

Frau Sarastro überprüfte die Temperatur und setzte das Fläschchen an. Der Säugling nuckelte, warm an ihre Brust gebettet.

»Also, Anna. Meinst du, die Mädchen in der Linienstraße haben ein besseres Leben als die Mütter hier in der Siedlung?«

»Wie kommst du darauf?«

»Sie wirken auf mich sehr abgeklärt. Als hätten sie alles im Griff. Und den besten Beruf der Welt.«

»Haben sie dir erzählt, wie sie Männer abzocken?«

»So in etwa.«

»Du darfst nicht alles glauben. Zumindest übertreiben sie.« Anna drückte die Zigarette aus. »Viele von ihnen haben einen Freund, für den sie anschaffen.«

»Ulla Niemitz auch?«

»Sie hat nicht über ihre Männer geredet. Sie war da sehr verschwiegen.«

»Dass sie in anderen Umständen war, wusstest du?«

»Ja. Ich habe versucht, ihr beizustehen. Hab ihr Hilfe angeboten.«

»Hast du eine Ahnung, wer der Vater ist?«

»Nein.«

»Warum ist sie überhaupt schwanger geworden? Nehmen die Mädchen nicht die Antibabypille?«

»Doch. Aber sie bietet keine absolute Sicherheit. Und manche vertragen sie nicht. Die Pille enthält hoch dosierte Hormone.«

»Sie wollte das Kind jedenfalls nicht. Deshalb hat sie es ausgesetzt?«

»Ja. Ich bin ihr in die Kirche gefolgt und habe die Situation im Blick behalten.«

Sie schaukelte den einst unerwünschten Säugling und nun Ullas letztes Vermächtnis in ihren Armen. »Wenn dir das weiterhilft: Es ist ihr nicht leichtgefallen. Sie sah keine andere Möglichkeit.«

»Hast du die Ulla danach noch gesehen?«

Anna hielt den Kopf gebeugt, sodass ich auf ihren dunklen Scheitel sah. »Nein. Ich habe am selben Abend noch bei ihr geklingelt, doch sie hat nicht geöffnet.«

»Vielleicht war sie nicht zu Hause.«

»Hinter der Gardine hat Licht gebrannt.«

»Also hatte sie wohl Besuch.«

Der Säugling war satt und wehrte die weitere Nahrungszufuhr ab. Ich wollte ihn zurück in die Wiege legen, da machte er ein Bäuerchen und spuckte einen Schwall Milch über Annas hellblauen Pullover.

Gleichzeitig drehte sich der Schlüssel im Schloss. Idschdi betrat die Wohnung. »Fräulein Martha«, sagte er feierlich und nannte mich das erste Mal beim Vornamen. »Ist Mädchen! Soll heißen Gabriele. Und Martha wie du, Fräulein Martha!« Alle Schüchternheit war von ihm abgefallen. Er umarmte mich und gab mir ein Küsschen auf die Wange.

Anna seufzte. Und in diesem Moment wusste ich, wer hinter den anonymen Anrufen steckte.

SIEBZEHN

»Klaus, ich kann dich nicht heiraten«, übte ich vor dem Spiegel. Ein strenges Gouvernantengesicht mit schmalen Lippen blickte mich an. Insgesamt wirkte es wenig anziehend.

Silvester. Meine persönliche Jahresbilanz fiel gemischt aus: Siebenundzwanzig Beerdigungen, siebzehn Trauungen und dreiundvierzig Taufen schlugen zu Buche. Leider auch zwei ungelöste Mordfälle, einer davon auf dem Territorium meiner Gemeinde. Sie hatten das Weihnachtsfest und die letzten Tage im Jahr überschattet.

Hinzu kam nun die Lösung einer unwillkommenen Verbindung. Nachdenklich betrachtete ich meinen Verlobungsring. Schade, er kleidete mich gut. Doch ich würde ihn ablegen.

Zweifelnd sah ich mir in die Augen. »Ich glaube, ich liebe dich nicht genug«, probte ich und blickte betrübt. War das nun taktvoller? Gab es überhaupt die Möglichkeit, eine Verlobung einfühlsam zu beenden?

»Klaus, ich mag dich sehr. Doch mein Beruf ist mir wichtiger!« Mein Gesicht blieb unbewegt, die Augen blieben kalt. Wie gefühllos ich wirkte.

»Klaus, bitte hab Verständnis – mein Beruf geht mir über alles!« Zaghaftes Lächeln. Zu nett? Würde er mich überhaupt ernst nehmen, wenn ich meine Abfuhr so charmant formulierte?

Morgens, beim ersten Schluck Kaffee, war mir plötzlich klar geworden, dass ich Klaus nicht heiraten wollte. Im Traum war mir ein Bote erschienen, der mir eindringlich zuflüsterte, mein Platz sei hier, in der Gemeinde. »Gott zu dienen war dein höchster Wunsch. Nun sieh zu, wie du ihn erfüllst!« Im Widerspruch zu den schroff anmutenden Worten strich er mir sanft über die Stirn. »So viele Menschen brauchen dich hier. Du bist nicht gemacht, um nur einem zu gehören.«

»O Herr«, flüsterte ich, »stärke mich bei dem, was jetzt auf mich zukommt!«

Es war kurz vor zwölf Uhr mittags. Abends würde Klaus mich

abholen in der Erwartung eines netten, harmonischen Jahreswechsels. Ich hatte eigens dafür mit dem Kollegen den Dienst getauscht.

Konnte Kruse nicht krank werden, sodass ich einspringen musste? Das wäre die eleganteste Lösung. Meinem Verlobten ausgerechnet zu Silvester einen Korb zu verpassen, erschien mir unnötig grausam.

Trotz des verhangenen Wetters zog ich den Mantel über und lief hinaus. Frische Luft schnappen. Im Westpark spannte ich den rosaroten Regenschirm auf und lief unter den kahlen Bäumen entlang.

Wieder landete ich vor Trudis Trinkhalle. Zwei Gestalten mit zotteligen Bärten und in feuchten Jacken blickten mich an: »Tachchen! Ham Se schlechtes Wetter mitgebracht!«

Trudi stemmte die Hände in die Hüften, als ich den Verkaufsraum betrat.

»Das Fräulein Pastor. Und wieder allein. Ham Se Ihren Herrn Bräutigam nich mal mitgebracht?«

Wenn du wüsstest, dachte ich. Meinen Ring hatte ich anbehalten, um unnötigen Tratsch zu vermeiden, doch in kurzer Zeit würde er in die Hände des Spenders zurückgelegt werden.

»Bestimmt machen Sie heut Abend was Feines zusammen, wonnich!«

Die Glocke bimmelte, als sich die Ladentür öffnete, und Frau Rabenau trat ein. »Der Konsum hat schon zu. Wir brauchen noch Milch und Saft«, bestellte sie. Wieder fiel mir auf, wie verhärmt sie aussah. Litt sie doch unter der Trennung von ihrem Mann?

Mit einem Mal schoss mir ein ganz anderer Gedanke durch den Kopf, im ersten Moment abwegig, aber vielleicht gerade deshalb zutreffend.

»Ich brauche Luschinski«, rief ich spontan. »Hat jemand den Reporter gesehen? Ich muss ihn dringend sprechen!«

Kaum hatte ich den Satz zu Ende geführt, betrat der Genannte den Laden. »Wenn man vom Teufel spricht«, murmelte Trudi.

»Meint ihr mich? Welche Ehre! Was kann ich für dich tun,

Martha?« Luschinski verbeugte sich, dass die Kamera wippte. Mir war unklar, ob er es ironisch meinte.

»Komm mit raus«, kommandierte ich den langen Lulatsch in die feuchtkühle Winterluft. »Irgendwohin, wo wir reden können.«

Er rieb sich die Hände. »Irgendwo, wo's warm ist, wenn's geht.«

Vor dem Gemeindehaus, halb auf dem Bürgersteig, parkte der auffällige Schlitten des Kollegen.

»Ach du dickes Ei. Von wegen in Ruhe miteinander reden«, schimpfte ich. Wir fanden Kruse im Gemeindebüro. Er war nicht allein; auf dem Schreibtischstuhl thronte Kellmann.

»Das Fräulein Gerlach! Und der Herr Reporter! Wieder einmal gemeinsam auf der Jagd! Was sagt denn Ihr Verlobter dazu?«, stichelte mein Kollege.

»Ihnen auch einen schönen Tag, Herr Kruse! Für Sie ebenso, Herr Kommissar.«

Der Kollege räusperte sich. »Wir sind in einer Besprechung.«

»Dann gehen wir woandershin. In die Küche. Dorthin, wo Frauen hingehören!« Herausfordernd sah ich ihn an.

»Ganz recht, liebe Schwester! Und wenn Sie in der Küche fertig sind: Nebenan war der Klapperstorch und hat etwas Kleines gebracht. Unser Küster freut sich sicher über tatkräftige Unterstützung. Seine Frau liegt im Kindbett.«

»Sind dafür nicht die Gemeindeschwestern zuständig?«

Kruse murmelte etwas, das wie »gerade nicht verfügbar« klang.

»Wohingegen ich selbstredend unbegrenzt Zeit habe!«

In der Küche lehnte ich mich an den Spülstein. Luschinski ließ sich auf den einzigen Stuhl fallen.

»Was ist so dringend, Martha?«

»Wie gut kennst du Frau Sarastro?«

Er zuckte mit den Schultern. »Ich weiß, dass sie im Laternchen arbeitet und über Kontakte in der Linienstraße verfügt.«

»Warum hast du mir nie etwas davon erzählt?«

»Es gab keinen Grund dafür.«

»Sie hat mir gestern in der Wohnung des Küsters geholfen und nebenbei aus dem Nähkästchen geplaudert. Eine interessante Dame. Sehr geheimnisvoll.«

Er runzelte die Stirn. »Worauf willst du hinaus, Martha?«

»Ich habe anonyme Anrufe bekommen und glaube, dass sie dahintersteckt. Ich habe ihre Stimme erkannt.«

»Warum sollte sie das tun?« Er rieb sich die Hände. »Es ist kalt hier. Kann ich einen Kaffee bekommen?«

»Wenn du mir in der Zwischenzeit einen Stuhl holst. Linke Tür, im Gemeindesaal.«

Während ich mit Heißwasser und Filter hantierte, überlegte ich, wie ich dem Reporter meine Theorie plausibel darstellen könnte.

»Ich weiß, wer ein Motiv für den Mord an Fräulein Niemitz hat: Frau Rabenau!«, begann ich, nachdem wir uns mit dem Heißgetränk versorgt hatten

»Wer denn?«

»Frau Rabenau!«

Luschinski blickte erstaunt auf. »Warum ausgerechnet sie?«

»Ihr Mann hat sich öfter im Laternchen herumgetrieben. Er kannte Fräulein Niemitz, also die Tochter Niemitz, ich sage mal: näher. Das war der Trennungsgrund. Wusstest du das nicht?«

»Woher denn!«

»Nehmen wir an, Frau Rabenau hätte Fräulein Niemitz erwürgt. Motiv: Eifersucht. Dazu bedarf es keiner großen Körperkraft.«

»Ist das nicht zu weit hergeholt?«

»Es haben schon Menschen aus weniger triftigem Grund getötet.«

»Wie soll sie in die Wohnung gekommen sein?«

»Möglicherweise durch Frau Sarastro. Sie kannte Fräulein Niemitz gut. Vielleicht hat sie sie eingelassen, vielleicht hatte sie sogar einen Schlüssel.«

»Und dann hat Frau Rabenau auch noch die Mutter beseitigt, um die Spuren zu verwischen?« Er schüttelte den Kopf. »Das kann ich mir nicht vorstellen!«

Ich knallte die Tasse auf das Spülbecken. »Warum nicht? Wenn die Mutter davon gewusst hat, musste sie ebenfalls aus dem Weg geräumt werden!«

»Frau Niemitz hatte Barbiturate und Alkohol in hoher Dosis im Blut. Das hat die Obduktion ergeben.« Der Reporter war nachdenklich geworden.

»Dann passt doch alles. Wer hätte eine bessere Gelegenheit gehabt, ihr die Medikamente zu verpassen, als Frau Sarastro? Die beiden Frauen haben es gemeinsam gemacht! Der Abschiedsbrief im Laternchen spricht ebenfalls dafür. Außerdem ist Frau Sarastro intelligent genug …«

»Allerdings.«

»Und vielleicht wollte sie Frau Niemitz als Puffmutter ablösen?«

»Du hast eine lebhafte Phantasie, Martha!« Der Reporter strich mir über den Arm. »Möglich wäre es, meine kluge Pastorin. Fehlen nur noch die Beweise.«

In diesem Moment betrat Kruse die Küche. »Fertig mit der Besprechung?«

Ich nickte.

Mit großer Geste wies mein Kollege auf Kellmann, der neben ihm stand. »Der Kommissar wird sich in der Siedlung umhören«, erläuterte er. »Ich habe ihm die tatkräftige Unterstützung unserer Gemeinde zugesagt.«

Mit dem Zeigefinger wies Kellmann auf Luschinski. »Sie muss ich gleich als Ersten sprechen.«

»Befragungen an Silvester?«

»Die Polizei kennt keine Feiertage. Genauso wenig wie die Pastoren.« Der Kollege nickte zur Bekräftigung. »Übrigens, liebe Schwester: Ich werde im Gemeindehaus gebraucht. Sie vertreten mich im Gottesdienst.«

»Heute Abend? Mein Verlobter hat Karten für das Schauspiel besorgt. Er wird nicht begeistert sein!«

»Ein Notfall. Sicher hat er Verständnis.«

Wahrscheinlich nicht, dachte ich.

Doch mir verschaffte es Aufschub vor der großen Aussprache.

Ich sah auf die Armbanduhr: halb zwei. Der Kommissar zog seine Lesebrille ab und runzelte die Stirn. »War das schon alles, Fräulein Gerlach?« Ich nickte zögernd. Ihm von meinem Verdacht gegen die Frauen zu berichten, wagte ich nicht. Luschinski hatte recht. Es fehlten konkrete Anhaltspunkte.

»Das ist doch sehr, sehr dünn.«

»Ich sehe es als meine Bürgerpflicht an, Sie über alles zu informieren. Deshalb habe ich meine Aussage gemacht.«

»Hiermit geschehen und zu Protokoll genommen.« Er zerrte die Blätter mit dem Kohlepapier dazwischen aus der Schreibmaschine. »Hier unterschreiben!« Sein breiter Zeigefinger wies auf eine Stelle unten auf der Seite.

Im Hintergrund befand sich ein weiterer Beamter, den ich zum ersten Mal sah, er lief nervös hin und her.

»Ich meine, die Stimme der besagten Person am Fernsprechapparat erkannt zu haben«, überflog ich. So, wie es dort zu lesen war, würde es tatsächlich niemanden überzeugen. »Vielen Dank, Herr Kommissar«, sagte ich kleinlaut und verließ das Gemeindebüro.

»Was wollte der Kommissar eigentlich von dir?«, fragte ich Luschinski, auf den ich im Eingangsbereich stieß.

»Nichts Besonderes. Nur wissen, wen genau ich im Umfeld der Linienstraße gesehen habe.«

»Und du hast ihm berichtet?«

»Es geht um die Aufklärung eines Mordfalls!«

»Im Austausch bekommst auch du Informationen?«

»Der Gentleman genießt und schweigt …«

Unschlüssig blickte ich auf die Reihe parkender Autos: bescheidene Wagen in dieser Siedlung der einfachen Leute. Nur der azurblaue Sportwagen des Kollegen fiel aus dem Rahmen.

Soeben hielt ein Transporter. Ihm entstieg Dachdecker Rabenau. Wir grüßten, dann verschwand der Presbyter im Innern des wuchtigen Gebäudes.

»Also auch er«, murmelte ich und dachte an das verräterische Sparbuch, das ich vor einigen Tagen in der Hand gehalten hatte.

Wir lenkten unsere Schritte in Richtung Westpark.

»Eigentlich sollte ich den Jahresschlussgottesdienst vorbereiten. Aber mir fehlt die Ruhe!«

»Es hat aufgehört zu regnen. Lass uns spazieren gehen. Vielleicht zu den Schrebergärten auf Tremonia!«

Ich zögerte. »Ehrlich gesagt geht mir der Verdacht nicht aus dem Sinn. Was, wenn es tatsächlich die beiden Frauen waren?«

Er seufzte. »Miss Marple auf Spurensuche! Also los! Worauf warten wir noch?«

»Martha, komm herein!« In Frau Sarastros Stimme lag keinerlei Argwohn: »Willkommen in meiner bescheidenen Wohnung.«

Ich vermied die direkte Anrede. »Ich würde gerne etwas fragen.«

»Gehen wir doch in die gute Stube.«

Die Gastgeberin schob die Illustrierten auf dem Tisch beiseite. Wieder fiel mir auf, wie farbenfroh der Raum eingerichtet war mit den orangeroten Bezügen. Selbst an einem trüben Wintertag regierte hier die Heiterkeit. Doch die Luft war abgestanden und roch nach kaltem Qualm.

»Einen kleinen Kaffee?«

»Danke. Ich hatte gerade welchen.«

Sie nahm mir gegenüber Platz und sah mich erwartungsvoll an.

»Es hat mit dem Kriminalfall zu tun«, begann ich. »Zumindest denke ich das. Seit einiger Zeit bekomme ich anonyme Anrufe. Zunächst dachte ich an sexuelle Belästigung. Aber inzwischen bin ich mir sicher, dass eine Frau am anderen Ende war. Zumindest die letzten Male.«

Ich sah ihr in die Augen.

»Und nun frage ich mich, ob vielleicht Sie das waren. Ich meine, ich hätte Ihre Stimme erkannt.«

»Tatsächlich?«

Sie hielt meinem Blick stand.

»Waren Sie es denn?«

»Gestern waren wir beim Du!« Sie holte tief Luft. »Ja, ich war es.«

Mit diesem Geständnis hatte ich nicht gerechnet.

»Warum hast du dich nicht mit Namen gemeldet? Das macht dich verdächtig!«

Ich konnte mich so weit vorwagen, weil ich Luschinski im Treppenhaus wusste. Er hatte neben der Wohnungstür Posten bezogen. Ein Schrei von mir, und er würde hereinstürmen. Das Haus war hellhörig und die Tür nicht sehr stabil.

»Weil ich mich nicht getraut habe«, sagte sie und senkte den Kopf. Wieder bemerkte ich den dunklen Scheitel im Blondhaar. »Ich wollte dir etwas mitteilen, doch dann verließ mich immer wieder der Mut. Es geht mich schließlich nichts an. Ich wollte mich nicht einmischen.«

»Handelt es sich um die Verstorbene? Oder um jemand Verdächtiges?«

»Es ist eher etwas Persönliches.«

»Sag es mir jetzt, bitte!«

»Wahrscheinlich wird es dich sehr treffen.«

»Die Wahrheit muss man ertragen können.«

»Was ist schon Wahrheit? Als Pastorin bist du dafür zuständig, oder nicht? Jedenfalls mehr als ich.«

Nun senkte ich den Blick.

»Ich glaube, ich muss erst noch eine rauchen«, sagte sie und griff nach der weißen Packung mit der roten Krone. »Es stört dich hoffentlich nicht?«

»Spann mich bitte nicht länger auf die Folter.«

Nach dem ersten Zug sagte sie: »Es geht um deinen Verlobten.«

»Um Klaus Kaminski?«

»Um den Lehrer, ganz richtig.«

»Was ist mit ihm?«

»Er verkehrt mit den Huren in der Linienstraße!«

»Was?« Ich schrie es heraus. »Was hast du gesagt?!«

Sofort bollerte es an der Tür.

Anna Sarastro hob den Kopf. »Wer ist das denn?«

Wieder rumste es, dieses Mal noch lauter.

Ich lief zur Wohnungstür, öffnete sie und ließ mich in Luschinskis Arme fallen. Er streichelte mir über den Rücken. »Was ist denn los? Meine arme, tapfere Martha!«

Die Dinge sind nicht, wie sie scheinen. Vertrau keinem, dann kann dich niemand missbrauchen. Erwarte nichts, dann wirst du nicht enttäuscht. Lebe nach diesen Regeln. Dann wird dich keiner unglücklich machen.

Ich saß auf meiner Couch, unfähig, mich zu rühren.

»Martha? Was wirst du jetzt tun?« Luschinski hatte eine Armlänge von mir entfernt Platz genommen.

»Lasst mich einfach alle in Ruhe!« Ich verbarg mein Gesicht in den Händen. Der Reporter erhob sich und ging in die Küche. Mit einem Glas Wasser kehrte er zurück. »Hier, trink. Das wird dir guttun.« Gehorsam nahm ich einen Schluck. »Oder hast du etwas Stärkeres im Haus? Einen Cognac vielleicht? Einen Schnaps?«

»So etwas trinke ich nicht.«

»Aber ich!«

Wieder ließ er sich neben mich auf das Sofa fallen.

Plötzlich packte mich die Wut. Ich boxte ihn auf den Oberarm. »Du hast es gewusst, nicht wahr? Alle wussten davon! Wie heißt es doch so schön: Die Frau erfährt es immer zuletzt! Der Verlobte der Pastorin geht ins Bordell. Das fanden sicher alle sehr komisch! Wahrscheinlich hat die ganze Siedlung über mich gelacht!« Wieder schlug ich auf ihn ein.

Er fing meine Fäuste ab. »Beruhige dich, Martha! Es bringt nichts, wenn du dich aufregst!«

»Das entscheide immer noch ich! Habt ihr euch getroffen im Laternchen, Klaus und du? Zusammen einen gehoben und die hübschen Fräuleins betrachtet? Eine von ihnen ausgeguckt vielleicht sogar? Da kann unsereins natürlich nicht mithalten!«

»Hör damit auf, Martha!«

»Oder fand das Treffen in der Linienstraße statt? Vielleicht vor einem der Zimmer?« Ich blitzte den Reporter an. »Hallo, Luschinski, wie war es denn? Prima, Kaminski, ich kann die Dame nur empfehlen! Aber pass auf, dass sie dir nicht zu viel abnimmt!«

»Quäl dich nicht, Martha!« Er tätschelte meinen Arm.

Heftig wehrte ich ihn ab. »Erzähl du mir nicht, was ich tun soll! Männer! Ihr seid doch alle gleich! Keinem von euch kann man trauen! Keinem!« Ich stampfte mit dem Fuß auf.

»Martha! Wenn du dich nicht beruhigst, rufe ich den Arzt!«

»Mach doch! Nebenan steht das Telefon.«

Er stand auf und ging zur Tür. Auf halbem Weg drehte er um

und setzte sich wieder zu mir. Sanft legte er mir den Arm um die Schulter. »Arme Martha«, flüsterte er. »Das ist wirklich eine Enttäuschung für dich, nicht?«

Endlich kamen die Tränen. Unbeholfen zog er ein kariertes Taschentuch aus der Jackentasche und reichte es mir. Es war nicht mehr ganz frisch und roch nach ihm. Ich mochte das Aroma.

Nachdem meine Tränen versiegt waren, rückte ich ein Stück von dem Reporter ab. Langsam zog ich den Verlobungsring vom Finger und legte ihn auf den Tisch. »Das war es dann wohl.«

Ich atmete tief durch.

»Klaus war nicht der richtige Mann für dich«, stellte Luschinski sachlich fest.

»Das ist mir inzwischen auch klar.«

»Ich habe versucht, dich darauf hinzuweisen.«

Ich schniefte. »Vielleicht hättest du mir von der Linienstraße erzählen sollen.«

»Ihr habt auch sonst nicht zusammengepasst.«

»Er mochte meinen Beruf nicht. Aber den hätte ich ohnehin aufgeben müssen.«

»Um in einem Reihenhaus am Herd zu stehen? Eine moderne Frau wie du! Beschränkt auf Kinder, Küche, Kirche …«

»Kirche wohl weniger. Dabei liebe ich die Arbeit in der Gemeinde über alles. Beinahe hätte ich einen schrecklichen Fehler gemacht.«

»Gott sei Dank hast du's noch rechtzeitig gemerkt.«

»Gut.« Ich setzte mich auf. »Und was mache ich jetzt?«

Luschinski sah auf die Uhr. »In zweieinhalb Stunden musst du einen Gottesdienst halten. Vorher rufst du deinen künftigen Exverlobten an und sagst eure Verabredung ab!«

»Ein Notfall. Das Gemeindehaus ist umfunktioniert zur Polizeizentrale. Der Kollege ist unabkömmlich.«

»Weißt du was: Ich gehe auch ohne dich!«, trotzte Klaus.

»Bitte sehr.«

»Und ich gehe nicht alleine. Verlass dich darauf!« In der Leitung knisterte es, doch im Vergleich zu der Spannung zwischen uns glich es einem dezenten Rauschen.

»Dann hoffe ich, dass es dich nicht teuer zu stehen kommt!«

»Die Karten habe ich längst bezahlt.«

»Aber die Begleitung nicht! Was nehmen die Damen aus der Linienstraße denn für einen Abend im Theater?«

»Ich weiß nicht, wovon du redest, Martha«, erwiderte Klaus kühl.

»Wirklich nicht?« Ich merkte selbst, wie scharf meine Stimme klang. »Dann hast du heute Abend Gelegenheit, darüber nachzudenken!«

»Martha? Was ist los mit dir?«

»Das weißt du doch selbst am besten. Ich habe dein schmutziges Geheimnis entdeckt.«

»Martha, überlege dir gut, was du sagst. Eine solche Anschuldigung kann ich nicht mehr einer deiner Launen zuschreiben. Ich verbitte mir das.«

Ich legte auf.

»So weit ist es nun mit uns gekommen«, sagte ich erschüttert.

ACHTZEHN

Der Aushilfsorganist mühte sich redlich, doch allzu oft trampelte er daneben. Das Gesangbuchlied »Nun lasst uns gehen und treten« bekam dadurch eine nervenzehrende Bedeutung. Man mochte gegen Klaus Kaminski sagen, was man wollte, aber wenigstens beherrschte er das Instrument einschließlich der Pedaltechnik. Nachdenklich betrachtete ich meine Hände, die das Gesangbuch hielten. Am Ringfinger fehlte der Goldreif. Ob die Gemeinde es bemerken würde?

Ich raffte meinen Talar und bestieg die Kanzel, heute ausnahmsweise ohne Skript.

»Liebe Gemeinde«, begann ich und schickte ein Stoßgebet gen Himmel für einen Geistesblitz, unvorbereitet, wie ich war.

»›Ein jegliches hat seine Zeit, und alles hat seine Stunde. Geboren werden hat seine Zeit, sterben hat seine Zeit‹«, las ich einen bekannten alttestamentlichen Text. »›Pflanzen hat seine Zeit, ausreißen, was gepflanzt ist, hat seine Zeit. Töten hat seine Zeit‹ …« Ich zuckte zusammen. Gab es wirklich eine passende Zeit für Mord und Totschlag? Gehörte es zum Leben unvermeidlich dazu?

»Töten hat seine Zeit«, wiederholte ich mit fester Stimme. »Welch ein Satz! Welch eine Aussage! Trifft sie doch auf unsere gegenwärtige Situation zu. Zwei Menschen sind getötet worden, und eine ganze Gemeinde ist in Aufruhr. Hat das Töten seine Berechtigung im Lebenskreislauf? Seinen Sinn im menschlichen Miteinander? Ein Jahr geht zu Ende, und wir nehmen das Unerforschliche, Bedrohliche mit in das neue Jahr.«

Ich ließ meinen Blick über die Bänke schweifen. Nur eine kleine Schar hatte sich eingefunden. Ich erkannte Frau Balmke und neben ihr Fräulein Köhler mit ihren weißen Locken, die violett schimmerten. In der vorletzten Reihe saß Frau Henrich mit ihrer Filzmütze. Gerade kratzte sie sich wieder am Kopf. An einen der Pfeiler gelehnt, bemerkte ich Frau Rabenau. Sie hielt den Kopf gesenkt und sah mich nicht an.

Gerade, als ich weitersprechen wollte, öffnete sich das Kirchenportal. Zwei schlanke Frauen schlüpften herein: Susi in Begleitung einer weiteren jungen Dame, beide geschminkt, toupiert und auf hohen Hacken. In der letzten Reihe nahmen sie Platz. Zum Schlussgebet erhob Susi sich auf schwankenden Absätzen und faltete inbrünstig die Hände, während die Kollegin sitzen blieb. Mit ausladender Geste bekreuzigte sie sich. War sie katholisch? Jedenfalls ließ sie einen gefalteten Schein in den Kollektenkorb am Ausgang gleiten, während der Organist wieder mit seinem Spiel die Kirchenmäuse zwischen den Pfeifen zum Jaulen brachte.

»Susi, haben Sie noch einen Moment für mich?«, raunte ich der Blondine zu und winkte sie beiseite. Die zweite Blonde schäkerte derweil mit Rabenau.

»Sie wissen, dass ich mich kürzlich verlobt habe?«, begann ich das Gespräch.

»Hat mir der Reporter erzählt. Auch, dass Sie dann aufhörn zu arbeiten.«

»Mein Verlobter ist der Herr Lehrer Kaminski.«

Sie zuckte mit den Schultern. »Sagt mir nichts, der Name. Aber das muss nix heißen.« Ich zog sie ein Stück weiter in die Nische und zückte ein schwarz-weißes Passfoto. Klaus, mit Hemd und Krawatte, lächelte in die Kamera. »Kennen Sie diesen Mann?«

»Kann schon sein.« Sie trat einen Schritt vor, um das Bild im Schein der Deckenlampe zu betrachten. »Doch. Ich meine, den hätte ich schon mal gesehen.«

»Sicher? In der Linienstraße?«

»Oder im Laternchen.« Sie zögerte. »Ist aber 'ne Weile her.« Susi steckte sich einen Kaugummi in den Mund.

»Wie lange?«

Sie kaute drauflos. »Mal sehen. 'n paar Wochen oder sogar Monate …«

Ich konnte mir die Frage nicht verkneifen. »Hatten Sie näheren Kontakt?«

Sie produzierte eine Blase vor dem Mund. »Ist Ihr Verlobter, oder?«

Ich nickte.

»Über Kundschaft red ich nicht.«

Langsam griff ich in die Tasche meines Talars und holte die kleine Geldbörse hervor, die ich dort immer aufbewahrte. Ich zog einen Schein heraus, entfaltete ihn und hielt ihn hin.

»Andererseits will man wissen, wo man dran ist«, lenkte Susi ein und griff beiläufig nach dem graugrünen Lappen. Noch einmal studierte sie das Foto. »Also nein«, sagte sie schließlich. »Der war nicht mein Gast.«

Ich wedelte mit dem nächsten Schein. »Sondern …?«

»Der stand auf einen anderen Typ. So was wie die Ulla.«

»Ulla Niemitz?«, fragte ich erschüttert.

»Jawoll!«

Sie schnappte nach dem Geld und drehte sich auf ihrem spitzen Absatz um.

Zarter Duft nach Kerzenwachs hing in der Luft und mischte sich mit dem Geruch nach Stein, Holz und Tannennadeln. Auf der harten Kirchenbank spürte ich einen kühlen Luftzug von unten, obwohl ich mich in meinen Wollmantel eingewickelt hatte.

»Herr, was soll ich tun?«, sagte ich mit halblauter Stimme.

Längst schon hatte Idschdi die Lampen in der Kirche gelöscht, und das diffuse Licht der Straßenlaternen draußen ließ nur Umrisse erkennen. Groß und mächtig erschien der Weihnachtsbaum neben dem Altar.

»Das Wissen belastet mich. Soll ich damit zur Polizei?«

Doch Kellmann würde sich vielleicht wieder nur lustig machen, denn was wusste ich schon tatsächlich?

Ich liebte Klaus nicht, das war mir inzwischen klar, jedenfalls nicht genug, um ihn zu heiraten und alles aufzugeben, was ich mir aufgebaut hatte. Doch ich mochte und schätzte ihn.

Unwillkürlich wurde ich an meinen letzten einsamen Aufenthalt in dieser Kirche erinnert. Damals hatte mich ein schreiender Säugling aus dem Nachdenken gerissen. War das erst zwei Wochen her? Seitdem hatten sich die Ereignisse überschlagen. Nun gab es neben dem Findelkind auch noch zwei Mordfälle. Die Polizei ermittelte auf Hochtouren. Nebenan das Gemeindehaus hatten sie mit Beschlag belegt, um nun, ausgerechnet am letzten Abend des Jahres, den Männern der Siedlung auf den Zahn zu fühlen.

Das würde kein gemütliches Silvesterfest werden.

Ich streckte mich und seufzte.

Wie ein Echo erklang ein leises Wimmern. War es nicht an jenem Dezembernachmittag ein ähnliches Geräusch gewesen?

»Ist da wer?«, fragte ich leise und bewegte mich in Richtung Altar, fast in der Erwartung, einen weiteren Säugling dort zu finden. »Hallo?«

Noch einmal hörte ich ein Geräusch. Dieses Mal klang es wie ein Schluchzen aus der Mitte des Raums.

»Ist da jemand?«, wiederholte ich.

»Fräulein Pastor?«, vernahm ich eine dünne Frauenstimme. »Sind Sie das?«

»Ja, ich bin das! Wer ist denn da?«

Dann entdeckte ich die schmale, kleine Gestalt am Pfeiler. »Frau Rabenau?«

Ich setzte mich neben sie und legte ihr den Arm um die Schulter. »Kann ich Ihnen helfen?«

»Mein Mann!«, presste sie heraus. »Sie verhören ihn.«

»Sie verhören auch andere.«

»Wenn sie ihn mitnehmen …«

»Aber Sie leben doch getrennt!«

»Wir wollten es noch einmal miteinander versuchen.«

»Im neuen Jahr ein neuer Anfang? Das freut mich für Sie beide.«

»Und wenn sie ihn nun mitnehmen?«

»Das können sie nicht ohne Beweise.«

»Er hat sich mit den Mädchen herumgetrieben.«

»Andere haben das auch, das ist nicht strafbar. Hauptsache, Sie verzeihen ihm.«

»Das muss ich wohl.« Ihre Stimme klang bedrückt.

Wir schwiegen für einen Moment. »Hören Sie, Frau Rabenau. Wenn Sie mit Ihrem Mann einen Neuanfang machen wollen, dann sollten Sie einen Schlussstrich unter das Vorgefallene ziehen.«

»Es fällt mir schwer. Wenn ich nur wüsste … man steckt ja nicht drin. Ich habe immer gedacht, ich kenne ihn. Und dann so etwas!«

Ich verstand. »Sie sind nicht nur unsicher wegen der Frau. Es geht auch um den Mord.«

Wir schwiegen.

»Was ist denn mit Anna Sarastro? Dort könnten Sie sicher noch für eine Weile wohnen«, sagte ich schließlich, obwohl ich ihr als Pastorin zur Fortsetzung der Ehe hätte raten sollen.

»In Kürze wird sie umziehen. Ohne mich.«

»Kommen Sie!« Ich zog sie hoch. »Lassen Sie uns nach nebenan gehen!« Während wir das kurze Stück in der Dunkelheit zurücklegten, dachte ich voller Dankbarkeit an meinen Beruf. Nicht nur, dass ich ihn gerne ausübte. Er ernährte mich, sodass ich nicht auf einen Ehemann angewiesen war.

Hell erleuchtet lag das Gemeindehaus vor uns. Ein Streifenwagen parkte vor der Eingangstür halb auf dem Bürgersteig. Ihm hatte wohl der Sportwagen des Kollegen weichen müssen, den ich am Ende der Straße ausmachte. Knallkörper explodierten. Sonst wies nichts darauf hin, dass die letzte Nacht des Jahres angebrochen war. Würden die unheimlichen Geister, die unsichtbar, doch spürbar in unserer Siedlung wüteten, endlich vertrieben werden? Die zierliche Frau neben mir schluckte.

»Ist er dort drin?«, fragte ich und wies auf das Gebäude, das wie eine Trutzburg in die Finsternis strahlte. Angetrunkene Männer stolperten über die Straße.

Im Gang vor dem Gemeindebüro lief uns als Erstes der Reporter über den Weg. »Immer noch im Einsatz, Luschinski?«, fragte ich.

»Selbstverständlich. Und mit wem wirst du heute um Mitternacht anstoßen?«

Ich zuckte mit den Schultern. »Mir ist nicht zum Feiern zumute.«

»Kann ich verstehen«, sagte er ungewohnt einfühlsam. »Noch mal etwas von dem Lehrer gehört?«

Ich schüttelte den Kopf.

»Arme Martha!« Er drückte mich kurz an sich. »Die Männer sind alle im Gemeindesaal.«

Der Dunst von Rauch, Alkohol und Männerschweiß schlug mir entgegen. »Is mal wat anderes zu Silvester«, meinte einer mit Blaumann und Glatze, den ich nicht kannte.

»Die Frau zu Hause wartet.«

»Kannst se ja holen gehen!« In dem Sprecher erkannte ich Rabenau.

»Schad nix, wenn sie mal warten muss.«

»Eigentlich ganz gemütlich hier.«

»Wenn nur die Bullen nich wär'n.«

»Irgendwas is immer.« Er ließ den Bügelverschluss der Bierflasche schnacken. »Prost!«

»Prosit Neujahr!«

Rabenau stieß mit seinem Kumpel an und nahm einen tiefen Schluck aus der Flasche. Balmke saß weiter hinten. Kaminski konnte ich nicht ausmachen.

Zwischen den Männern lief Kruse mit wichtiger Miene herum.

»Schwester Gerlach! Wie war der Gottesdienst?«

»Es waren kaum Leute da. Die Party findet ja hier statt!« Ich rümpfte die Nase. »Wie in einer Kneipe! Wo kommt das ganze Bier her?« Ich wies auf die Kästen in der Ecke.

»Sonderlieferung aus Trudis Trinkhalle!«

Ein junger Mann schleppte mehrere große Dosen mit Bockwürstchen herein. »Wo soll ich sie abladen?«

»In der Küche bei den Frauen.« Luschinski winkte mir zu.

»Jaja, Ihr Ritter von der blauen Blume«, stichelte mein Kollege. »Sie scheinen sich gut mit dem Reporter zu stehen. Wie findet das eigentlich Ihr Verlobter?«

»Das geht Sie nichts an, Bruder Kruse! Im Übrigen: Wer im Glashaus sitzt, sollte nicht mit Steinen werfen.«

»Nichts für ungut!« Kruse rieb sich die Hände. »Man macht sich nur so seine Gedanken!«

Kellmanns Begleiter, ein Polizist in Nylonhemd und Uniformhose, betrat den Gemeindesaal, suchte die Menge ab und zeigte auf Rabenau. Der erhob sich und verließ leicht schwankend den Raum.

»Schon wieder 'n Kerl!«, sagte einer. »Warum schicken sie nicht mal 'n paar hübsche Damen?«

Anzüglich ließ er seinen Blick über meinen Körper gleiten. »Die da is auch nich von schlechten Eltern. Bisschen steif wirkt sie.«

Sein Nachbar flüsterte ihm etwas zu.

»Ah so, das Frollein ist vonne Kirche. Nix für ungut!« Er prostete mit der Flasche in meine Richtung.

Ich schüttelte den Kopf und verließ den Raum. Als ich den Essensgeruch wahrnahm, knurrte mein Magen. Seit dem Frühstück hatte ich keine Mahlzeit mehr zu mir genommen. Ich betrat die Küche.

»Martha! Auch 'n Würstchen?« Hildchen Kruse fischte mir eines aus dem Sud.

»Mit Senf und Brot!«, bestellte ich.

Schwester Tabea hielt mir Messer und Gabel hin, doch ich griff mit der Hand nach Fleischzipfel und biss hinein, dass das Fett spritzte. »Noch eines!«, verlangte ich kurz darauf.

Hildchen angelte das Nächste heraus.

Schwester Tabeas Gesicht unter der Schwesternhaube drückte Missbilligung aus. »Die sind für die Männer!«

Hildchen wehrte ab. »Ach was, die Männer! Die nehmen sich schon, was sie brauchen. Immer!«

Nach dem Mahl kam die Müdigkeit, doch ich hatte noch eine Mission zu erfüllen.

Entschlossen klopfte ich an die Bürotür.

»Herr Kommissar Kellmann?«

»Sieh an, das Fräulein Gerlach. Guten Abend!«

Ich wagte mich drei Schritte in den Qualm hinein.

»Schon wieder eine Aussage?« Es klang eher resigniert als arrogant.

»Jawohl.«

Dieses Mal nahm der Begleiter im Nylonhemd meinen Bericht zu Protokoll.

»Ich weiß, dass ich befangen bin und nichts sagen müsste«, begann ich und sah auf meinen leeren Ringfinger. »Doch ich erachte diese Aussage als meine Bürgerpflicht.«

»Noch eine Stunde bis Mitternacht!« In der Siedlung ringsum krachten die Böller. »Wir könnten es uns gemütlich machen.«

»Am besten in meiner Wohnung, was?«

»Ist das eine Einladung?«

»Ach, Luschinski. Mir ist nicht zum Scherzen zumute. Ich komme mir vor wie eine Verräterin.«

»Weil du Informationen über Kaminski weitergegeben hast?«

»Ja. Er weiß nicht einmal, dass ich die Verlobung lösen will.«

»Das wird er früh genug erfahren. Im Übrigen: Wenn ihm an dir läge, hätte er seinen Theaterabend sausen lassen und wäre mit dir gegangen.«

»Schon möglich. Aber das entlastet mich nicht.«

»Noch ein wenig Selbstkasteiung, Martha?« Er strich mir über den Ärmel.

»Wer weiß? Jedenfalls bin ich froh, dich als Freund zu haben.«

»Danke.«

Eingehakt schritten wir unter den Bäumen entlang. Im abgelegenen Teil war es dunkel, beinahe unheimlich.

»Martha, du bist zu vertrauensselig«, sagte Luschinski.

»Ich? Wie kommst du darauf?«

»Ein Mörder läuft frei herum. Hier, jetzt, an Silvester 1968. Vielleicht in dieser Siedlung. Ganz nah dran … Hast du keine Angst?«

»Du bist doch bei mir.«

»Eben.«

Abrupt blieb ich stehen. »Was soll die Andeutung? Willst du mir etwas Bestimmtes damit sagen?«

»Der Mörder ist nicht gefasst. Und du wandelst hier mit mir auf einsamen Pfaden.«

Irgendwo schrie ein Käuzchen. Auch das noch. »Lass das sein, Luschinski! Ich fange an, mich zu fürchten.«

»Das solltest du besser auch!« Dunkel klang seine Stimme, etwas rau. Begehrlich.

Nein, lasst. Lasst es alle. Ich bin nicht da. Niemand sieht mich, also bin ich tot. Lasst mich in Frieden.

Mein Herz raste. »Nein!«, schrie ich, und dann: »Neiein! Hilfe! Hilfe!«

Er legte mir die Hand auf den Mund. »Hör auf zu schreien«, raunte er. »Beruhige dich! Martha! Es ist gut! Ich tu dir nichts!«

Ich biss zu, so fest ich konnte.

»Aua! Du Biest!« Er zog die Hand zurück.

Ich löste mich und trat einen Schritt zurück. Schwer atmend stand ich ihm gegenüber, einem lang aufgeschossenen Mann, dessen Gesicht mit der Dunkelheit verschwamm.

»Was fällt dir ein!«

»Kannst du keinen Spaß vertragen?«

»Das war nicht lustig! Du hast mich zu Tode erschreckt!«

»Ich wusste nicht, dass du so empfindlich bist. Tut mir leid.«

Ich wandte mich ab. »Gute Nacht, Luschinski«, sagte ich kühl und lief schnellen Schritts zur Langen Straße. Als die Schule mit der Turnhalle in Sichtweite war, atmete ich auf.

Noch eine halbe Stunde bis Mitternacht.

Ich würde allein sein zum Jahreswechsel. Im Moment empfand ich das als die beste Gesellschaft.

NEUNZEHN

Vorsichtig schloss ich die Haustür auf. Ich lauschte. Kein Geräusch. Dann nahm ich ein Knarren wahr. Mein Herz klopfte. »Ist da jemand?«

Keine Antwort.

Etwas berührte meine Beine. Ich hielt die Luft an. Ein klägliches Maunzen drang an mein Ohr. »Susi!« Ich kraulte sie. »Du bist es, Susi! Komm mit rauf.«

Ich drückte auf den Lichtschalter, doch es blieb dunkel. Wahrscheinlich war die Birne kaputt. Langsam ging ich die knarzende Treppe hinauf, gefolgt von der Katze.

Oben steckte ich den Schlüssel in die Wohnungstür und drehte um. Dann öffnete ich einen Spaltbreit, schnupperte in die feuchte, miefige Luft. Mit der linken Hand tastete ich nach dem Schalter. Doch auch dieses Mal flammte das Licht nicht auf. Waren denn alle Glühbirnen im Haus durchgebrannt? Ein Gefühl von Beklemmung machte sich in mir breit. »Susi?« Das einzige Lebewesen in meiner Nähe meldete sich aus einem der Räume, wahrscheinlich der Küche. Langsam bewegte ich mich durch den Flur. Blieb stehen, hielt inne.

Plötzlich war ich mir sicher. Es war noch jemand in der Wohnung. Fremder Atem, vielleicht zwei Schritte entfernt. Geruch nach jemand anderem. Ich hielt die Luft an, rührte mich nicht. Der andere verharrte ebenfalls regungslos.

Hatte ich eine Chance zu entkommen? Langsam bewegte ich mich rückwärts.

»Halt! Hiergeblieben!« Raue Stimme, fremd und vertraut zugleich. »Dieses Mal entkommst du mir nicht! Wir müssen reden.«

»Was? Wer ist da?«

»Wir müssen reden!«, wiederholte die Stimme. »Martha!« Scharf wie ein Peitschenhieb. Es klang wie eine Kampfansage.

»Ja, Klaus!«, sagte ich fest. »Aber nicht hier. Und nicht jetzt!«

»Genau hier. Und genau jetzt!« Die Stimme duldete keinen

Widerspruch. »Du hast mich lange hingehalten. Zu lange! Jetzt lasse ich nicht mehr mit mir spielen.«

Erst einmal hatte ich ihn so wütend erlebt, als ein Kollege und Konkurrent versucht hatte, seine Beförderung zu hintertreiben.

»Worauf wartest du noch? Komm herein in die gute Stube!« Mittlerweile war er in mein Amtszimmer vorgedrungen. Das Telefon ist dort!, dachte ich. Das könnte die Rettung sein. Zögernd betrat ich den Raum. Draußen im Westpark krachten die Ziselmänner.

Ich sprach mir selbst Mut zu. Bestimmt wollte Kaminski nur wissen, wie wir zueinander standen. War jetzt der richtige Zeitpunkt, um ihm mitzuteilen, dass ich die Verlobung lösen wollte? Wahrscheinlich dachte er sich das ohnehin nach unserem Telefongespräch.

»Was ist, Martha? Willst du es dir nicht gemütlich machen?«

Ich ließ mich auf dem Stuhl vor dem Schreibtisch nieder, auf dem normalerweise die Besucher saßen. Kaminski thronte auf der anderen Seite, sonst mein Platz. Zahlreiche Tauf- und Traugespräche hatte ich von dort aus geführt. Die Umrisse seiner Gestalt verdeckten das Fensterkreuz; fast wirkte es, als wäre er dort festgeheftet.

Im Halbschatten sah er größer und bedrohlicher aus als im wirklichen Leben.

»Klaus, was willst du von mir? Ich bin müde. Es wäre schön, wenn du mich alleine lassen würdest.«

Er lachte freudlos auf. »Netter Versuch, Martha. Nützt nur nichts. Ich gehe erst, wenn wir beide miteinander fertig sind.«

»Gut. Worüber also willst du reden?«, sagte ich und merkte, dass meine Stimme piepsig klang.

Er griff nach meiner Linken und tastete sie ab. »Das habe ich mir gedacht. Wo ist dein Ring, Martha?«

»Der Ring?«

»Der Ring, den ich dir gegeben habe. Unser Verlobungsring. Der Ring, der uns aneinander bindet.«

»Ich habe ihn abgelegt«, flüsterte ich.

»Warum, wenn ich fragen darf? Bin ich dir nicht mehr gut genug? Treibst du's jetzt mit dem Reporter?«

»Klaus, bitte! Das hat gar nichts damit zu tun!« Der Mann, der mir im Dunkeln gegenüberstand, hatte nichts mit meinem Verlobten gemeinsam.

»Womit denn sonst? Meinst du, ich wäre zu blöd, um dein Spiel zu durchschauen? Lüg mich nicht an!«

Ich musste versuchen, in dem unheimlichen Fremden meinen Bräutigam wiederzufinden. Die dunkle Seite zum Verstummen bringen.

»Der Reporter hat damit nichts zu tun«, behauptete ich mit fester Stimme. »Du und ich, wir beide passen nicht zueinander. Sei vernünftig, Klaus. Ich bitte dich, gib mich frei!«

»Gib mich frei!«, äffte der Lehrer mich nach. »Wie denkst du dir das?«, zischte er. »Wir werden heiraten, du hast es mir versprochen! Ich lasse mich von dir nicht verschaukeln!«

Mein Herz klopfte. »Klaus, ich kann nicht!«

»Ich kann nicht! Ich kann nicht!« Er erhob seine Stimme. »Du wirst! Ob es dir nun passt oder nicht!«

»Du kannst mich nicht zwingen!«

Unauffällig versuchte ich, meine Hand in Richtung Telefon zu bewegen. Schnell den Hörer abheben, die Wählscheibe zu mir herumreißen und den Notruf wählen, noch bevor Kaminski merkte, was los war. Doch wie wollte ich verhindern, dass er die Gabel herunterdrückte?

Ich schob die Finger weiter vor. »Das kannst du vergessen, Martha. Ich habe das Kabel durchtrennt.«

»Das glaube ich dir nicht!«

»Nicht? Ich habe auch die Glühbirnen entfernt.« Resigniert ließ ich die Hände sinken.

»Wie bist du überhaupt in die Wohnung gekommen?«, versuchte ich ihn abzulenken.

Er lachte. »Das war nicht schwer. Du passt doch nie auf deine Sachen auf. Besonders die Schlüssel.«

»Das nennt man Hausfriedensbruch.«

»Zeig mich doch an! Aber erst führen wir unser Gespräch zu Ende.«

»Klaus, mir reicht es. Du bist verrückt. Ich gehe jetzt und hole Hilfe.« Ich stand auf.

Blitzschnell griff er nach meinen Händen. »Du bleibst hier! Wir sind noch nicht fertig miteinander.«

»Aua. Du tust mir weh!«

Ich versuchte, mich zu lösen, doch er hatte beide Handgelenke gepackt und hielt sie mit einer Kraft, die ich ihm nicht zugetraut hätte.

»Das will ich auch. Du hast mir ebenfalls wehgetan.« Er veränderte die Tonlage, die Stimme wurde tiefer, beinahe einschmeichelnd. »Wir könnten damit aufhören, uns gegenseitig wehzutun. Du könntest mir etwas Gutes tun.«

»Was denn?«

Genauso plötzlich, wie er die Handgelenke gegriffen hatte, ließ er sie wieder los. »Ins Schlafzimmer. Los! Ab! Zeig, was der Reporter dir beigebracht hat!«

»Kaminski, hör auf damit. Du bist Lehrer. Ein Vorbild!«

»Genauso wie du. Pastorin. Dass ich nicht lache! Schlampe!«

Ich wandte mich ab. Wie standen die Chancen, diesem Wahnsinnigen zu entkommen?

Schritt für Schritt tastete ich mich durch das Halbdunkel, erreichte schließlich die Zimmertür. Noch bevor ich den Flur betreten hatte, war Kaminski wieder hinter mir und umklammerte mich. Er musste Augen wie eine Katze haben. Ich schrie auf. »Schrei ruhig. Hört dich ja doch keiner!« Etwas maunzte. Susi, die Katze. Er verpasste ihr einen Fußtritt, ohne mich loszulassen. Sie jaulte auf und entwich.

»Lass los. Ich gehe ja schon!«

»Ab ins Schlafzimmer. Wir bleiben schön zusammen!« Er packte meinen Arm und zog ihn schmerzhaft in Richtung Schulter. Eng an mich gepresst, schob er mich in die stille Stube. Sie war ungeheizt.

»So!« Er warf mich auf das Bett. »Und glaub nicht, dass du mir entkommen kannst!«

Mit zwei Schritten war er bei der Tür, drehte den Schlüssel um und steckte ihn in eine seiner Taschen. Nun saß ich in der Falle.

»Klaus! Sei vernünftig! Ich werde dich anzeigen.«

»Ich werde dich anzeigen!«, echote er. »Bitte. Falls du überhaupt lebend hier wieder rauskommst!« Er lachte. »Bilde dir nicht ein, dass ich mir von einer wie dir mein Leben ruinieren lasse. Das hat die andere auch schon versucht. Hat verlangt, dass ich sie heirate. Sonst würde sie alles ausplaudern in der Siedlung. Erpresst hat sie mich, die alte Hure!«

Ich hielt den Atem an. Das kam einem Geständnis im Mordfall Niemitz gleich. War Klaus tatsächlich in der Lage, zu töten? Das Gespräch weiterführen, dachte ich. Meine einzige Chance. Nicht zulassen, dass er auf abwegige Gedanken kommt.

Ich redete, was das Zeug hielt. »Klaus! Ich stehe auf deiner Seite. Wenn du es tun willst … wir können es versuchen! Aber doch nicht so. Nicht mit Gewalt. Es soll für uns beide schön sein!«

Er stand vor dem Bett. Obwohl ein eher kleiner Mann, wirkte er aus der Froschperspektive überlebensgroß. Nun, da ich mich entschieden hatte, wollte ich es schnell hinter mich bringen.

»Klaus. Komm. Lass es uns machen. Jetzt gleich!«, stöhnte ich.

»Du redest wie die Huren«, presste er heraus. »Schlampe!«

Er beugte sich über mich und griff nach meiner Brust. »Na, wie war das?« Noch einmal grapschte er an meinen Busen. »Da ist ja gar nichts dran«, verhöhnte er mich. »Hat das den Reporter nicht gestört?«

Ich wandte den Kopf ab. »Klaus. Bitte mit ein bisschen Gefühl!«, bettelte ich.

»Schnauze! – Zieh das aus!« Er zerrte an meiner Kostümjacke. Ich wand mich heraus und warf sie neben das Bett.

Er riss an meiner Bluse, bis die Knöpfe absprangen, schüttelte mich auf und ab, ließ mich schließlich wie eine Puppe liegen.

Schützend verschränkte ich die Arme vor der Brust.

»Lass das! Wollen doch mal sehen!« Er bog meine Unterarme an die Seite. »Ich kauf doch nicht die Katze im Sack!«

Keuchend ließ er sich fallen, halb neben mich, halb auf mich, immer noch angezogen. Ich versuchte, ihn abzuwehren, biss, schlug auf ihn ein, kratzte, doch er entwickelte ungeahnte Kräfte. Meine Gegenwehr wurde schwächer. Lange würde ich nicht mehr durchhalten.

»Hilfe …« Es klang kläglich.

»Schnauze. Schlampe!«

Er hielt mich fest, wühlte weiter, tastete sich an Stellen vor, die noch keiner hatte erkunden dürfen.

Wie durch eine Nebelwand hörte ich ohrenbetäubenden Lärm. Es blitzte und donnerte. Das Silvester-Feuerwerk. 1969 hatte begonnen. Ich meinte, noch ein anderes Geräusch zu hören, in der Ferne, wie eine Klingel. Wieder Krachen.

»Frohes neues Jahr! Dann wollen wir mal!« In einem letzten Versuch bäumte ich mich auf, wohl wissend, dass mein Widerstand zwecklos war.

Plötzlich ein Schrei im Raum, schrill und durchdringend. Es dauerte, bis ich merkte, dass der Schrei von mir kam. Eine Hand schob sich auf meinen Mund. Ich japste, versuchte durch die Nase zu atmen, spürte, wie die Hand die Kiefer zusammenpresste. Ich zappelte, wurde festgehalten, kämpfte mit letzter Kraft. Mit vollem Gewicht lag er auf mir. Mach, dass es schnell vorbei ist, betete ich und tauchte unter, an einen Ort jenseits von Raum und Zeit.

Ein stechender Schmerz holte mich zurück in die Wirklichkeit. Mein Peiniger lag auf mir und schwitzte. Ich selbst verdreht, mit gespreizten Beinen, bis zum Äußersten gedehnt. Ein Gefühl von Reißen. Scharfes Brennen. Reflexartig versuchte ich, mich unter dem glitschigen Körper hindurchzuwinden. »Nein, nein! Halt! Nein!«

»Schlampe!« Seine Hände legten sich um meinen Hals. »Ich mach dich kalt!«

Er drückte zu. Ich schnappte nach Luft. War gefangen im Schraubstock seines Körpers. Er drückte fester zu. Ich würgte. Dann verlor ich das Bewusstsein. Versank in tiefer Schwärze.

ZWANZIG

Sie verfolgten mich, nackt, wie ich war. Wenn ich meinte, ihnen entkommen zu sein, erwarteten sie mich schon weiter vorne, höhnisch grinsend. Zufluchtsweg abgeschnitten. Die Verfolger hatten das Martinshorn eingeschaltet. Tatütata, tatütata. Sie waren schneller als ich, viel schneller. Meine Füße klebten am Boden. Alle zeigten mit dem Finger auf mich. »Schäm dich, Hure! In den Dreck mit dir!« Ich wollte umdrehen, doch nun explodierten hinter mir die Bomben. Ein flammendes Inferno breitete sich aus. »Komm schon, komm!«, rief die Stimme, mal lockend und weich, mal drohend und dunkel. Ich wollte zur Seite ausweichen, doch der Flächenbrand umzingelte mich. »Hilfe!«, schrie ich. Viel mehr wollte ich schreien, doch die Worte verließen die Kehle nicht. »Feuer! Löschen!« Jemand anders sprach mit meiner Stimme. Sie hatte meinen Körper verlassen; sie hatten sie mir weggenommen. Sie waberte durch den Raum, losgelöst von mir, verlor sich im Horizont. Dann wurde es still. Nebel umgab mich. Lichtete sich. Wieder Dunkel. War ich tot? Plötzlich blendete mich strahlendes Weiß. Unerträglich. Ich schloss wieder die Augen, versank im Halbdämmer. Ich musste niesen. Irgendetwas kitzelte in meiner Nase.

Die weiße Wand war das Erste, was ich sah. Ich lag auf einem Bett in einem unbekannten Raum. Von rechts fiel Licht ein; dort war offensichtlich das Fenster. Das Atmen machte Mühe, als lägen mir ein Mühlstein um den Hals und ein Ziegel auf der Brust. Speichel hatte sich in der Mundhöhle gesammelt, lief aus den Winkeln auf die Bettwäsche, ohne dass ich ihn aufhalten konnte. Erst jetzt bemerkte ich, dass ich etwas um den Hals trug. Ich war verkabelt. Hände und Arme hingen an Schläuchen, die zu Apparaten führten.

Ich versuchte, den Kopf zu drehen, doch es gelang nicht. »Hallo?«, sagte ich mit unsicherer Stimme. Sprechen konnte ich also noch, auch wenn es sich dick und wund anfühlte. »Hallo?«, wiederholte ich. »Ist jemand hier?« Meine Aussprache klang verwaschen. Draußen, entfernt, hörte ich Verkehrsgeräusche.

Kein Mensch hier. Wenn ich schrie, würde man mich hören? Ich wollte den Mund öffnen, doch dann besann ich mich. Offensichtlich lag ich in einem Krankenhaus. Also musste es eine Klingel geben. Schließlich fand ich den Knopf und drückte. Meine Hand funktionierte noch, obwohl sie angebunden war. Nächster Versuch: die Füße bewegen, Zehen heben und senken unter der Bettdecke. Ging auch. Überhaupt verspürte ich keinen Schmerz, doch ich fühlte mich benommen. Eine dunkle Erinnerung an etwas Schreckliches lastete auf mir.

Kurz darauf öffnete sich die Tür. Eine Krankenschwester schob sich in das Zimmer.

»Sie ist wach!« Unter der Haube quoll eine helle, scharfe Stimme hervor und drang an mein Ohr. »Wie geht es uns denn?«

»Danke«, krächzte ich.

»Sie haben Glück, dass Sie noch leben! Wissen Sie das?«, stellte sie fest.

»Wie lange schon hier?« Fremd klangen die Laute aus meinem Mund, undeutlich, bahnten sich mühsam einen Weg in den Raum.

»Warten Sie. Ich hole jemand, der Ihnen alles erklärt.«

Sie verschwand. Kurz darauf erschien eine andere Frau, ebenfalls mit weißer Kopfbedeckung. Statt des weißen Kittels trug sie ein graues Kleid.

»Tabea!« Ich fühlte mich erleichtert, weil ich ein bekanntes Gesicht wahrnahm. Andererseits war mir unsere schnippische Gemeindeschwester nicht der liebste Mensch auf Erden. Selbst Luschinski wäre mir als Gesellschaft willkommener gewesen. Besonders Luschinski, wenn ich ehrlich war.

»Guten Morgen, Fräulein Gerlach«, grüßte die Diakonisse und ließ sich auf dem Stuhl neben dem Bett nieder.

»Welchen Tag hamir heute?«

Sie beugte sich zu mir vor. »Dazu später. Erinnern Sie sich, wie Sie hierhergekommen sind?«

Ich wollte den Kopf schütteln und merkte, dass es nicht ging.

»Sie wurden Opfer einer Gewalttat. An Silvester in Ihrer Wohnung.«

Ich versuchte, zu nicken. Auch dazu war ich nicht in der Lage. In meinem Mund war ein pelziger Geschmack.

»Jedenfalls hat der Reporter Sie gerettet. Steht heute groß in der Zeitung.« Sie griff in ihre Umhängetasche und zog eine Ausgabe der RuhrRundschau heraus. »Unser Reporter rettet einer Frau das Leben«, lautete die Schlagzeile. Darunter ein Bild von Luschinski, wie immer mit der Kamera vor der Brust. Ich wollte ihr das Blatt aus der Hand nehmen, doch ich konnte meine Hand nicht weit genug ausstrecken.

»Ich lese es Ihnen vor!«, bestimmte die Gemeindeschwester und zog mir die Zeitung weg.

»Dramatisches Ereignis in der Silvesternacht. Unser Reporter Luschinski begleitete Pastorin G. vom Gemeindehaus zu ihrer Wohnung. Es handelt sich um die Siedlung, in der die Polizei in zwei ungeklärten Todesfällen ermittelt (wir berichteten). Nach dem Abschied kurz vor Mitternacht wartete er auf das Aufflammen der Lichter im Pfarrhaus. Nachdem nichts geschah, sorgte sich der Reporter um das Wohl der jungen Frau. Er betätigte die Türklingel. Als nach mehrmaligem Anklingeln niemand öffnete, versuchte er, sich Zugang zu verschaffen. Nachdem dies nicht gelang, alarmierte er die Polizei, die wenige Minuten später vor Ort eintraf. Die Polizisten drangen in das Haus ein. Sie konnten im letzten Augenblick verhindern, dass der Verlobte, Herr K., die junge Frau erwürgte. Durch den heldenhaften Einsatz unseres Reporters wurde das Leben der Pastorin gerettet. ›Ich habe nur meine Pflicht getan‹, sagte der Journalist bescheiden. Die Polizei ermittelt. Es steht zu befürchten, dass ein Zusammenhang zwischen Herrn K. und den ungelösten Mordfällen besteht.«

»Als Held gefeiert«, sagte ich mühsam. Mein Mund verzog sich zu einem Lächeln. Speichel rann heraus. Dann wurde mir wieder übel. Was war noch alles passiert in jener Nacht? Wollte ich es wirklich wissen? Schwester Tabea beugte sich über mich, bis das frisch gestärkte Häubchen beinahe meine Nase kitzelte.

»Wer hätte das gedacht? Der Lehrer. So ein feiner Mensch …«

Ich starrte auf die Wand gegenüber. Aus dem weißen Anstrich

schälten sich Kreise, grün, blau, schließlich rot, die sich drehten, immer schneller. Beim Zuschauen wurde mir schwindelig. Ich schloss die Augen, doch da drang wieder die schneidende Stimme an mein Ohr. Lieber den Kreisen zuschauen. Sie färbten sich grau, formten ein Muster aus Rechtecken, die ineinanderflossen. Die Stimme waberte weiter, doch der Sinne der Worte erschloss sich mir nicht.

Schließlich eine weitere Stimme im Raum, eine weiche Frauenstimme, und ein neuer Geruch, süßlich und schwer. Ein Parfüm?

»Martha. Meine arme Martha! Wie siehst du aus!« Auch diese Stimme kannte ich.

Ich schlug die Augen auf und sah einen riesigen bunten Strauß. Dahinter tauchte Hildchen Kruse auf. Achtlos reichte sie die Blumen weiter an Schwester Tabea und ordnete die Suche nach einer Vase an.

Die Frau meines Kollegen ließ sich auf den Besucherstuhl fallen. Tränen glitzerten in ihren Augen. Sie griff nach meiner Hand. »Du Arme. Arme Martha! Das muss alles schrecklich gewesen sein!« Voll Anteilnahme streichelte sie über meinen Handrücken. »Was du durchgemacht hast!«

Ich versuchte, den Kopf wegzudrehen, es ging nicht. Die Tränen liefen mir aus den Augenwinkeln, eine nach der anderen, vermischten sich auf dem Kissen mit dem Speichel, der ungehindert aus meinem Mund floss.

EINUNDZWANZIG

Zwei Tage später zog ich von der Intensivstation in ein normales Krankenzimmer um, mit einer Bettnachbarin, die den größten Teil des Tages vor sich hin schnarchte. Kurz darauf glich der Raum einem Blumenladen. Wie ein Lauffeuer hatte sich in der Gemeinde verbreitet, dass ich über den Berg war. Die Besucher, bewaffnet mit Tulpen oder Narzissen, gaben sich die Klinke in die Hand und feierten mich wie eine Heldin. Luschinski kam und brachte Rosen, allerdings keine roten, sondern rosafarbene.

»Martha, du lebst!« Die Erleichterung war ihm anzumerken. Er nahm meine Hand und führte sie an seine Lippen.

»Gerade noch!«, quetschte ich heraus und lächelte, soweit das in meinem lädierten Zustand möglich war.

Zwar war ich mittlerweile von den Schläuchen abgenabelt, doch ich konnte allenfalls flüssige Nahrung oder Brei zu mir nehmen. Die steife Krempe um den Hals verhinderte größere Bewegungen.

»Soll ich dir erzählen, was zwischenzeitlich passiert ist? Verkraftest du die Wahrheit?« Der Reporter setzte sich auf den Besucherstuhl und verstaute seine langen Beine unter dem Bettgestell.

»Weiß nicht«, nuschelte ich, doch dann siegte die Neugier. »Ja, bitte!«

»Bist du sicher?«

Ich hob die Hand zum Zeichen meiner Zustimmung.

»Kaminski sitzt in Untersuchungshaft wegen Verdachts auf versuchten Totschlag.«

»Erzähl weiter«, sagte ich schnell, bevor die Erinnerung an jene Schreckensnacht mich überfluten konnte.

»Das Netz um ihn zieht sich zusammen. Er hat noch nicht gestanden, doch er hat kein Alibi für die Nacht, in der Ulla Niemitz ermordet wurde. Erwürgt, so wie …« Ein schneller Seitenblick traf mich. Er vollendete den Satz nicht. »Na ja. Du weißt schon.«

»Was ist in der Silvesternacht genau passiert?« Die Frage war heraus, bevor ich nachdenken konnte.

Luschinski schichtete seine Beine um. »Nachdem du mich im Park hast stehen lassen – du erinnerst dich?«

Ich hob die Hand.

»Danach wollte ich zurück in das Gemeindehaus, um auf das neue Jahr anzustoßen. Aber dann hat es mir doch keine Ruhe gelassen. Ich drehte um, ging zu deinem Haus und habe nachgeschaut, ob dort Licht brennt. Als Zeichen, dass du gut angekommen bist. Aber alle Fenster waren dunkel.«

Dunkel, weil Kaminski die Birnen herausgedreht und mich drangsaliert hatte.

»Ich dachte, du hättest einen Umweg genommen, und habe gewartet. Zehn Minuten, eine Viertelstunde lang, bis kurz vor Mitternacht. Dann habe ich geklingelt. Immer wieder, schließlich Sturm geläutet!« Das war wohl der Klingelton, den ich zwischendurch gehört hatte.

»Irgendwann begann das Feuerwerk. Allmählich machte ich mir ernsthafte Sorgen um dich.« Sein Gesicht legte sich in Furchen. »Dann hörte ich drinnen etwas, einen furchtbaren Schrei, wie von einem Tier, das in die Ecke gedrängt wird. Das konntest nur du sein. Da wusste ich, dass etwas Schreckliches passiert sein musste. Ich bin in die Nachbarhäuser gelaufen, habe nach einem Telefon gefragt, um die Polizei anzurufen … einige Minuten später …«

Mein Schrei. Hatte er mir das Leben gerettet? Oder wurde Kaminski dadurch erst recht aufgestachelt? Müßig, darüber nachzudenken. Kaminski. Wie hatte ich mich nur so täuschen können? Immer hatte ich ihn für einen Ehrenmann gehalten, sogar noch, als ich ihn als Ehemann bereits aussortiert hatte. Wem würde ich jemals wieder vertrauen können?

»Martha? Martha!«

Ich schlug die Augen auf.

»Hörst du mir zu? Soll ich aufhören?«

Ich wackelte mit der Hand.

»Mach weiter. Wenn Kaminski nicht gesteht, kann man ihn dann überhaupt wegen des Mordes an Fräulein Niemitz belangen? Oder wird er dann nur wegen – wegen der Sache mit mir verurteilt?«

»Wahrscheinlich. Falls es nicht noch Beweise gibt.«

»Er hat gesagt. Vielleicht …«

»Ja?« Luschinski sah mich erwartungsvoll an.

»Er hat etwas gebrüllt, etwas wie …« Ich versuchte, mich zu konzentrieren. Dass ich immer noch mit Schmerzmitteln vollgepumpt war, machte es nicht leichter. »Ich mach dich kalt! Wie die andere …« Meine Stimme klang metallisch und fremd.

Luschinski seufzte. »Du wirst zur Polizei gehen und aussagen müssen, sobald es dir besser geht. Auch wegen … du weißt schon …«

»Ja.« Ich mochte das böse Wort nicht aussprechen. Bei meinem ersten Toilettengang hatte ich die Wunden schmerzhaft gespürt und ertastet. Das Ausmaß des grausamen Geschehens wurde mir dabei erst klar. Ich wünschte, ich könnte vergessen, was in jener Nacht geschehen war. Doch die Alpträume kehrten wieder, erinnerten mich, drückten mich nieder.

»Martha?« Luschinskis Stimme klang weich, beinahe zärtlich. Er strich mir über den Arm.

Ich zuckte zusammen. »Nicht, bitte!«

»Entschuldigung.« Er zog die Hand zurück. »Vielleicht fällt es dir im Moment schwer zu glauben: Es sind nicht alle so. Nicht alle Männer. Vergiss das nicht!«

Jetzt musste ich fast lachen. »Du bist nicht so?«

»Ich nicht!« Feierlich hob er drei Finger wie zum Schwur. »Ich bin grundanständig! Und tue nie etwas gegen den Willen der Frau!«

Nachdenklich musterte ich ihn. »Das glaube ich dir sogar. Du magst schließlich die Frauen …«

»Ganz bestimmt!«

Bevor ich etwas erwidern konnte, betrat Kruse das Zimmer. In der linken Hand hielt er einen kümmerlichen Bund mit Tulpen.

»Ah. Die Kollegin hat bereits Besuch!« Er verbeugte sich. »Und Blumen hat sie ebenfalls bekommen!« Er wies auf die zahlreichen Sträuße, einige bereits halb verwelkt. »Gesellschaft haben Sie auch, Schwester Gerlach! Einen schönen guten Tag!« Er nickte der älteren Dame im Nachbarbett zu, die ausnahmsweise nicht schnarchte.

»Ich wollte gerade gehen!« Luschinski erhob sich. »Wie lange bleibst du noch im Krankenhaus, Martha?«

»Sie sprachen von zwei oder drei Tagen …«

»Mal sehen, ob ich's noch mal schaffe. Ansonsten sehen wir uns bei dir zu Hause!« Er zwinkerte mir zu.

Kruse thronte auf dem Stuhl neben dem Bett. »Wie ich höre, geht es Ihnen wieder besser!« Er wartete keine Antwort ab, sondern fuhr fort: »Die Leiche von Fräulein Niemitz ist inzwischen freigegeben. Nächsten Montag wird die Beerdigung sein. Ich übernehme das.«

Ich hob zustimmend die Hand.

»Gleichzeitig mit Fräulein Niemitz wird ihre Mutter bestattet.«

»Ist der Fall denn gelöst?«

»Liebe Schwester, dafür ist die Polizei zuständig. Einmischung tut selten gut, das haben Sie ja nun am eigenen Leibe erfahren.«

Ich wollte hochfahren, doch die Schiene an meinem Hals hinderte mich. Ermattet schloss ich die Augen. »Wollen Sie sagen, ich sei selbst schuld an dem, was passiert ist?«

Sein Schweigen sagte mehr als tausend Worte.

»Ich bin müde.« Am liebsten hätte ich ihn gebeten, zu gehen.

»Dann darf ich mich verabschieden!« Er stand auf und deutete eine Verbeugung an. »Wünsche weiterhin gute Besserung.«

»Danke.«

»Wenigstens bleiben Sie nun der Gemeinde erhalten.«

Als ich aufblickte, sah ich nur noch seinen Rücken. Kurz darauf schloss sich die Tür hinter ihm. Hatte ich mich verhört, oder hatte er den letzten Satz tatsächlich gesagt?

ZWEIUNDZWANZIG

Rosi stützte mich auf dem Weg vom Friedhofstor zur Kapelle. Ich wollte es mir nicht nehmen lassen, Fräulein Niemitz und ihrer Mutter die letzte Ehre zu erweisen. Die Trauerhalle war überfüllt. Als wir sie betraten, teilte sich die Menschenmenge, und wir hatten freien Durchgang. Gemurmel von rechts und von links: »Das Fräulein Pastor. Hat selbst 'ne Menge abbekommen ...«

»Der Verlobte hat sie so zugerichtet!«

»Sitzt jetzt ein dafür!«

»... hat den Fall aufgeklärt!«

Vorne standen zwei weiße Schleiflacksärge mit Goldbeschlägen, über und über mit rosa Nelken und roten Rosen bedeckt. Der Blumenschmuck musste ein Vermögen gekostet haben. Ich versuchte, mich vor dem Sarg zu verbeugen. Die Verbände, die ich immer noch um Kopf und Hals trug, erschwerten mir die Bewegungen.

Ulla Niemitz lächelte von einem vergrößerten Schwarz-Weiß-Foto herab, süß und ein wenig verschämt. Wie auch immer ihr Leben in den letzten Monaten ausgesehen hatte, die Beziehungen zu den verschiedenen Männern, wie sie es fertiggebracht hatte, ihr Kind auszusetzen: Sie nahm ihr Geheimnis mit ins Grab.

Schleifen an den Kränzen zeugten von dem Verlust: »Ulla – für immer« – »Wir werden dich nie vergessen« – »Viel zu früh von uns gegangen«.

Auch am zweiten Sarg lagen die Gebinde. »Im Gedenken an Mutter Molly« – »Molly in liebender Erinnerung«.

Selten hatte die Kapelle eine solch illustre Trauergemeinde beherbergt. Junge Frauen mit auffallenden Hüten saßen neben muskulösen Männern, die sich anscheinend fehl am Platz fühlten. Dazwischen hatten sich Nachbarn aus der Siedlung eingefunden. Ich erkannte das Ehepaar Rabenau, Anna Sarastro und Trinkhallen-Trudi. Weiter hinten saß Herr Balmke, seine Mutter und Fräulein Köhler.

Als die Orgel zu spielen begann, betrat Kruse das Redepult. Salbungsvoll redete er von Sünde, von Gottes Richterstuhl und von der Gnade. »Ihr wird viel vergeben, denn sie hat viel geliebt«, setzte er als Vers über die Ansprache. Sieh an, sieh an. Da hatte der Kollege meinen Gedanken aufgegriffen, obwohl er zunächst skeptisch gewesen war. Susi und ihre Kollegin wischten sich gerührt die Tränen aus den Augen. »Jesu, geh voran«, intonierte der Organist, doch nur wenige sangen mit. Kirchenlieder waren in diesen Kreisen eher unbekannt.

Ein langer Trauerzug setzte sich schließlich in Bewegung. Vögel zwitscherten das Grau des Himmels an. Die kahlen Äste boten keinen Schutz vor dem einsetzenden Regen. Pfennigabsätze versanken im Morast. Hilfesuchend sahen sich ihre Trägerinnen nach den Kavalieren um, und das eine oder andere Muskelpaket stützte eine zarte Dame in Schwarz oder hielt einen Schirm über ihren Kopf. Schleier vor dem Gesicht schützten die Schminke vor der Feuchtigkeit.

Langsam bewegte sich die Menge auf das frisch ausgehobene Erdloch zu. Balmke ging etwas abseits. Ich grüßte ihn; er nickte mir kurz zu.

»Rosi?«

»Ja?«

»Mir wird das Laufen zu anstrengend. Ich würde gern bei den Trauerhallen warten. Hinterher ergeben sich vielleicht noch Gespräche …«

»Ich leiste dir Gesellschaft.«

Auf einer geschützten Bank an dem Gebäude nahmen wir Platz. Schwerer Regen rauschte herab.

Eine Weile schwiegen wir beide.

»Ich frage mich, was für eine Person Fräulein Niemitz wirklich war. Wollte sie in der Siedlung ein bürgerliches Leben anfangen? Wollte sie heiraten?«, eröffnete ich dann das Gespräch. »War sie auf der Suche nach der besten Partie? War sie eine Goldgräberin. Alles klingt so widersprüchlich …«

»Das wirst du nun nicht mehr erfahren, Martha.«

»Und dann, was ist mit der Mutter? Ob – du weißt schon, wer – sie auch auf dem Gewissen hat?«

Rosi blieb stehen und wiegte bedächtig den Kopf hin und her. »Lass die Toten ihre Toten begraben.«

Ich seufzte. »Tot sind allerdings nur die Frauen. Der Täter lebt noch.«

»Im Knast.«

»Ob er regelmäßigen Kontakt zu Fräulein Niemitz hatte?«

»Beschäftigt dich das noch?«

»Nicht seinetwegen. Ich frage mich, wie ich mich so sehr täuschen konnte. Was sagt das über meine Menschenkenntnis aus? Vielleicht ist Pastorin doch der falsche Beruf für mich.«

»Nimm nur alle Schuld auf dich, Martha! Zur Erinnerung: Du-weißt-schon-wer hat alle arglistig getäuscht, dich besonders. Mit den Mädchen hat er sich vergnügt. Dich wollte er heiraten. Weil eine Pastorin ach so ehrbar ist!«

»So habe ich das noch gar nicht gesehen.«

Sie streckte die Beine aus. »Ist aber naheliegend, oder?«

»Wahrscheinlich.« Ich dachte an das Gekicher, das ich bei einem Telefonat mit Kaminski im Hintergrund gehört hatte. »Er hat mindestens einmal Besuch gehabt. Vielleicht war es sogar Fräulein Niemitz.«

Die Ersten kehrten vom Grab zurück. Die kunstvollen Frisuren hatten arg gelitten. Manch eine Nylonstrumpfhose war durch Schlammspritzer verunziert. Die bunte Truppe aus der Linienstraße ging vorweg, und ich konnte mir unschwer vorstellen, auf welche Weise nun weitergefeiert wurde.

Anna Sarastro sprach mich an: »Willst du mitkommen, Martha? Eine kleine private Abschiedsfeier. Du gehörst schließlich dazu …«

»Nein, danke.« Der Ausflug in diese andere, schillernde und mir fremde Welt war beendet. In Zukunft nur noch Kinder und Kirche, schwor ich mir, wobei es nicht einmal die eigenen sein würden, sondern die anderer Leute.

Auch Luschinski konnte mich nicht überreden.

»Wir sehen uns sicher bald«, versprach ich ihm, »doch jetzt möchte ich erst einmal für mich sein!«

Rosi wollte mich auf dem Bock ihres Mopeds nach Hause bringen, doch ich lehnte ab. »Du hast nicht einmal einen Helm für mich!«

»Ah bah. Helme sind etwas für Schwächlinge!« Sie startete die Maschine und fuhr mit knatterndem Auspuff davon.

Der Platz vor den Trauerhallen hatte sich inzwischen geleert. Nur Balmke stand noch dort wie bestellt und nicht abgeholt.

»Ist Ihnen nicht gut, Herr Balmke?«, wollte ich wissen.

Er schwieg. »Ach jaja. Es ist schon schade drum«, sagte er schließlich.

»Sie haben sie wirklich gern gehabt, nicht wahr?«

Er nickte. »Aber bieten konnt ich ihr nichts. Da ist sie dann zu dem andern gegangen!«

»Das war ihr Untergang.«

»Jaja. Wer hätte das gedacht …«

Ich wandte mich ab und ging zum Friedhofstor. Bereits nach wenigen Schritten spürte ich Schmerzen. Wie sollte ich die zwanzig Minuten Fußmarsch zu meiner Wohnung überstehen?

Vor der Gärtnerei hatte der Kollege seinen azurblauen Sportwagen geparkt. Noch bevor ich ihn erreichte, hörte ich sein Keuchen hinter mir.

»Soll ich Sie mitnehmen, Schwester Gerlach?«

»Das wäre sehr schön!«

Mit quietschenden Reifen fuhren wir die Große Heimstraße herunter. In weniger als fünf Minuten erreichten wir die Möllerstraße.

»Wir sind angekommen!«, sagte Kruse, und ich antwortete: »Ja, das sind wir wohl.«

EPILOG

»Schau mal, die Osterglocken auf der Wiese!« Einige waren bereits aufgeblüht. Die anderen streckten grüne Knospen in Richtung des bewölkten Himmels. In den letzten Tagen war es milder geworden. Aus den noch kahlen Baumkronen des Südwestfriedhofs hörten wir Vogelgezwitscher.

»Ob wohl jemand das Grab von Fräulein und von Frau Niemitz pflegt?«, überlegte ich.

»Wir können nachschauen!« Luschinski hatte die Stirn in Falten gezogen und war sichtlich nicht bei der Sache.

»Was ist los?«

»Ich überlege, wie viel ich dir erzählen soll. Es könnte dich zu sehr belasten.«

Ich seufzte. »Danke für die Rücksichtnahme! Morgen lese ich es sowieso in der Zeitung!«

»Also gut. Ich fasse zusammen. Dein ehemaliger Verlobter – Kaminski – hat zugegeben, dass er Fräulein Niemitz getötet hat. Verhandelt wird nicht über Mord, sondern über Totschlag im Affekt. Er hat zugegeben, zu ihr Beziehungen unterhalten zu haben.«

Ich zuckte zusammen. Schließlich betraf diese Beziehung unsere gemeinsame Zeit. »Also hat er ein Doppelleben geführt?«

»Ich fürchte, ja.«

Luschinski ließ sich auf eine der Bänke fallen. Ich nahm neben ihm Platz.

»Ist vor Gericht auch unser Verhältnis zur Sprache gekommen?«

Er zögerte. »Ja.«

»Inwiefern?«

»Kaminski gab an, er habe lediglich freundschaftliche Beziehungen zu dir unterhalten.«

Ich lachte freudlos auf. »Freundschaftlich! Der Mann wollte mich heiraten!«

»Er gibt an, du hättest ihn hingehalten. Als sich eine Festigung eures Verhältnisses abzeichnete, habe er den Kontakt zu Fräulein Niemitz abbrechen wollen. Doch Fräulein Niemitz drängte ihn ihrerseits zur Eheschließung. Sie drohte, dir alles zu erzählen.«

Ich lehnte mich zurück und schaute in den Himmel. Einzelne Sonnenstrahlen blitzten hinter den Wolken hervor.

»Hättest du ihm in dem Fall die Tür gewiesen?«

»Ich glaube schon. Zumal ich Zweifel hatte, ob er der Richtige für mich ist.«

»Er sah seine Felle davonschwimmen. Er, der uneheliche Sohn, sah endlich die Möglichkeit, durch eine ehrbare Eheschließung den Makel von seinem Lebenslauf zu tilgen. So sagte sein Anwalt. Nun wurde ihm diese Möglichkeit verwehrt. Hätte sich die Geschichte herumgesprochen, wäre er zum Gespött der ganzen Siedlung geworden. Da ist er dann durchgedreht.«

»Was ist mit Frau Niemitz? Hat er die auch auf dem Gewissen?«

Luschinski zuckte mit den Achseln. »Er streitet es ab. Einige der Mädchen wollen gegen ihn aussagen. Die Mutter habe gewusst, mit wem es die Tochter zu tun hatte. Deshalb musste sie sterben. Den fingierten Abschiedsbrief haben sie untersucht, aber das grafologische Gutachten ergab kein eindeutiges Ergebnis. Die Handschrift ist verstellt, und die Tinte von einer gebräuchlichen Marke. Die Beweise fehlen.«

»Also hat er mich auch nur benutzt«, stellte ich fest.

»Nicht nur, glaube ich. Aber jetzt dreht er es so, dass er möglichst unschuldig dasteht. Eine schwierige Kindheit, eine Mutter, die ihn unterdrückt hat, der Kontakt zu einer Prostituierten, die ihn schließlich erpresst …«

»Und eine Verlobte, die sich nicht so verhält, wie er es gerne hätte, und ihn schließlich fallen lässt, als er dringend ein Alibi braucht«, ergänzte ich.

Er nickte. »Du wirst übrigens als Zeugin vorgeladen werden.«

»Ich weiß.« Mit Schaudern erinnerte ich mich an meine Aussage auf dem Polizeipräsidium. Einer der Beamten hatte alles darangesetzt, meine Schilderung der Vergewaltigung unglaubwürdig zu machen. Mit Hilfe eines Fadens und eines Nadelöhrs demonstrierte er mir, dass Geschlechtsverkehr angeblich nur möglich sei, wenn die Frau es zumindest dulde. Nach dem Verhör fühlte ich mich erniedrigt und gedemütigt. Zum Glück hatte Rosi mich begleitet.

Ich tastete nach der Narbe an meinem Hals.

»Schlimm?« Der Reporter strich mir tröstend über den Arm.

»Es geht so. Lieber wäre mir, ich müsste nicht aussagen. Du begleitest mich doch, oder?«

»Bist du sicher? Es könnte Gerede geben.«

Ich setzte mich auf. »Und wenn schon. Ich will mich nicht nach der Meinung anderer richten!«

»Bravo!«

Er stand auf. Wir setzten unseren Weg zum Doppelgrab fort. »Ist Kaminski nun der Vater von Andreas?«

»Das ist für die Anklage wegen Totschlags und Vergewaltigung nicht relevant.«

Das Grab der beiden toten Frauen war reichlich geschmückt. Neben Krokussen und Primeln entdeckten wir ein rotes Herz aus Stein.

»Ob das eines der Mädchen aus der Linienstraße war?«

»Ich vermute.«

Er legte mir einen Arm um die Schultern. »Wie geht es dir jetzt mit dieser Sache?«

Ich lehnte mich an ihn. »Ich glaube, ich habe es ganz gut überstanden, weil ihr mir alle geholfen habt.«

Er hielt mich fester. Ein Sonnenstrahl fiel auf das Herz und ließ es für einen Moment aufleuchten.

Luschinski zog mich eng an sich. »Das Leben geht weiter!«

Danksagung

Niemand ist eine Insel, und so habe ich wie immer vielen Menschen zu danken, die zur Entstehung dieses Buchs beigetragen haben.

Für inhaltliche Beratung danke ich besonders:

- Bettina Brökelschen, der ich zu unser beider Vergnügen Passagen zur Begutachtung vorgelesen habe
- Monika Henkel für viele Hinweise auf Ereignisse in den späten sechziger Jahren
- der Mitternachtsmission Dortmund, namentlich Gisela Zohren und Ulla, für Einblicke in ein besonderes Milieu

Für professionelle Arbeit danke ich:

- dem tollen, engagierten Team des Emons Verlags
- Dirk Meynecke als fachkundigem Agenten
- Uta Rupprecht als versierter Lektorin
- Uwe Bitzel als kompetentem »Vorlektor«
- der Schreibwerkstatt unter Leitung von Peter Gallus

Anne-Kathrin Koppetsch